Knaur.

Über die Autorin:
Bridget Asher lebt in Florida – mit ihrem (derzeitigen) Ehemann, der liebenswert und eine treue Seele ist und ihr keinen Grund liefert, nach ehemaligen Sweethearts zu suchen.

Bridget Asher

DIE AFFÄREN MEINES MANNES

Roman

Aus dem Amerikanischen
von Georgia Sommerfeld

KNAUR TASCHENBUCH VERLAG

Die amerikanische Originalausgabe erschien 2008
unter dem Titel »My Husband's Sweethearts«
bei Bantam Dell, New York.

Besuchen Sie uns im Internet:
www.knaur.de

Vollständige Taschenbuchausgabe Juni 2010
Knaur Taschenbuch.
Ein Unternehmen der Droemerschen Verlagsanstalt
Th. Knaur Nachf. GmbH & Co. KG, München
Copyright © 2008 by Bridget Asher
Copyright © 2009 für die deutschsprachige Ausgabe
bei Knaur Taschenbuch.
This translation is published by arrangement with
The Bantam Dell Publishing Group, a division of Random House, Inc.
Alle Rechte vorbehalten. Das Werk darf – auch teilweise –
nur mit Genehmigung des Verlages wiedergegeben werden.
Redaktion: Gerhild Gerlich
Umschlaggestaltung: ZERO Werbeagentur, München
Umschlagabbildung: FinePic®, München
Druck und Bindung: CPI – Clausen & Bosse, Leck
Printed in Germany
ISBN 978-3-426-50316-4

2 4 5 3 1

Für Davi, mein Sweetheart.

INHALT

*(Sinnsprüche, die Ihre Mutter
nie auf ein Kissen stickte)*

KAPITEL 1
*Versuche nicht, Liebe zu definieren,
außer du bist auf Frust aus*

KAPITEL 2
*Glückliche Fremde können jedermanns
dunkle Seite ans Tageslicht bringen*

KAPITEL 3
Die Grenze zwischen Liebe und Hass ist fließend

KAPITEL 4
*Deine Mutter ist eine Frau, zu der du
nicht zwangsläufig auch werden musst*

KAPITEL 5
*Ist eine schlechte Entscheidung, die dein Leben zum
Besseren wendet, am Ende eine gute Entscheidung?*

*(Oder: Was macht den Unterschied zwischen einer
guten Entscheidung und einer schlechten Entscheidung
aus? Ungefähr drei Drinks)*

KAPITEL 6
*Bisweilen bringt der Tod
höchst Lebendiges mit sich*

KAPITEL 7
*Manchmal klingelt die Hoffnung an der Tür,
kommt ins Haus und stellt ihren Matchsack ab,
als wolle sie eine Weile bleiben*

KAPITEL 8
*Jeder verkauft irgendwas,
also sei dein eigener PR-Manager*

KAPITEL 9
*Manchmal genügt es, im richtigen Moment
das richtige Fenster zu öffnen*

KAPITEL 10
*Liebe ist vielfältig – und gelegentlich abstrakt,
blau und obszön*

KAPITEL 11
*Manchmal kann man mit offenen Augen
nicht erkennen, was geschieht*

KAPITEL 12
*Du kannst dir Probleme nicht von der Seele essen,
aber wenn du es versuchen willst, fang mit Schokolade an*

KAPITEL 13
*Lass nicht zu, dass dein Ehemann
einen eigenen Steuerberater hat*

KAPITEL 14
Vermeide es, Wasser zu atmen

KAPITEL 15
*Nachdem wir uns in Gefühlen verloren haben,
überfällt uns manchmal das Bedürfnis aufzuräumen*

KAPITEL 16
Wenn einem gar nichts mehr einfällt,
ist es manchmal zu empfehlen,
auf Bestechung auszuweichen

KAPITEL 17
Die Vergangenheit bewältigt man am besten
in Dreißig-Minuten-Blöcken

KAPITEL 18
Manchmal im Leben werden Mythen Wirklichkeit –
sei dankbar dafür

KAPITEL 19
Wo sollte eine Führung beginnen? Im Herzen

KAPITEL 20
Verwechsle deinen Liebhaber
nicht mit einem Retter

KAPITEL 21
Lauschen ist eine unterschätzte Disziplin

KAPITEL 22
Sollten wir die Generation verwirrter Männer bedauern?

KAPITEL 23
Wenn es eine Generation verwirrter Männer gibt,
gibt es dann auch eine Generation verwirrter Frauen?

KAPITEL 24
Sind alle Männer Mistkerle?

KAPITEL 25
So zu tun, als ob, ist eine wichtige Fähigkeit

KAPITEL 26
Irgendwann ist jeder mal der Böse

KAPITEL 27
Man kann nicht endlos planen –
Irgendwann muss man handeln

KAPITEL 28
Der Hang zur Bestechung
kann in der Familie liegen

KAPITEL 29
Vorstadtnester haben ihre Tücken –
Nehmen Sie sich vor den Killerwespen in Acht

KAPITEL 30
Was uns ausmacht, sind die Geschichten,
die wir erzählen – und die, die wir nicht erzählen

KAPITEL 31
Der Unterschied zwischen Zusammenbrechen
und Aufbrechen ist manchmal so gering,
dass man ihn nicht wahrnimmt

KAPITEL 32
Wachträume können weniger real erscheinen
als echte Träume

KAPITEL 33
Manchmal findet man in einem Stück
zu sich zurück

KAPITEL 34
Eine Familie kann durch die seltsamsten Bande
verbunden sein

*Versuche nicht,
Liebe zu definieren,
außer du bist auf
Frust aus*

KAPITEL 1

Während ich an den Schaltern vorbei auf den Security-Check-in zusegle, erkläre ich meiner Assistentin Lindsay die Liebe und ihre verschiedenen Formen des Scheiterns. Inmitten eines Pulks von Flugreisenden – Rentnern in Bermudashorts, Katzen in Transportkörben, gestressten Geschäftsleuten – singe ich ein Loblied auf die Liebe mit einem großzügigen Schuss Vernunft. Ich habe mich in liebenswerte Treulose verliebt. Ich habe aus den falschen Gründen die falschen Männer angebetet. Ich bin schuldig. Ich habe an einem ungebärdigen Herzen gelitten, aber weit mehr an mangelnder Menschenkenntnis. Mir fehlte es entschieden an Kontrolle. Zum Beispiel: Ich hatte keinen Einfluss darauf, dass ich mich in Artie Shaw verliebte – einen achtzehn Jahre älteren Mann. Ich habe keinen Einfluss darauf, dass ich ihn noch immer liebe, obwohl ich – auf einen Schlag – herausfand, dass er während unserer vierjährigen Ehe drei Affären hatte. Zwei mit Geliebten aus der Zeit vor unserer Hochzeit, mit denen er in Verbindung geblieben war – sie sozusagen aufgehoben hatte wie Geschenke zum Abschied von seinem Junggesellentum, lebende Erinnerungsstücke. Artie wollte diese Beziehungen nicht als *Affären* bezeichnen, weil sie sich *spontan* ergeben hatten, nicht *vorsätzlich*. Er kam mit Formulierungen wie *Liebschaft* und *Liebelei*. Die dritte Affäre nannte er *Zwischenfall*.

Und ich habe keinen Einfluss darauf, dass ich zornig

bin, weil Artie so krank geworden ist – so totenbett-krank –, und dass ich ihm seine Melodramatik übel nehme. Ich habe keinen Einfluss auf den inneren Zwang, in diesem Augenblick zu ihm nach Hause zu fliegen, einen Vortrag über komplizierte börsenrechtliche Vorschriften sausen zu lassen, weil meine Mutter mir in einem mitter-nächtlichen Katastrophenanruf eröffnete, dass sein Ge-sundheitszustand kritisch wäre. Ich habe keinen Einfluss darauf, dass ich noch immer wütend auf Artie bin, weil er mich betrogen hat, obwohl man in dieser Situation eigentlich von mir erwarten würde, nachsichtiger zu wer-den, zumindest ein wenig.

Ich erzähle Lindsay, wie ich Artie vor sechs Monaten verließ, nachdem ich von seinen Affären erfahren hatte, und dass es das einzig Richtige war. Ich erzähle ihr, wie alle drei Affären auf einmal herauskamen – wie in einer dieser entsetzlichen Talkshows.

Lindsay ist ein zierliches Persönchen. Ihre Jackenärmel sind immer etwas zu lang, als trüge sie die Sachen ihrer älteren Schwester auf und wäre noch nicht ganz hinein-gewachsen. Sie hat seidige, blonde Haare, die schwin-gen wie in einem Shampoo-Werbespot, und sie trägt eine kleine Brille, die ständig auf ihrer Nase, die so per-fekt und schmal ist, dass ich nicht weiß, wie sie damit atmen kann, abwärtsrutscht. Es ist, als wäre ihre Nase als schmückendes Accessoire entworfen worden, ohne Rücksicht auf Funktionalität. Natürlich kennt Lindsay die ganze Geschichte, und sie nickt immer wieder zustim-mend, und ich rede weiter.

Ich erkläre ihr, dass es keine schlechte Idee war, eine Geschäftsreise an die andere zu hängen, ein paar Mo-nate mit diversen Klienten auf Tauchstation zu gehen – in kurzfristig gemieteten Wohnungen oder Hotelzimmern unterzukriechen. Es war dazu gedacht, mir Zeit zu ver-schaffen, mein gebrochenes Herz zu flicken. Ich hatte vorgehabt, damit fertig zu sein, wenn ich Artie wiedersähe, aber ich bin es nicht.

»Liebe lässt sich nicht anordnen oder sogar demokratisch regieren«, eröffne ich Lindsay. Mein Demokratie-Konzept besteht darin, die Meinung der beiden Menschen zu erfragen, die ich zu Vertrauten erkoren habe: meine zu Nervosität neigende Büroassistentin Lindsay, die im Moment mit mir durch den JFK-Flughafen-Terminal hetzt, und meine überbesorgte Mutter, die mich auf Kurzwahl eingespeichert hat.

»Liebe schachert nicht«, sage ich. »Sie wird nie mit einem handeln wie dieser Türke mit den gefälschten Gucci-Taschen.« Meine Mutter besteht darauf, dass ich ihr jedes Mal, wenn ich geschäftlich in New York bin, eine gefälschte Gucci-Tasche besorge, und mein kleiner Trolley platzt schier vor lauter gefälschtem Gucci.

»Liebe ist nicht logisch«, behaupte ich. »Sie ist immun gegen Logik.« In meinem Fall: Mein Mann ist ein Ehebrecher und ein Lügner, weshalb ich ihn entweder verlassen oder ihm verzeihen sollte, wobei ich gehört habe, dass manche Frauen sich in dieser Situation tatsächlich für Letzteres entscheiden.

Lindsay flötet: »Natürlich, Lucy. Ohne Zweifel!«

Ihr munterer Ton stört mich. Sie ist oft übertrieben eifrig darin, mir recht zu geben, und manchmal bringt mich ihre hoch bezahlte Zustimmung ins Grübeln. Ich setze meinen Vortrag fort. »Aber ich muss zu meinen Fehlern stehen, einschließlich derer, die ich von meiner Mutter mitbekam.« Meine Mutter – die Königin im Danebenschießen, was Männer angeht. Ich beschwöre ein Bild von ihr in einem Nicki-Jogginganzug herauf, wie sie mich mit einer Mischung aus Hoffnung, Stolz und Mitleid anlächelt. »Ich muss zu meinen Fehlern stehen, denn sie haben mich zu dem Menschen gemacht, der ich bin. Und ich bin ein Mensch, den ich zu mögen gelernt habe –

außer, wenn ich im Sushi-Restaurant komplizierte Sonderwünsche äußere, wobei ich ausgesprochen zickig rüberkomme.«

»Das kann man wohl sagen«, pflichtet Lindsay mir ein bisschen zu eifrig bei.

Ich bleibe abrupt stehen, meine Laptoptasche über der Schulter schwingt nach vorn, und die Rollen meines Trolleys kommen zum Stillstand (ich habe nur das Nötigste eingepackt – Lindsay wird meine restlichen Sachen später auf den Weg bringen), und ich verkünde: »Ich bin noch nicht so weit, ihn wiederzusehen.«

»Artie braucht dich«, hatte meine Mutter mir in ihrem nächtlichen Brandanruf erklärt. »Immerhin bist du noch mit ihm verheiratet, und es gehört sich nicht, einen sterbenden Ehemann im Stich zu lassen, Lucy.«

Es war das erste Mal, dass jemand gesagt hatte, dass Artie sterben würde – zumindest so unverblümt. Bis zu diesem Augenblick war sein Zustand ernst gewesen, ja, das schon, aber er ist doch noch jung – erst fünfzig. Seine männlichen Vorfahren sind zwar alle jung gestorben, aber das muss schließlich nichts heißen – nicht angesichts der heutigen Möglichkeiten der Medizin. »Er dramatisiert nur«, versuchte ich zu dem alten Drehbuch zurückzukehren, in dem meine Mutter und ich uns über Arties jämmerliche Versuche, mich zurückzugewinnen, lustig machen.

»Aber was ist, wenn er nicht nur dramatisiert?«, fragte sie. »Du musst herkommen. Es ist schlechtes Karma, dass du nicht hier bist. Du wirst in deinem nächsten Leben als Käfer wiederkommen.«

»Seit wann hast du's denn mit dem Karma?«, wunderte ich mich.

»Ich bin jetzt mit einem Buddhisten zusammen«, antwortete meine Mutter. »Habe ich dir das nicht erzählt?«

Lindsay hat mich beim Ellbogen gepackt. »Sind Sie okay?«

»Meine Mutter ist mit einem Buddhisten zusammen«, sage ich zu ihr, als erkläre das, wie schrecklich schief alles läuft. In meinen Augen stehen Tränen. Ich sehe die Schilder über uns nur noch verschwommen. »Hier.« Ich gebe ihr meine Handtasche. »Ich finde meinen Ausweis bestimmt nicht.«

Sie führt mich zu einer Reihe von Telefonen neben einem Aufzug und fängt an, in meiner Tasche zu kramen. Ich kann es nicht. Ich kann es nicht, weil ich weiß, was ich da drin habe – all die kleinen Karten in den kleinen Kuverts, die in kleinen, grünen Plastikgabeln steckten, die in den täglichen Blumensträußen steckten, die Artie von zu Hause aus orderte. Er hat mich immer gefunden, egal, in welchem Hotelzimmer oder Apartment in welcher Stadt auf dem amerikanischen Festland ich gerade wohnte. (Woher wusste er, wo ich war? Wer gab ihm meine Reiseroute – meine Mutter? Ich hatte sie immer im Verdacht, sagte ihr jedoch nie, sie sollte es lassen. Insgeheim war es mir recht, dass Artie wusste, wo ich war. Insgeheim freute ich mich über die Blumen, obwohl ein Teil von mir sie hasste – und ihn.)

»Ich bin froh, dass Sie die alle aufgehoben haben«, sagt Lindsay. Sie war in meinen Hotelzimmern. Sie hat die Blumen gesehen, die sich dort ansammelten und vor sich hin welkten. Sie reicht mir meinen Ausweis.

»Ich wünschte, ich hätte sie *nicht* behalten. Ich bin ziemlich sicher, dass das ein Zeichen von Schwäche ist.«

Sie zieht ein Kuvert heraus. »Ich habe mich immer gefragt, was er wohl auf all den Karten zu sagen hat.«

Ich will mich nicht mit einer Herde von Fremden vor dem Security-Check-in anstellen. Die Schlange ist lang, aber ich habe noch genug Zeit – zu viel. Ich weiß, dass ich mich auf der anderen Seite unwohl fühlen werde, eingesperrt wie eine dieser Katzen in den Transportboxen. Ich will nicht allein sein. »Lesen Sie.«

Sie zieht die Brauen hoch. »Sind Sie sicher?«

Ich denke noch einmal darüber nach. Eigentlich will ich Arties Liebesgrüße nicht hören. Ein Teil von mir möchte ihr die Tasche aus den Händen reißen, ihr sagen: *Sorry, hab's mir anders überlegt,* und mich doch wie die Übrigen anstellen. Aber ein anderer Teil von mir möchte, dass sie die Karten liest, um herauszufinden, ob sie so manipulativ sind, wie ich glaube. Ich denke, ich brauche das jetzt. Eine kleine, schwesterliche Bestätigung. »Ja«, sage ich.

Sie zieht die Karte heraus. »Nummer siebenundvierzig: ›Ich liebe dich, weil du findest, dass in jedem Speisezimmer eine Chaiselongue stehen sollte für Leute, die nach dem Essen im Liegen verdauen, aber trotzdem noch an der Unterhaltung teilnehmen wollen.‹« Lindsay wirft mir einen fragenden Blick zu.

»Ich lege mich nach dem Essen gerne hin – wie die Ägypter. Eine Chaiselongue im Esszimmer ist eine vernünftige Sache. Artie hat mir eine zum ersten Hochzeitstag geschenkt.« Ich will es nicht, aber ich sehe sie vor mir – eine antike Chaiselongue mit dunklem Holzrahmen, der zur Speisezimmereinrichtung passt, und mit roten Mohnblumen auf weißem Grund bezogen. Wir haben uns in der ersten Nacht in unserem Haus darauf geliebt, dass ihre Stabilität auf eine harte Probe gestellt wurde.

Lindsay zieht eine andere Karte heraus und liest: »Nummer zweiundfünfzig: ›Ich liebe dich, weil man die Sommersprossen auf deiner Brust mit dem Kugelschreiber zu einem fast authentischen Elvis verbinden kann.‹«

Eine Flugbegleiter-Crew gleitet in einer Formation vorbei, die an die von Wildgänsen erinnert. Einige von Arties Exfreundinnen waren Flugbegleiterinnen. Er machte sein Vermögen, indem er mit Ende zwanzig ein italienisches Restaurant eröffnete (obwohl kein Tropfen italienisches Blut in seinen Adern fließt), und dann eine landesweite

Kette. Er reiste viel und lernte dabei viele Flugbegleiterinnen kennen. Sie rauschen an mir vorüber in ihren Nylons, ihre Trolleys klappern, und mein Magen zieht sich zusammen. »Das hat er tatsächlich einmal gemacht, die Sommersprossen verbunden. Wir haben die Fotos noch.« Ich warte auf Lindsays moralische Entrüstung, aber stattdessen sehe ich ein kleines Lächeln.

Sie zieht eine dritte Karte heraus. »Nummer fünfundfünfzig: ›Ich liebe dich, weil du fürchtest, dass dein Vater, falls du ihm ein für alle Mal verzeihst, vielleicht auf irgendeine Weise wirklich verschwindet, obwohl er schon seit Jahren tot ist.‹«

Wieder ein fragender Blick.

»Artie ist ein großartiger Zuhörer. Er merkt sich alles. Was soll ich sagen? Das bedeutet nicht, dass ich ihm den Ehebruch verzeihe und zu ihm zurückgehen muss.« Hier ist einer der Gründe dafür, dass ich Artie hasse: Er ist ein so origineller Mensch, aber als ich ihn fragte, warum er mich betrogen hätte, kam er mit einer ganz abgegriffenen Erklärung daher. Er verliebte sich ständig. Er dachte, er könnte damit aufhören, als wir heirateten, aber er konnte es nicht. Er gestand mir, dass er sich andauernd in irgendwelche Frauen verliebte, den ganzen Tag, jeden Tag, dass er alles an Frauen bewunderte – wie sie die Hüften schwingen, wenn sie gehen, ihre zarten Hälse –, er liebt sogar ihre Unvollkommenheiten. Und er tappte regelmäßig in die Falle. Frauen vertrauten sich ihm an. In einem Moment offenbarte eine Frau ihm ihre intimsten Geheimnisse, im nächsten knöpfte sie ihre Bluse auf. Er sagte mir, dass er sich selbst hasste und dass er mir nicht wehtun wollte. Er liebte zwar die Frauen, mit denen er Affären gehabt hatte – alle auf verschiedene Weise und aus verschiedenen Gründen –, aber er wollte nicht sein Leben mit ihnen verbringen. Er wollte sein Leben mit *mir* verbringen. Ich hasse Artie dafür, dass er mich betrogen hat, aber vielleicht noch mehr hasse ich ihn dafür, dass er mich in eine so peinliche Klischee-Situation gebracht hat.

Ich war zu verletzt und zu zornig, um etwas anderes zu tun, als ihn zu verlassen.

»Glauben Sie, er wird wieder gesund?«, fragt Lindsay.

»Ich weiß«, sage ich, »ich weiß. Eine gute Ehefrau würde zu ihm zurückgehen und ihm verzeihen, weil er so krank ist. Eine gute Ehefrau wäre wahrscheinlich gar nicht erst weggelaufen und wie eine Verrückte im Land herumgereist, sondern dageblieben, und hätte versucht, die Sache zu klären. Ich weiß.« Ich werde gefühlsduselig. Entschlossen dränge ich meine Tränen zurück. Plötzlich wird mir bewusst, dass ich angezogen bin wie für einen beruflichen Termin: hellbraune Stoffhose, teure Schuhe, Blazer. Die Sachen waren in der Eile die ersten, die mir in die Hände fielen, als ich inmitten sterbender Blumen wie ferngesteuert in meinem Hotelzimmer herumschoss, um zu packen. Ich bin Wirtschaftsprüferin – Partnerin in einer Kanzlei, um genau zu sein. Glauben Sie mir, die Ironie ist mir nicht entgangen, dass es mein Job ist, zu wissen, wenn jemand betrügt, und trotzdem so lange blind für Arties Untreue gewesen zu sein. »Von mir wird erwartet, dass ich Betrug auf den ersten Blick erkenne – das ist mein Beruf, Lindsay. Wie war es möglich, dass ich ihn bei Artie nicht erkannte?«

»Er hat sein Risiko der Entlarvung wirklich klein gehalten«, versucht sie, mich aufzubauen. Sie hat kürzlich einen Vortrag über das Risiko der Entlarvung gehört und ist in diesem Moment sichtlich stolz auf sich. »Sie kriegen das wieder hin, Lucy. Sie kriegen alles wieder hin. Das können Sie am besten.«

»Im Job«, erwidere ich. »Mein Privatleben untermauert das nicht gerade. Zwei verschiedene Welten.«

Lindsay schaut sich um, als sei sie verwirrt. Sie trägt

ihre Verwirrung zur Schau, zelebriert sie förmlich, als hätte sie eben zum ersten Mal gehört, dass es zwei verschiedene Welten gibt. Ich habe sie zum Aufsteigen aufgebaut. Sie wird mich in meiner Abwesenheit vertreten, und sie wird an ihrer Belastbarkeit und Durchsetzungsfähigkeit arbeiten müssen, wenn sie es schaffen will. Ich habe ihr dringend geraten zu versuchen, ihre Gefühle nicht so offen zu zeigen. Ich würde ihr ja gerne noch eine kleine Vorlesung darüber halten, aber im Augenblick bin ich nicht unbedingt ein Vorbild für emotionale Disziplin.

»Sie finden, dass ich ihm verzeihen sollte, stimmt's? Sie finden, dass ich nach Hause fliegen und mich irgendwie mit ihm versöhnen sollte, stimmt's?«

Sie weiß nicht recht, was sie sagen soll. Ihr Blick schießt hierhin und dorthin. Schließlich gibt sie auf und nickt.

»Weil er es verdient, oder weil er krank ist?«

Unbehaglich tritt sie von einem Fuß auf den anderen. »Ich weiß nicht. Ich denke es nur, weil ich nie einen Freund hatte, der mehr als drei, höchstens vier Gründe hatte, mich zu lieben. Nicht, dass ich darum gebeten hätte, sie mir aufzuzählen, aber ... Sie wissen schon, was ich meine. Weil er Sie so sehr liebt.«

Artie liebt mich so sehr – in diesem Moment erscheint es mir wahr, als hätte sie seine Gesten jeglicher Manipulation entkleidet, die ich darin gesehen habe, und sie nur als Manifestation seiner Liebe gesehen – zu mir. Es schockt mich regelrecht, sie so zu sehen – so aufrichtig. Ich weiß nicht, was ich darauf antworten soll. »Ich bin sicher, Sie werden gut zurechtkommen während meiner Abwesenheit«, wechsle ich das Thema. »Ich weiß, dass Sie es können.«

Ich habe sie kalt erwischt. Sie errötet – auch etwas, was sie vermeiden sollte, aber in diesem Fall freue ich mich darüber. Sie deutet eine Verbeugung an. »Danke für das Vertrauen.« Sie reicht mir meine Handtasche. »Haben Sie alles?«

»Ich komme klar.«

»Na dann.« Sie dreht sie um und taucht in die Menge ein. Jetzt ganz die Geschäftsfrau, mit erhobenem Haupt und entschlossenem Gang. Ich bin stolz auf sie.

In diesem Moment gibt der Aufzug ein lautes *Ping!* von sich, und Arties Nummer 57 fällt mir ein. Sie ist heute früh gekommen: *Ich liebe dich, weil du den Ton der Aufzugglocke liebst und einmal sagtest, er wäre ein kleiner Hoffnungston, der die Vorstellung vermittelt, dass sich etwas ändern wird, dass man endlich irgendwo anders hingeht und neu anfängt.*

Das Dumme ist, dass ich Aufzüge nicht ausstehen kann. Ich fühle mich darin immer wie in einem Sarg – wenn überhaupt, dann ist das Ping für mich eine Totenglocke. Ich bekomme regelmäßig Platzangst in den Dingern, und außerdem habe ich nichts übrig für Veränderungen – wie zum Beispiel herausfinden, dass der Ehemann einen betrügt –, und trotz all meiner Herumreiserei in der letzten Zeit hatte ich nie wirklich das Gefühl, irgendwo anders anzukommen und neu anzufangen. *Ein kleiner Hoffnungston?* So was habe ich nie gesagt. Nummer 57 kann nicht für mich gewesen sein. Sie ist für eine andere Frau bestimmt. Nummer 57 gehört einer anderen Frau, so wie mein Leben – mein berufliches und mein privates – im Moment ebenso einer anderen Frau zu gehören scheint.

Ein junger Mann schiebt eine Frau in mittleren Jahren in einem Rollstuhl aus dem Aufzug. Vielleicht ihr Sohn? Die Türen aus rostfreiem Stahl schließen sich wieder. Ich sehe mein verschwommenes Spiegelbild darin und habe das Gefühl, diese andere Frau zu sein. Auch wenn es mir nicht passt – dieses Leben ist meins.

*Glückliche Fremde
können jedermanns
dunkle Seite ans
Tageslicht bringen*

KAPITEL 2

$\mathcal{D}$er Mund der Empfangsstewardess ist grellrot geschminkt und so hochglänzend, dass er wie ein Fischmaul aussieht. »Ich brauche einen Gin Tonic«, flüstere ich ihr beim Betreten der Maschine zu. »Dringend. Ich sitze gleich vorne in Vier A.«

Sie zwinkert mir lächelnd zu.

Hätte ich nicht bereits beschlossen, mich auf dem Flug zu betrinken, würde ich es jetzt tun, als ich die Frau sehe, neben der ich sitzen werde. Sie ist etwa so alt wie meine Mutter und strahlt eine aufdringliche Fröhlichkeit aus. Ich versuche, Augenkontakt zu vermeiden.

Ich war mal ein netter Mensch, ich schwöre es. Damals sagte ich *Entschuldigen Sie* und *Nein, bitte nach Ihnen*. Ich lächelte fremde Leute an. Ich scherzte mit schwatzhaften Sitznachbarn. Aber nicht heute. Nein, danke. Ich bin nicht interessiert an der Freude anderer. Ich empfinde sie als provozierend. Der Gedanke schießt mir durch den Kopf, mich als Ausländerin auszugeben. Ich könnte mich hinter einem liebenswürdigen »Nix Englisch« verschanzen. Nein – so wie ich diese Person einschätze, würde sie kulturelle Barrieren wie diese plattmachen, Scharaden spielen und Bilder zeichnen, um Verbindung aufzunehmen. Außerdem habe ich mich schon bei der Flugbegleiterin als Amerikanerin geoutet (als *verzweifelte* Amerikanerin), und da sie den Alkohol hat, möchte ich diese Beziehung pflegen.

Während ich meinen kleinen Trolley in das Fach über den Sitzen schiebe, platzt die Frau plötzlich heraus: »Es ist mein erstes Mal!«

Ich weiß nicht, wie ich darauf reagieren soll. Es klingt mir entschieden zu persönlich. »Wie bitte?«, rette ich mich, indem ich so tue, als hätte ich sie nicht verstanden, und hoffe, dass diese kleine Kommunikationsstörung ihr Gelegenheit gibt zu überdenken, Fremden in Flugzeugen Intimes anzuvertrauen.

Doch sie ruft, offenbar in der irrigen Meinung, ich sei schwerhörig: »Mein erstes Mal! In der Business-Class!«

»Gratuliere«, erwidere ich, nicht sicher, dass das die richtige Reaktion ist. Wie wäre die? *Toll für Sie?* Ich stehe im Mittelgang und warte darauf, dass sie aufsteht. Aber sie scheint ihren Platz nicht verlassen zu wollen, nicht für eine Sekunde – als fürchte sie, jemand würde ihr dann ihr Privileg streitig machen. Also beschließe ich, mich an ihr vorbeizuquetschen und ihr dabei den Hintern zuzudrehen, um zu meinem Fensterplatz zu gelangen – vielleicht ist ein wenig passive Aggression vonnöten.

Sie bemerkt sie gar nicht. »Mein Sohn hat mir diesen Business-Class-Platz besorgt«, plappert sie unbeirrt weiter. »Ich sagte zu ihm, wer braucht von New York nach Philly die Business-Class?, aber er hörte nicht auf mich. Er ist ein großes Tier.«

Jetzt soll ich bestimmt sagen: »Ach ja, und was macht er?« Aber ich lasse mein Stichwort ungenutzt verpuffen. Ich stehe auf, um zu sehen, ob die Flugbegleiterin die Verzweiflung in meiner Stimme registriert und den georderten Drink schon in Arbeit hat. Ich kann sie nicht sehen, und das nervt mich. Ich schaue durch das Fenster auf die Bodencrew hinunter. Wie ich sie um ihre Ohrenschützer beneide!

Die Frau starrt mich an. Ich kann es spüren, und plötzlich wird mir bewusst, dass sie der Typ Frau ist, den meine

Mutter verachtet – die Art, die sich nicht schminkt oder die Haare färbt oder ins Fitnessstudio geht. In den Augen meiner Mutter haben Frauen, die all das nicht tun, den Kampf aufgegeben, wobei sie davon ausgeht, dass sie all das irgendwann einmal getan haben, was stimmen mag oder auch nicht. Als ich einmal fragte: »Welchen Kampf?«, antwortete sie: »Den Kampf dagegen, so alt auszusehen, wie man ist.« Meine Mutter ist immer ordentlich angezogen – sie trägt meistens Nicki-Jogginganzüge –, sorgfältig frisiert und übertrieben geschminkt. Heutzutage scheint sie das Make-up weniger zu benutzen, um attraktiver auszusehen, als vielmehr, um sich dahinter zu verstecken. Ich weiß offen gestanden nicht, ob das ein Kampf ist, den ich mitmachen möchte. Ich empfinde beinahe Sympathie für die Frau neben mir, weil ihr nicht wichtig zu sein scheint, was die Leute von ihr halten. Sie hat den Kampf nicht aufgegeben – sie steht vielleicht darüber. Aber meine Sympathie ist nicht von langer Dauer.

»Sind Sie eine dieser Hochleistungsfrauen, über die man heute redet?«

Wer ist »man«? , frage ich mich. Verschwörerisch lehne ich mich zu ihr hinüber. »Ich bin jedenfalls kein Hochleistungs*mann*«, vertraue ich ihr an.

Sie bäumt sich vor Lachen auf und prustet in die Luftdüsen über uns. Aber sie beruhigt sich schnell wieder. »Wahrscheinlich gehören Sie zu diesen Hochleistungspaaren mit einem Baby, das Mozart spielen lernt. Ich habe von diesen genialen Babys von Hochleistungspaaren gehört. Habe ich recht?« Sie stellt die Frage wie ein Kandidat in einer Gameshow.

»Tut mir leid«, antworte ich. »Ich habe kein Baby. Keine Kinder – weder genial noch sonst wie.« Das ist ein wunder Punkt. Artie und ich hatten irgendwann angefangen, über das Thema Familie zu reden. Wir hatten uns ausge-

malt, eines der Gästezimmer zum Kinderzimmer umzu-
gestalten, uns angewöhnt, mitten in einem Satz zu sagen:
»Halt mal – das wäre ein guter Name für ein Kind.« Die
Namen waren ausnahmslos bizarr – Bärenhunger, Tanz-
tee, warum Nathaniel und nicht Neanderthal? Im Kiel-
wasser des Trends, Kindern Ortsnamen zu geben (Lon-
don, Paris, Montana), stellten wir unsere eigene Liste
zusammen: Düsseldorf, Antwerpen, Hackensack. Artie
hatte gerade einen jungen, toughen, zum Mogul geborenen Typen eingestellt, um seinen Stress etwas zu ver-
ringern. Unser Leben wurde ruhiger, und wir begannen
mit dem Versuch, ein Kind zu machen. Ich hasse das
Wort *Versuch* – es impliziert sexuelle Ungeschicklichkeit
und mangelnde Potenz, und beides gehörte nie zu Arties Problemen. Zwei Monate später stieß ich auf eine
E-Mail von einer Frau mit dem Codenamen »Springbird«. (Springbird! Es erschien mir grotesk, von einer
Frau hintergangen worden zu sein, die sich »Frühlings-
vogel« nannte!) Ich stieß auf den guten alten Springbird,
als ich nach Arties Reiseinfo suchte und das Federvieh für
seine Sachbearbeiterin hielt. Die Absenderin der E-Mail
erkundigte sich, ob Arties Rücken nicht darunter gelitten
hätte, »auf dem harten Futon zu schlafen«, und schrieb,
dass sie »ihn liebte« und »sehnsüchtig vermisste«.

Sehnsüchtig.

Ich wandte mich an die Sekretärin von Arties Teilha-
ber. Seine eigene Sekretärin ist eine strenge, schmallippige
Frau, die nie etwas ausplaudern würde. Aber Miranda,
die Sekretärin seines Teilhabers, ist eine berüchtigte Trat-
sche. Ich lud sie in ihr Lieblingsrestaurant ein, den All-U-
Can-Eat-King-Chinese-Food-Imbiss, und gab vor, einen
Rat von ihr haben zu wollen und viel mehr zu wissen,
als ich wusste. Sie verriet mir bei Hühnchen süßsauer
und frittierten Klößen, dass Artie »jemanden nebenher«
hatte. Sie hatte ihrerseits ein, zwei E-Mails gesehen und

bestätigte den Namen Springbird, aber darüber hinaus wusste sie nicht viel. Mein Glückskeks prophezeite mir: »Sie werden zum Nil reisen«. Sollte das vielleicht eine Metapher sein?

Als ich nach Hause kam, konfrontierte ich Artie mit meinen Erkenntnissen, während er unter der Dusche stand. Er kam heraus und erzählte mir die Wahrheit, die ganze Wahrheit, nicht nur über die Frau, die Miranda erwähnt hatte, sondern auch noch über zwei andere Liebschaften – *Liebeleien*. Er sagte, er würde mir alles erzählen, was ich wissen wollte. Ein volles Geständnis ablegen. »Ich werde alles tun, um es wiedergutzumachen«, beteuerte er. Aber ich wollte keine Details hören. Ein Handtuch um die Hüften und Shampoo im Haar, setzte er sich auf die Kante unseres Ehebetts. In diesem Moment, während ich in der Business-Class neben dieser Frau sitze und auf den hochgeklappten Tabletttisch vor mir starre, verabscheue ich Artie genauso, wie ich es damals tat. Weshalb verabscheue ich ihn? Nicht so sehr wegen seiner Untreue – die überwältigt mich von Zeit zu Zeit –, sondern wegen seiner Unachtsamkeit. Wie konnte er so unachtsam mit unserer Ehe umgehen – mit mir?

»Nein«, denkt meine Sitznachbarin laut, »Hochleistung ist nicht das richtige Wort. Nicht genau. So nennen sie eher die neuen raffinierten Handys. Wie *heißen* sie denn nur? Power-Paare? Ist das richtig? Was macht Ihr Mann?«

Endlich kommt die Flugbegleiterin mit meinem Drink. Lächelnd beugt sie sich zu mir herunter und reicht ihn mir.

»Was macht Ihr Mann?«, wiederhole ich die Frage. »Vorzugsweise Flugbegleiterinnen an.«

»Oh … nun … also … so hatte ich es nicht gemeint!«, stottert die Frau neben mir.

Die Flugbegleiterin ist nicht im Mindesten schockiert.

Sie lächelt ein gleichzeitig trauriges und spöttisches Guppy-Lächeln, als wolle sie sagen: *Meinen Sie, es ist einfach, ich zu sein?*

Ich zucke mit den Schultern.

Jedenfalls habe ich die unerwünschte Unterhaltung abgewürgt, und ich musste dazu nicht einmal meine Superwaffe: *Ich bin Wirtschaftsprüferin,* ziehen, die die meisten Leute abrupt zum Schweigen bringt. Die Frau schlägt ein Buch auf, um das sie eine offensichtlich selbst gemachte Stoffhülle gelegt hat. Um den Umschlag zu verbergen? – Ein historischer Liebesroman? Ich interessiere mich nicht für ihr kleines jäckchentragendes Buch.

Ich wende mich dem Fenster zu, spiele mit dem Plastikrollo. Meine Kehle wird eng, und ich weiß, dass ich gleich weinen werde. Ich hasse Gefühlsausbrüche. Um mich abzulenken, überlege ich mir, welchen meiner Partner ich morgen anrufen werde, um mit ihm zu besprechen, wie meine erforderliche Abwesenheit überbrückt werden soll, wer mein Team leiten und bei meinen Klienten Händchen halten wird. Ich hatte beschlossen, Wirtschaftsprüferin zu werden, weil es so seriös klang. Es reizte mich wegen der ordentlichen Zahlenreihen, wegen der Art und Weise, wie man mit diesen Zahlen spielen kann, und wegen der Sachlichkeit. Wirtschaftsprüferin. Eine Art Job, die mein Vater nie durchgehalten hätte. Er war ein »Unternehmer«, erklärte jedoch nie genau, was es damit auf sich hatte. In gewisser Weise war er der erste liebenswerte Betrüger, in den ich mich verliebte. Auf dem College durchlief ich eine Phase, in der ich selbst eine liebenswerte Betrügerin war, aber ich ertrug es nicht, Menschen wehzutun. Ich kettete mich an die Rolle der Wirtschaftsprüferin, um Haltung zu bewahren. Innerlich und äußerlich. Wirtschaftsprüferinnen weinen nicht. Sie erregen sich nicht über die Steuererklärungen ihrer Klienten. Sie brüten über Zahlen. Sie rechnen. Sie entscheiden, ob diese Zahlen korrekt sind oder frisiert. Ich entschied mich für den Prüfer-Beruf, weil ich wusste, dass ich es dann mit Prüfern zu tun hätte – meist Männern, und zwar solchen, die in keiner Weise meinem Vater ähnelten. Ich malte mir aus, mich in einen Kollegen zu verlieben und mit ihm ein wohlgeordnetes, emotional geregeltes Leben zu führen. Der Beruf würde mich durchsetzungsfähiger, härter machen, zur Ruhe bringen. Und vielleicht tat er das für eine Weile. Vielleicht tat er das. Aber dann begegnete ich Artie.

Ich höre auf, gegen die Tränen anzukämpfen, lasse sie einfach über meine Wangen laufen. Ich krame in meiner Handtasche um Arties Liebesbotschaften herum nach einem Taschentuch und drücke meine Nasenflügel zusammen. Ich trinke den Gin Tonic mit einem Zug und bestelle mir den nächsten. Und wir sind noch nicht einmal in der Luft.

KAPITEL 3

Bei jedem Ausatmen merke ich, dass ich das Shuttle-taxi mit Gin-Dämpfen verpeste. Ich würde mich ja bei dem Fahrer entschuldigen, aber ich höre meine Mutter sagen, dass man sich bei Menschen aus dem Dienstleistungsgewerbe nicht entschuldigt. *Das ist so mittelklassemäßig.* Dass wir meine ganze Kindheit lang zur Mittelklasse *gehörten,* scheint dabei keine Rolle zu spielen. Ich beschließe trotzdem, mich nicht zu entschuldigen, weil ich den Fahrer nicht in Verlegenheit bringen möchte. Man muss sich nicht für Trunkenheit entschuldigen, wenn man betrunken ist. Das ist einer der Vorteile der Trunkenheit, stimmt's? Dass es einen nicht schert, ob die Leute merken, dass man betrunken ist. Aber die Tatsache, dass ich mich entschuldigen *will,* beweist, dass die Trunkenheit allmählich nachlässt. Schade. Ich werfe ein paar Schokokirschen ein, die ich im Vorbeigehen an einem Flughafenkiosk gekauft habe, und fange an zu plaudern.

»Haben Sie irgendwelche Hobbys?« Ich hatte schon Fahrer, die spielsüchtig waren, Genozid-Überlebende, Väter von vierzehn Kindern. Manchmal stelle ich Fragen, manchmal nicht.

»Ich gebe Tennisunterricht«, sagt er. »Ursprünglich war es nicht nur ein Hobby, aber inzwischen ist es eins.«

»Waren Sie gut?«

»Ich habe ein paar Bälle mit den Besten geschlagen«,

er sieht mich im Rückspiegel an, »aber es fehlte mir der Tick, der einen auf die nächste Ebene katapultiert. Das habe ich nicht gut verkraftet.«

Ich finde, er sieht wie ein Tennisprofi aus: Er ist braun gebrannt, und sein rechter Unterarm beult aus wie der von Popeye. »Sie haben es nicht gut verkraftet?«

»Ich suchte Trost im Alkohol, wie meine Großmutter es ausdrückte.«

Das ist beunruhigend – er sitzt am Steuer.

Offenbar spürt er meine Nervosität, denn er setzt hastig hinzu: »Ich bin trocken.«

»Ah.« Jetzt habe ich ein schlechtes Gewissen, weil ich betrunken bin – wie damals, als Artie und ich den neuen Nachbarn eine Flasche Wein hinüberbrachten und erfuhren, dass er trockener Alkoholiker war. Ich bin sicher, dass der Fahrer mir anmerkt, dass ich ordentlich zugelangt habe. Ich möchte mich rechtfertigen, aber weiterzureden würde weitere Gin-Dämpfe mit sich bringen – das ist meine Rauschlogik im Moment. In einem Anfall von Paranoia frage ich mich, ob ich Alkoholikerin werde. Ist das mein Weg in den Untergang? Werde ich zu den Anonymen gehen? Ich mache mir Sorgen wegen meiner Veranlagung, und dann rülpse ich, und es ekelt mich derart vor dem Gestank, dass mir klar wird, dass ich sicher keine Alkoholikerin werde. Es fehlt mir eine gewisse Hartgesottenheit, und ich bin erleichtert.

»Spielen Sie?«, fragt er.

Ich bin verwirrt.

»Tennis?«

Oh. Richtig. Ich zucke mit den Schultern und gebe ihm mit Daumen und Mittelfinger das Zeichen für »nur ein bisschen«.

Der Van fährt durch die gewundenen Straßen meines Viertels, vorbei an den plüschigen Rasenflächen der Main Line. Ich habe hier nie richtig hergepasst. All die

Barbecues und Cocktailpartys und Millionen anderer Scheckbuch-Partys, wo Frauen zusammenkommen, um Wein zu trinken, Schokolade zu essen und eine ungesunde Begeisterung für Kerzen oder Weidenkörbe oder erzieherisch wertvolles Spielzeug zu bekunden. Es gab eine einzige Sexspielzeug-Party, aber es ist interessant, wie nach einer steifen Smalltalk-Konversation perlenbesetzte Vibratoren einem genauso langweilig vorkommen wie Vanille-Teelichte.

Und die Freunde, die wir haben, hätte ich mir selbst nicht ausgesucht. Es ist niemand darunter, dem ich mich gerne anvertraut hätte, nachdem ich hinter Arties Betrug gekommen war. Ich wollte kein unechtes Mitgefühl, das nur meine Schleusen öffnen sollte, damit die Nachbarschaft anschließend etwas zu reden hätte.

Ich war wütend auf Artie. Wegen seiner Untreue, aber auch, weil er meinen Stolz verletzt hatte. Ich war die Dumme, und ich schätzte es gar nicht, dazu gemacht worden zu sein. Ich fragte mich, was Artie diesen Frauen über mich erzählte. Ich existierte zwar in den Beziehungen, die er hatte, aber ich war nicht anwesend, konnte mich nicht verteidigen. In welcher Version erschien ich dort? Als Klotz am Bein, als böses Weib, als Dummchen? Es gibt viele Möglichkeiten, und keine davon ist angenehm.

Wir biegen um die Kurve, und ich weiß, wenn ich jetzt aufschaue, sehe ich das Haus. Aber ich bin noch nicht so weit. Artie und ich haben es je zur Hälfte bezahlt. Er wollte es allein übernehmen, aber ich bestand darauf. Es wäre mein erstes Haus, und ich wollte das Gefühl haben, dass es mir *gehörte*. Meine Mutter erklärte mich für verrückt, als ich damals blindlings floh und es Artie überließ. Sie hat ganz bestimmte Richtlinien für eine vorteilhafte Scheidung: »Wenn eine Scheidung ansteht, ist das Wichtigste, im Haus zu bleiben – und es schadet auch nicht, einige der teuren Einrichtungsgegenstände beiseitezuschaffen. Was nicht mehr da ist, kann nicht geteilt werden. Du musst es aussitzen. Ich bleibe *immer,* bis das Haus mir gehört.« Ich sagte ihr, dass ich das Haus nicht wollte und auch nichts beseiteschaffen. Sie war so entsetzt, als hätte ich Gott gelästert – »So was darfst du nicht sagen!« –, als wäre mein Widerwillen, mir mein Haus zu »ersitzen«, ein Zeichen für schlechte Erziehung, wie keine Dankesbriefe zu schreiben oder nach dem Labor-Day noch weiße Schuhe zu tragen.

Ich war fast sechs Monate nicht hier, und ich weiß nicht genau, was für monumentale Veränderungen ich erwarte, aber als das Shuttletaxi in die Zufahrt einbiegt, bin ich überrascht, dass ich das Haus überhaupt wiedererkenne. Hatte ich gedacht, dass es irreparabel zusammengebrochen wäre? Artie *ist* irreparabel zusammengebrochen, wie es scheint. Ich war gerade erst seit ein paar Wochen weg, als die Herzmuskelentzündung festgestellt wurde, und das Timing machte mich misstrauisch. Ich hatte geglaubt, das Ganze wäre ein Schachzug, ein Schrei nach Mitleid, aber nun scheint es, als wäre ich an seiner Krankheit schuld. Ich beuge mich vor, um den Fahrer zu bezahlen, und obwohl wir uns nicht kennen, habe ich plötzlich das überwältigende Bedürfnis, ihm zu sagen: *Artie hat mir das Herz gebrochen – nicht ich ihm.* Ich beherrsche mich.

Der Fahrer, Extennisspieler mit Champion-Hoffnung und trockener Alkoholiker, reicht mir eine Visitenkarte mit einem erhabenen, stilisierten Racket darauf.

»Wenn Sie jemals Ihren Schwung verbessern wollen …« Er zwinkert mir zu.

Meinen *Schwung* … Macht mein Fahrer, Extennisspieler mit Champion-Hoffnung und trockener Alkoholiker, mich etwa an? Ich glaube, das tut er. Ich nehme die Karte und ignoriere das Zwinkern. »Danke.« Seit Arties Betrug war ich so hart und abweisend, dass kein Mann es wagte, mit mir zu flirten. Kein einziger. Wirke ich jetzt etwa weicher? Verletzlich? Verliere ich meine Härte, wenn ich sie am meisten brauche? Vielleicht ist es ja auch nur der Alkohol am hellen Nachmittag … Ich gebe ein bescheidenes Trinkgeld. Schließlich will ich den Mann nicht auf falsche Ideen bringen.

Er bietet mir an, meinen Trolley zum Haus zu rollen.

»Nein, nein – das schaffe ich schon.« Ich bin einer dieser Menschen, die sich als Betrunkene ganz steif machen, um ihr Schwanken zu verbergen. Artie sagte immer, ich ginge dann wie auf Stelzen. Also stelze ich zu meinem Trolley und dann mit dem Trolley zum Haus und höre erleichtert, dass der Van ohne ein anzügliches Hupen davonfährt.

Jemand hat den Garten in Ordnung gehalten. Ich habe meine Mutter im Verdacht – sie hat ständig solche Anwandlungen – und nehme mir vor, ihr zu sagen, dass sie damit aufhören soll und der Versuchung widerstehen. Als ich zur Tür hineinkomme, empfängt mich der vertraute Geruch meines Hauses – eine Mischung aus parfümiertem Putzmittel und Arties Aftershave und Seife und Knoblauch und Kaminholz. Und für einen Moment fühlt es sich gut an, daheim zu sein.

Unser Hochzeitsfoto – wir beide in einem alten Cadillac-Cabrio – steht noch auf dem Kaminsims. Ich blättere den Stapel Post durch, der auf der niedrigen Kommode in der Diele lag, gehe durch die Küche ins Esszimmer, und da steht die Chaiselongue mit dem Mohnblumenbezug. Es gibt mir einen Stich, und ich drehe mich weg und verlasse den Raum.

Im kleinen Wohnzimmer läuft der Fernseher. Ich gehe den Flur hinunter und finde eine junge Pflegerin dort vor, die eine dieser Uniformjacken mit aufgedruckten Kinderzeichnungen anhat. Sie schläft in Arties Ruhesessel.

Musste es eine so junge Pflegerin sein? Hätte es nicht eine alte, verschrumpelte sein können? Musste sie so blond sein? Sicher, sie ist wahrscheinlich vom Computer für diese Aufgabe ausgewählt worden, aber trotzdem kränkt es mich. Als wolle der Kosmos mir eins reinwürgen.

Ich lasse das Mädchen schlafen und steige die Treppe hinauf, wobei ich mir die Fotos an der Wand ansehe. Normalerweise ist dies der Platz für Familienfotos, aber bei uns hängen künstlerische, die ich machte, bevor ich Artie begegnete, damals, als ich Fotokünstlerin werden wollte: Bilder von einem Hund mit wehenden Ohren, der während der Fahrt den Kopf aus dem Schiebedach streckt; ein kleines Mädchen in einem Rüschenkleid, das auf einem Volksfest auf einem Pony reitet, aber hysterisch heult; ein Hare-Krishna-Jünger, der mit einem Handy telefoniert. Das sind meine Quasi-Kunst-Momente. Und in diesem Augenblick bin ich froh, dass es nicht die stereotypen Familienschnappschüsse sind. Ich könnte Sears Trautes-Heim-Glück-allein-Scheinheiligkeit nicht ertragen. Und ich bin erleichtert, dass es keine alten Fotografien von unseren Eltern und Großeltern sind – Artie und ich stammen beide von Schlitzohren der einen oder anderen Sorte ab. Wir hätten uns nie einigen können, welches Familien-Set wir einbeziehen sollten. Meine Mutter mit welchem ihrer Ehemänner? Mit meinem Vater, der uns verließ? Mit Ehemann Nummer vier, der bei weitem der netteste war, aber beim Kampf mit einer alten, widerspenstigen Fernsehantenne vom Dach stürzte und starb, weil, wie meine Mutter es ausdrückte, *sein tragischer Fehler war, zu geizig zu sein, um einen Kabelanschluss zu bezahlen?* Oder den vorläufig letzten Geschiedenen, weil sie ihm die größte Abfindung aus dem Kreuz leierte? Nach welchen Gesichtspunkten sollte man entscheiden? Nein, ich bin glücklich, meine alten Kunstwerke zu sehen. Als ich damals ging, hatte ich keinen Blick für sie, doch jetzt wirken sie auf mich – lustig und traurig, wie seinerzeit beabsichtigt.

Aber oben an der Treppe hängt ein neues, gerahmtes Foto – eines, das Artie gemacht hat, nicht ich. Darauf schaue ich nach unten, auf die Sommersprossen auf meiner Brust – die Nacktheit hat nichts Obszönes –, die mit Kugelschreiber zu einem Konterfei von Elvis verbunden worden sind. Jetzt weiß ich, dass Artie mich erwartet. Er hat das Foto als nostalgische Keule aufgehängt, und mein Herz reagiert. Es kann nicht anders. Ich erinnere mich an diesen Moment unseres gemeinsamen Lebens, in dem wir uns so verbunden fühlten, und es tut scheußlich weh, doch ich erlaube mir nicht, mich in das Gefühl hineinzusteigern. Ich bin nicht in Stimmung für Manipulation. Energisch steige ich die letzten Stufen hinauf.

Leise gehe ich den Flur hinunter, auf unser Schlafzimmer zu. Als ich Artie das letzte Mal sah, stand er auf der anderen Seite des Security-Checks und schaute mich mit großen Augen an, die Arme ausgebreitet, wie mitten in einer wichtigen Frage erstarrt. Ich denke, ich hätte es als Bitte um Vergebung deuten sollen.

Ich lege die Hand auf den Knauf, scheue mich, die Tür zu öffnen. Plötzlich habe ich Angst, dass er so krank aussieht, dass ich es nicht ertragen kann. In der Theorie habe ich Arties Zustand begriffen, aber ich bin nicht sicher, dass ich für die Praxis bereit bin. Doch ich weiß, dass ich es sein *muss*.

Ich öffne die Tür einen Spaltbreit und sehe Artie im Bett liegen und an die Decke starren. Er sieht älter aus. Kommt es mir nur so vor, weil ich dieses jugendliche Bild von ihm im Kopf habe, das zu aktualisieren ein Teil von mir sich weigert (wahrscheinlich, weil ich dann auch mein eigenes aktualisieren müsste), oder hat die Krankheit ihn tatsächlich altern lassen? Aber er ist noch immer schön. Hatte ich schon erwähnt, dass Artie schön ist? Nicht im üblichen Sinn. Nein. Er hatte als Teenager eine Schlägerei, ja, wegen eines Mädchens, und seitdem ist seine Nase schief, doch er hat ein umwerfendes Lächeln, etwas hinreißend Jungenhaftes und eine Ruhelosigkeit, die ihm eine ungeheure Energie verleiht, aber wahrscheinlich auch dafür verantwortlich ist, dass es ihn ständig zu anderen Frauen hinzog. Er hat breite Schultern, die ihm etwas Wuchtiges verleihen, doch er fühlt sich nicht wohl damit. Deshalb lässt er sie hängen. Abends, wenn das Licht schwindet und Schatten spielen, sah er, durch einen Drink entspannt, am besten aus. Er hat volles, schwarzes Haar mit einzelnen Silberfäden darin und die Angewohnheit, es sich ungeduldig aus der Stirn zu streichen. Und dunkelblaue Augen – sanfte, sexy Augen unter schweren Lidern.

Und jetzt? Jetzt stirbt Artie in unserem Bett, ja, es ist noch immer *unser* Bett, und obwohl ich einen Klumpen aus Hass im Magen habe, möchte ich in diesem Moment nichts lieber tun, als zu ihm unter die Decke zu schlüpfen und meinen Kopf auf seine Brust zu legen, während wir einander erzählen, was wir inzwischen erlebt haben, und im Zuge dessen sagen: *Es wird wieder. Es wird alles gut.*

»Was siehst du da oben?«, frage ich.

Er wendet mir das Gesicht zu und starrt mich an. Sein Ausdruck ist ein wenig herablassend, aber auch voller Zuneigung und freundlich. Es ist, als hätte er gewusst, dass ich heute kommen würde, und es wäre immer später geworden, aber er hätte sich seine Zuversicht nicht nehmen lassen, und dann wäre ich tatsächlich erschienen und hätte bewiesen, dass er recht hatte. Er lächelt, als hätte er eine Wette gewonnen. »Lucy«, sagt er. »Du bist hier.«

»Ja. Ich bin hier.«

»Ich hatte das anders geplant, weißt du.«

»Was?«

»Dich zurückzugewinnen.« Seine Augenwinkel kräuseln

sich. »Ich meine zu sterben war nicht die Taktik, die ich im Sinn hatte. Es mangelt ihr entschieden an Charme.«

Ich weiß nicht, was ich sagen soll. Ich will nicht übers Sterben reden. »Was *hattest* du denn im Sinn?«

»Mich zu ändern. Buße zu tun. Ich wollte Wiedergutmachung leisten und ein anderer Mensch werden. Ich erwog sogar, ein weißes Ross zu mieten.«

»Ich glaube nicht, dass du mich damit rumgekriegt hättest.« Artie hatte immer eine Vorliebe für große Gesten. Mehr als einmal wurden meine Glückskekse in chinesischen Restaurants hinter den Kulissen mit Liebeserklärungen bestückt. Einmal ließ er mir zum Geburtstag von einem Pulitzerpreisträger ein Sonett schreiben. In einem Anfall von übertriebener Liebenswürdigkeit log ich einer aufgedonnerten Gastgeberin vor, ihren Halsschmuck zu bewundern – ein protziges Liberace-Ungetüm –, und zum nächsten Geburtstag lag das Ding in einer riesigen, samtbezogenen Schatulle auf meinem Gabentisch. Es gefiel mir, dass Artie Spaß daran hatte, mich zu überraschen, aber noch besser gefielen mir die unspektakulären, ungeplanten Dinge: miteinander Kekse zu backen, über und über mit Puderzucker bestäubt, oder über ein physikalisches Gesetz zu diskutieren oder die Konstruktion der Aquädukte im alten Rom – über Dinge, von denen wir beide nicht wirklich etwas verstanden. Ich liebte Artie immer am meisten, wenn er nicht versuchte, liebenswert zu sein.

»Nun, das weiße Ross war vielleicht *meine* kleine Wunschvorstellung«, räumte er ein. »Ich stellte mir eine Szene in der Wüste vor, weißt du, ein bisschen Lawrence von Arabien. Aber Wüsten sind hier schwer zu kriegen, und außerdem glaube ich, dass ich mit schwarzem Eyeliner nicht so toll ausgesehen hätte. Im Grunde hatte ich im Sinn, den Tod zu vermeiden.«

»Ah – den Tod zu *betrügen*. Ja, das passt zu dir.«

»Lass uns nicht jetzt schon damit anfangen, okay?«
Seine Stimme klingt müde. Schließlich liegt er im Sterben. Er ist schnell erschöpft. Wir verfallen in Schweigen.
Ich weiß nichts mehr zu sagen. Und dann setzt er hinzu:
»Mein Herz hat sich gegen mich gewendet. Ich dachte,
das würde dir gefallen – die Ironie, dass ich ein schlechtes Herz habe.«

Ich sage nichts dazu. Meine verdammten Augen füllen sich mit verdammten Tränen. Ich wandere im Zimmer herum wie in einem Geschenkeshop, nehme, beim
Frisiertisch angelangt, Parfumflaschen in die Hand und
betrachte sie geistesabwesend. Sie gehören mir, aber es
kommt mir vor, als gehörten sie einer anderen Frau, zu
dem Leben einer anderen Frau.

»Früher fandest du mich komisch«, sagt er.

»Früher *warst* du komisch.«

»Du solltest über die Witze eines Sterbenden lachen.
Das gebietet die Höflichkeit.«

»Ich habe kein Interesse daran, höflich zu sein«, erwidere ich.

»Und woran *hast* du Interesse?«

Ja, woran habe ich Interesse? Mein Blick fällt auf
meine Schuhe, für die ich viel zu viel bezahlt habe, und
ich spüre sie in diesem Moment aus der Mode kommen.
Ich stehe hier in diesen Schuhen in meinem Schlafzimmer, weil meine Mutter mir befohlen hat, nach Hause
zu kommen. Aber das ist nicht alles. Ich bin nicht einfach eine gehorsame Tochter, die nicht weiß, was sie tun
soll, und deshalb tut, was man ihr sagt. Aber ich bin eine
Tochter – die Tochter meines Vaters, des Vaters, der meine
Mutter und mich wegen einer anderen Frau verließ. Ich
schwor mir, nicht die Fehler meiner Mutter zu wiederholen, aber habe ich nicht genau das getan? Artie, der ältere Mann. Artie, der Ehebrecher. Wie hatte ich wissen
können, dass er mich betrügen würde? Hatte ich mich

zu ihm hingezogen gefühlt, weil ich unbewusst spürte, dass er es tun würde? Hatte mein Unterbewusstsein mich reingelegt? Zwang es mich, meinen Vater zu heiraten? Führe ich hier ein verdrehtes freudianisches Theaterstück auf, in dem jetzt von mir verlangt wird, den Tod meines Vaters durchzuspielen? Artie zu pflegen?

»Hast du eine Vollzeitpflegerin?«, frage ich.

»Mir ist wohler, wenn noch jemand im Haus ist. Allerdings bleibt sie nicht die ganze Nacht. Es gibt eine Sperrstunde – wie in Kneipen. Die Versicherung kommt nicht für alles auf, aber jetzt, wo du wieder da bist ...«

»Wir behalten die Pflegerin«, erkläre ich ihm. »Ich werde unten im Gästezimmer schlafen.«

»Du könntest Pflegerin *spielen*«, meint er verschmitzt. Unverbesserlich. Doch diesmal hat es etwas unendlich Trauriges. Mein Herz ist zum Bersten voll, und ich stütze mich Halt suchend auf der Kommode ab. Artie ist der Mann, den ich liebe, aller Vernunft zum Trotz. Ich bin hier, weil ich ihn liebe, den überheblichen, ehebrecherischen Artie mit dem kaputten Herzen.

Ich kann ihn nicht ansehen, und so richte ich den Blick auf den Nachttisch. Er quillt über von Medikamenten. Artie liegt im Sterben. Ich werde diejenige sein, die ihn dem Leichenbestatter übergibt, dem Tod. Ich allein. Ungeachtet jener anderen Frauen in seinem Leben, denn ich bin seine Ehefrau, und das kommt mir plötzlich extrem unfair vor.

»Ich wüsste gerne, wo sie jetzt alle sind, Artie. Wo sind sie?«

»Wer?«

»Deine anderen Frauen. In deinen guten Tagen waren sie da«, sage ich. »Wo sind sie *jetzt*?« Ich setze mich zu ihm ans Bett, und zum ersten Mal begegnen sich unsere Blicke. Seine blauen Augen sind wässrig. »Soll ich diesen Weg etwa allein gehen?«

»*Wirst* du ihn denn gehen?«, fragt er.

»Ich sage nur, dass es mir nicht gerecht erscheint, dass ich es tun soll. Ich habe nicht gesagt, ob ich es tue oder nicht.«

Er streckt die Hand aus und will mein Gesicht berühren. *Nein, nein, Artie Shoreman. Nicht so schnell.* Ich fahre zurück, stehe auf und beginne, hin und her zu gehen. Ich spüre, dass er mich beobachtet, als ich ein Foto von uns beiden auf dem Achterdeck einer Fähre nach Martha's Vineyard in die Hand nehme. Plötzlich fällt mir ein, wie wir Händchen haltend die »Lebkuchenhäuser« in Oak Bluffs besichtigten, vom Gay Head aufs Meer hinausschauten und Artie in der Old Whaling Church in Edgartown tränenreich für unsere gemeinsame glückliche Zukunft betete. Ich sehe mir an, wie er mich auf dem Foto in den Armen hält, und erinnere mich daran, wie warm er sich anfühlte, wie kalt der Wind auf meiner Haut war, und erinnere mich an die kleine Granny, die diesen Schnappschuss von uns machte und uns wissend anlächelte. Jetzt weiß ich, warum sie so lächelte. *Warte nur, bis er dich betrügt und dir dann wegstirbt.* Ich drehe mich zu Artie um. Er starrt wieder an die Decke.

»Ruf sie an«, sagt er. »Ruf sie alle an.«

»Wen?«

»Meine Sweethearts. Ruf sie an. Du solltest das *wirklich* nicht allein durchstehen müssen.«

»Deine *Sweethearts?*« Ich hasse diesen Ausdruck. »Machst du Witze?«, frage ich ungläubig.

»Nein. Ich mache keine Witze. Vielleicht wird es uns allen guttun. Vielleicht erweist eine von ihnen sich tatsächlich als Hilfe.« Er lächelt schwach. »Vielleicht hassen ein paar von ihnen mich, dann musst *du* es nicht tun.«

»Und was soll ich sagen? ›Hier ist Artie Shoremans Frau. Artie liegt im Sterben. Bitte tragen Sie sich für den Schichtdienst an seinem Totenbett ein‹?«

»Das ist gut! Sag das. Vielleicht kann ich meinen alten Plan, dich zurückzugewinnen, ja doch noch in die Tat umsetzen.«

»Den mit dem gemieteten weißen Ross und der Wüste?«

»Ich könnte mich immer noch ändern, Buße tun und Wiedergutmachung leisten.« Mit einiger Mühe stemmt er sich auf einen Ellbogen hoch und kramt ein Adressbuch aus der Nachttischschublade. Er reicht es mir. »Da drin wimmelt es von Leuten, bei denen ich Wiedergutmachung leisten sollte.« Als ich es nehmen will, hält er es fest, so wie manche meiner Klienten es mit ihren Buchungsunterlagen tun, bevor sie sie mir zur Prüfung überlassen. Er sieht erschöpft aus. Vielleicht strengt meine Gegenwart ihn an. Sein Gesicht ist jetzt ganz ernst, verrät, dass er Schmerzen hat. Die Falten sind tiefer als damals, als ich ging, die Silberfäden im Haar zahlreicher. Es dreht mir das Herz im Leib um. »Ich würde auch meinen Sohn gerne sehen.«

»Du hast keinen Sohn.«

Er lässt das Buch los. »Ich wollte es dir immer sagen. Als er geboren wurde, war ich noch fast ein Kind – gerade mal zwanzig. Seine Mutter und ich waren nie verheiratet. Sein Nachname lautet Bessom. Er steht unter B.«

Plötzlich wird mir bewusst, wie heiß es im Zimmer ist. Die Hitze strömt durch meinen Körper. Ich weiß, dass ich es nicht über mich brächte, Artie Shoreman in seinem Sterbebett umzubringen (obwohl bestimmt schon einige Frauen ihre Ehemänner in ihrem Sterbebett umgebracht haben), aber ich hätte nichts dagegen, sein Leben nach dieser hübschen kleinen Bombe mit einer Tracht Prügel um einige Wochen zu verkürzen. Hätte er es mir nicht in Blumenstrauß Nummer 34 mitteilen können? *Ich liebe dich so sehr, dass ich ganz vergessen habe, dir zu sagen, dass ich ein Kind habe.* Ich nehme das Foto von uns auf

Martha's Vineyard in die Hand und schleudere es, ehe ich mich's versehe, quer durch den Raum. Der Rahmen knallt mit einer Ecke gegen die Wand und hinterlässt eine tiefe Delle. Das Glas zerspringt, und die Scherben verteilen sich über den Fußboden. Ich schaue auf meine leeren Hände hinunter.

Es sieht mir nicht ähnlich, mit Sachen zu werfen, und Artie starrt mich mit offenem Mund an.

»Ich kann mir denken, dass Bessom unter B steht, Artie. Mein Gott, bist du ein Arsch. Du hast einen Sohn, und das erzählst du mir erst jetzt, nach all der Zeit? Das ist wirklich reizend.«

Ich stürme aus dem Zimmer und renne um ein Haar Arties heiße, kleine Pflegerin über den Haufen, die an der Tür gelauscht hat. Ich weiß nicht, wer verdutzter ist – ich oder sie.

»Sie sind gefeuert«, eröffne ich ihr. »Und richten Sie in der Agentur aus, dass wir ab jetzt nur noch männliches Pflegepersonal wollen. Verstanden?«

*Deine Mutter
ist eine Frau, zu der
du nicht zwangsläufig
auch werden musst*

KAPITEL 4

Marie verabschiedete sich hastig und mit einer Entschuldigung, und ein paar Stunden später traf ein Pfleger ein, um sich bis zur Sperrstunde um Artie zu kümmern. Er ist älter und schweigsam und hat einen dieser modernen Namen, die mit einem T anfangen. Todd oder so ähnlich.

Er geht an der offenen Küchentür vorbei und sieht mich an. Gleich darauf kommt er von der anderen Seite zurück. Ich esse ein paar Cracker, und schon ist er wieder da. Diesmal bleibt er in der Tür stehen. »Draußen im Vorgarten ist eine Frau. Ich glaube, sie zupft Unkraut. Im Dunkeln.« Letzteres scheint ihn mehr zu überraschen als Ersteres.

Ich bin *nicht* überrascht. Als ich die Haustür öffne, sehe ich eine hübsch angezogene ältere Frau bei unseren Sträuchern Unkraut aus dem Boden reißen. Ich schalte das Außenlicht ein.

Die Frau steht mit dem Unkraut in der Hand auf. Es ist meine Mutter – natürlich –, die einen ihrer Nicki-Jogginganzüge trägt – königsblau und mit nur zur Hälfte geschlossenem Reißverschluss, damit man den Ansatz ihres Busens sieht. »Lucy! Liebes! Wie geht es dir? Du siehst grauenhaft aus. Hast du wieder mit dem Rauchen angefangen?«

»Ich habe noch nie geraucht. *Du* bist die Raucherin.«

»Ach ja, manchmal verwechsle ich uns beide. Wir sind uns so ähnlich.«

»Das sind wir *nicht!*«

»Ich habe Abendessen mitgebracht.« Sie legt das Unkraut ordentlich auf den Boden, geht zu ihrem Wagen und kommt mit einer Stofftasche zurück, auf der die Aufschrift *Gut, dass es Potluck gibt* prangt.

»Die Tasche da zum Beispiel«, sage ich. »Ich besitze überhaupt keine Stofftasche, und schon gar keine mit der Aufschrift ›Gut, dass es das verdammte Potluck gibt‹!«

»Quengel nicht.« Sie wiegt ihren Kopf hin und her. »Manche Frauen halten das für sexy, aber das ist es nicht.«

Ich schaue durch das rückwärtige Fenster auf den Swimmingpool hinaus, während meine Mutter in der Küche herumwirtschaftet. Sie flattert hierhin und dahin, holt Geschirr und Besteck, teilt Essen aus. Erwähnte ich schon, dass sie Bogie mitgebracht hat? Bogie ist ein gut ausgestatteter Jagdhund. Er ist so gut ausgestattet, dass ihr vierter Ehemann ihn den fünfbeinigen Hund nannte. Das fünfte Bein ist jedoch ein lästiges Anhängsel und seit der Kastration auch noch unnütz. Außerdem schleifte es wegen des durchhängenden Rückens und der kurzen Beine seines Besitzers über den Boden, was auf weichem Teppich nicht so schlimm war, aber auf Kies beispielsweise äußerst schmerzhaft. Irgendwann würde das Ding eine Hornhaut bekommen, und das wäre dann ja wohl kein Leben mehr. Also entschied meine Mutter, ihm das nicht anzutun, und entwarf vor ein paar Jahren Penisfutterale für den guten alten Bogie. Eine *Hunde-Lederhose* nannte sie es, aber Artie und ich korrigierten sie: Es ist ein Hunde-*Suspensorium*. Damit der wichtige Schutz an Ort und Stelle bleibt, ist das Hunde-Suspensorium ein kompliziertes System von Gurten, die um Bogies Hinterbeine und über die Schultern geführt und auf dem Rücken mit einem Schnappverschluss geschlossen werden. Im Grunde eine gute Sache – wenn meine Mutter nicht ein so schöpferisches Modebewusstsein entwickelt hätte. Offenbar ein bis dahin verborgenes Talent. Sie verwendet breite Bänder und Schleifen, für jede Jahreszeit in einer anderen Farbe – Orangerot für den Herbst, Rot und Grün für den Winter, Rauchblau für den Frühling –, und so sieht Bogie immer aus wie für irgendein festliches Ereignis gestylt. Er ist ein hübscher Hund, hat beinahe Ausstellungsqualität, wie meine Mutter bei jeder Gelegenheit betont.

Und nun watschelt Bogie in seinem eleganten Suspensorium um die Füße meiner Mutter herum. Er läuft immer mit erhobenem Kopf, aber der chronisch besorgte Ausdruck in seinen Augen lässt seine Überheblichkeit wie eine wenig überzeugende Maske für eine tief verwurzelte Unsicherheit wirken. Natürlich ist er unsicher, und wer könnte es ihm verdenken?

»Bogie sieht gut aus«, sage ich.

»Man sieht ihm sein Alter an«, erwidert sie. »Aber ist das nicht bei uns allen so?« Sie bückt sich, nimmt eine seiner kleinen Pfoten und bewegt sie auf und ab, als winke er mir zu. »Hallo, Lucy«, sagt sie mit dieser unnatürlich hohen Stimme, die Bogies sein soll. »Ich habe ihn mitgebracht, weil er dich vermisst hat.«

»Ich habe ihn auch vermisst.« In Wirklichkeit fällt er mir so gut wie nie ein, obwohl ich zugeben muss, dass ich, wenn in einer Unterhaltung die Rede auf bestimmte Dinge kommt – wie für einen Junggesellinnenabschied gekauftes Sexspielzeug –, unweigerlich an Bogie denke, den Artie wegen seiner Kostümierung den »armen Marquis de Sade der Hundewelt« nennt.

Meine Mutter schenkt uns Hochprozentiges ein und hebt ihr Glas. »Auf Artie! Den lieben, guten Artie! Möge er wieder gesund werden!«, zwitschert sie.

»Er wird nicht wieder gesund. Das hast du selbst gesagt.«

»Ja – aber das eignet sich nicht für einen Toast. Toasts sind immer positiv.«

»Und warum tafeln wir hier wie bei einem Leichenschmaus?«, frage ich.

Meine Mutter antwortet nicht.

Die *Gut-dass-es-Potluck-gibt*-Tasche hat mich an einen Spaß erinnert, den Artie und ich uns machten, als meine Mutter ihre Stick-Phase hatte und alles, was sich nicht wehrte, durch Kreuzstich mit Sinnsprüchen wie: *Wenn du etwas liebst, schenke ihm die Freiheit,* verzierte – Kissen, Decken, Hemden, Wandbehänge, Topflappen und -untersetzer. Artie fing an, einige der Philosophien meiner Mutter aufzuzählen, die für die Nachwelt durch Kreuzstich festzuhalten sie versäumt hatte – zum Beispiel: *Den ersten Ehemann sollte man seiner Gene wegen heiraten; den zweiten seines Vermögens wegen; den dritten (und vierten und so weiter) aus Liebe.* »Wo ist das Kissen mit diesem Spruch?«, fragte Artie. »Und wo ist das Kissen, auf dem steht: *Lass nicht zu, dass dein Hintern Opfer der Schwerkraft wird?«* Artie liebt meine Mutter, und obwohl sie alles andere als begeistert von unserer Heirat war, liebt sie ihn ebenfalls.

Wir trinken beide einen Schluck und stellen unsere Gläser hin. Ich stochere in meinem Essen.

»Ich weiß, er hat dich verletzt, aber du musst ihm verzeihen«, sagt sie. »Er ist eben so. Das ist angeboren.«

»Ich glaube nicht, dass er ein ehebrecherisches Baby war.«

»Sei doch nicht so pingelig. Das ist unvorteilhaft. Du weißt genau, was ich meine.«

»Ich bin nicht sicher, dass ich weiß, was du meinst«, widerspreche ich.

»Du weißt, dass ich nicht begeistert von deiner Idee war, Artie zu heiraten. Ich sagte dir, er würde dich wahrscheinlich früh zur Witwe machen, wobei ich natürlich nicht ahnte, *wie* früh. Aber hör mir zu: Ich habe meinem Ehemann verziehen, und das machte mich zum besseren Menschen.«

»*Welchem* Ehemann?«

»Deinem Vater natürlich.« Sie blättert ihre geistige Ehemänner-Kartei durch. »Und Ehemann Nummer drei.«

»Keiner davon hatte es verdient.« Nachdem mein Vater uns verlassen hatte, zog er an die Westküste und beschränkte seine Rolle in unserem Leben auf eine alljährliche Karte zu meinem Geburtstag und eine zu Weihnachten mit jeweils zwanzig Dollar. Er starb beim Rasenmähen, als ein Aneurysma in seinem Kopf platzte.

Die Marken an Bogies Halsband klimpern, als er an seiner Pfote herumkaut.

»Aber ich war der bessere Mensch«, insistiert meine Mutter. »Und darum kann ich nachts ruhig schlafen.«

»Ich dachte, du nimmst Tabletten, um ruhig zu schlafen.«

»*Darum kann ich nachts ruhig schlafen* ist eine Redewendung, Liebes. Du musst wirklich aufhören, so pingelig zu sein. Das macht sich nicht gut.«

Ich will ihr gerade widersprechen, denn ich finde ernsthaft, dass ein wenig Wahrheit nottäte, als es klopft. Ich sehe meine Mutter an. Meine Mutter sieht mich an. Ich erwarte niemanden.

Der Pfleger kommt in die Küche. »Das wird der Doktor sein. Er sagte, er käme vorbei.«

»Der Doktor?« Meine Mutter bekommt glänzende Augen und greift sich prüfend an die Frisur.

»Bitte nimm diesen Besuch nicht zum Anlass, dir Ehemann Nummer sechs zu angeln.«

»Sei nicht geschmacklos.«

Ich folge dem Pfleger in die Diele. Als er es merkt, lässt er mir den Vortritt. Meine Mutter gesellt sich zu mir, das Wodkaglas in der Hand.

»Was macht der Buddhist?«, frage ich, obwohl durchaus sein kann, dass der Gute bereits Geschichte ist. Meine Mutter ist ihren Ehemännern und Liebhabern absolut treu, aber wenn etwas vorbei ist, dann ist es vorbei. Nie würde sie die Gelegenheit ungenutzt verstreichen lassen, mit dem hübschen Pfleger zu flirten, der Ehemann Nummer 19 auf einer Bahre zur Leichenhalle schiebt, oder mit dem attraktiven Geistlichen, der die Totenmesse für Ehemann Nummer 21 abgehalten hat.

»Er ist reinkarniert«, antwortet sie mit hörbarem Desinteresse.

»Als Liebhaber einer anderen?«

Sie reckt das Kinn in die Höhe, was so viel wie ja heißt.

»So schnell?«

»Sein Karma wird ihn schon einholen.«

Ich öffne die Haustür.

Der Arzt ist etwa so alt wie meine Mutter, grauhaarig und von Berufs wegen besorgt.

»Kommen Sie herein«, sage ich.

»Wir sind so froh, dass Sie da sind.« Meine Mutter kann ihre Begeisterung nicht verbergen. Er ist ihr Held. Ich würde sie ja gerne daran erinnern, dass Artie oben im Sterben liegt, aber ich möchte nicht den Beginn einer wundervollen Beziehung stören.

Der Arzt entdeckt Bogie, der auf ihn zukommt, um an seinen Schuhen zu schnuppern. Ich sehe ihm an, dass er drauf und dran ist, eine Frage nach dem Suspensorium zu stellen, aber irgendetwas hält ihn davon ab.

Seine gute Erziehung? Oder fürchtet er, das Problem könnte medizinisch begründet sein, und möchte nicht gebeten werden, das chronische Leiden eines Jagdhundes zu behandeln?

Ich führe ihn nach oben, und dann verfolgen meine Mutter und ich von der Tür aus, wie er Artie untersucht, ihm Fragen stellt und so leise mit ihm spricht, dass wir nichts verstehen können.

Ich höre Eiswürfel klimpern und sehe, dass meine Mutter ihren Wodka mitgebracht hat.

»Möchtest du in diesem Fall nicht auch der bessere Mensch sein?«, fragt sie.

»Ich weiß nicht, wie du das meinst.«

»In guten wie in schlechten Tagen. Du hast es gelobt. In Krankheit und Gesundheit.«

»Er hat einen Sohn.«

»Artie? Tatsächlich? War er denn schon mal verheiratet? Oder ist es ein ... *uneheliches Kind?*«

Vor ein paar Jahren bat meine Mutter mich, ihr zu helfen, ihren Wortschatz zu modernisieren, damit sie nicht alt wirkte. Sie bat: *Sag es mir einfach, wenn ich mich altbacken ausdrücke. Versprichst du's?*

»Heutzutage sagt kein Mensch mehr *unehelich*«, informiere ich sie.

»Das wusste ich schon. Ich finde es nur so skandalös.«

Ich sage ihr nicht, dass wir in unserer Kultur einfach zu sehr an Skandale gewöhnt sind, um noch etwas skandalös zu finden. »Artie war zwanzig, als es passierte. Er und die Mutter haben nicht geheiratet.«

Meine Mutter fasst sich und berührt meinen Arm. »Bist du okay?«

»Artie will ihn sehen, bevor ...«

»Wie melodramatisch. Warum hat er es dir nicht früher erzählt? Diese Geheimniskrämerei gefällt mir ganz und gar nicht.«

»Mir auch nicht.«

»Da siehst du wieder, wie ähnlich wir uns sind.«

Meine Mutter hebt ihren Drink, lässt einen Eiswürfel in den Mund gleiten und lächelt mich über den Rand des Glases hinweg an. »Du schaffst das schon«, sagt sie mit vollem Mund.

Da bin ich nicht so sicher. Ich drehe mich um und gehe wieder nach unten. Meine Mutter folgt mir eiswürfel-schlürfend. »Ein Sohn. Nein, das gefällt mir ganz und gar nicht.«

Als der grauhaarige Arzt herunterkommt, hat meine Mutter ihren Abscheu gegen Männer überwunden. Sie schmachtet ihn regelrecht an.

»Ich bin fertig«, sagt er wie ein Gerichtsmediziner, der gerade eine Leiche obduziert hat, nicht wie jemand, der dafür bezahlt wird, Menschen zu heilen – oder wenigstens ihre Qualen zu lindern.

»Hat er große Schmerzen?«, frage ich.

»Die Schmerzen müssten erträglich sein. Die Entzündung hat sein Herz schwer geschädigt. Er wird schnell schwächer. Es wird nicht mehr lange dauern.«

»Wie lange?«

»Ein, zwei Wochen. Höchstenfalls einen Monat. Es tut mir leid.«

Mir wird heiß vor Zorn. Ich würde den Kerl am liebsten ohrfeigen. Seine Prognose klingt, als schließe er Wetten darauf ab. Und sein Pro-forma-Mitleid kann er sich an den Hut stecken. Ich weiß, dass ich überreagiere, dass der gute Mann tut, was er kann. Ich schaue auf den Boden und dann wieder in sein Gesicht, und als ich mir die Zeit nehme, ihn richtig anzusehen, scheint mir, als wäre sein Mitleid echt. Mühsam würge ich ein »Danke« hervor.

Meine Mutter hat noch kein Wort gesagt. Sie sieht mich an, und ich spüre ihre Liebe. In diesem Moment ist sie tatsächlich allein auf mich konzentriert.

Der Arzt nickt zum Abschied und geht. Wir stehen wie angewurzelt da. Es ist eine grauenvolle Vorstellung, dass Artie, der da oben im Bett liegt und atmet und sich mit dieser für ihn typischen Bewegung das Haar aus der Stirn streicht, irgendwann in allernächster Zeit einfach nicht mehr da sein wird.

Ich schaue meine Mutter an.

»Ach, Schätzchen«, sagt sie.

»Ich bin noch zu wütend, um zu trauern.« Das ist nicht das Leben, das ich mir mit Artie vorgestellt hatte. Und wie war dieses Leben? Ich kann mich gar nicht genau daran erinnern. Ein gutes Leben. Babys. Kinder im Pool. Geburtstagspartys. Artie als Trainer der Little League. Er hätte eine Little-League-Mannschaft managen können. Ferien am Strand. Miteinander alt werden, Bermudashorts tragen. Einfache Dinge. Zorn steigt in mir auf. Artie und ich sind beraubt worden. Der Zorn wird von Hilflosigkeit weggespült.

»Du darfst wütend sein«, sagt meine Mutter, »das ist okay. Die Trauer wird kommen. Gib dir Zeit.«

Ich sehe sie an, diese kleine Frau in ihrem engen Samtanzug. Sie kennt sich aus mit Trauer. »Okay«, sage ich. Mehr bringe ich im Moment nicht zustande. »Okay.«

Ist eine schlechte Entscheidung, die dein Leben zum Besseren wendet, am Ende eine gute Entscheidung?
(Oder: Was macht den Unterschied zwischen einer guten Entscheidung und einer schlechten Entscheidung aus? Ungefähr drei Drinks)

KAPITEL 5

Ich bin schon wieder betrunken, und diesmal gebe ich die Schuld meiner Mutter und ihren endlosen Trinksprüchen. Nachdem der Arzt gegangen war, legte sie den Arm um mich und dirigierte mich ins Wohnzimmer, schenkte uns ein und begann: Sie trank auf die innere Stärke der Frauen. Sie trank auf Mütter und Töchter. Sie trank, einfach nur so, auf Joanne Woodward und Paul Newman. Sie trank auf Wut und Traurigkeit und Hoffnung. Und jetzt trinkt sie auf die Liebe.

»Auf die Liebe«, sagt sie. »Sie erwacht, wenn wir es am wenigsten erwarten!«

Ich kann mich nicht erinnern, jemals zweimal an einem Tag betrunken gewesen zu sein. Auf dem College? Im letzten Highschool-Jahr während der Frühlingsferien (= kollektives Besäufnis)?

Meine Mutter schläft auf der Chaiselongue ein, meinem Hochzeitstagsgeschenk von Artie. Mir fällt es noch immer schwer, die Mohnblumen auch nur anzusehen. Meine Mutter wird vor Tagesanbruch aufwachen und das Haus verlassen.

Ich gehe ins Gästezimmer und beschließe, mich häuslich einzurichten. Also öffne ich den Trolley und will ihn aufs Bett heben, wobei er kippt und der Inhalt auf den Boden fällt. Ich hätte den Trolley erst aufs Bett heben und dann den Reißverschluss öffnen sollen. Ich ziehe meine Schlafanzughose mit dem Zugband in der Taille und ein Black-Dog-T-Shirt von Martha's Vineyard aus dem Durcheinander. Nippe an meinem letzten Drink. Wahllos stopfe ich Sachen in die Kommode und versuche mit Gewalt, die Schubladen zu schließen. Als mir vor Anstrengung die Puste ausgeht, gebe ich auf.

Dann fällt mein Blick auf meine Handtasche. Sie sieht völlig harmlos aus, aber ich weiß, dass all die Liebesbotschaften darin stecken – die komplette Sammlung, Nummer 1 bis Nummer 57.

Ich schnappe mir die Tasche, mache sie auf, greife mir eine Handvoll, ziehe die Nachttischschublade auf und schiebe Arties Nachrichten darin bis ganz nach hinten, dann die nächste Handvoll und wieder eine, bis alle versammelt sind, ungeordnet und zerknittert. Darunter ist die Karte des Van-Fahrers, Extennisspielers mit Champion-Hoffnung und trockenen Alkoholikers. Ich könnte ihn anrufen. Ich könnte sein Angebot annehmen, mir dabei zu helfen, meinen *Schwung* zu verbessern. Einen Moment lang erscheint mir das als die perfekte Rache, aber ich mag den Fahrer, Extennisspieler mit Champion-Hoffnung und trockenen Alkoholiker nicht mal. Ich zerreiße die Karte, weil ich mich nicht auf diese Weise rächen will, aber gleichzeitig weiß ich, dass ich mich *irgendwie* rächen *will*, so schrecklich das klingt.

Eine Stimme lässt mich erschrocken hochfahren. »Ich geh dann jetzt.« Es ist der Pfleger.

Er steht in der Tür, und ich mustere ihn, das Glas in der Hand, mit zusammengekniffenen Augen. Ich höre meine Mutter im Wohnzimmer schnarchen.

»Schläft er?«, frage ich.

»Tief und fest.«

»Danke für alles«, sage ich und merke, dass ich tatsächlich dankbar bin. So überschwänglich dankbar, wie man es nur in betrunkenem Zustand sein kann. »Ich glaube, ich könnte nicht …«

»Ich bin für seine körperlichen Bedürfnisse da«, erwidert der Pfleger, »damit Sie sich auf die wirklich wichtigen Dinge konzentrieren können – seine *emotionalen* Bedürfnisse.«

Das scheint mir eine unfaire Arbeitsaufteilung zu sein. Ich bin verärgert. »Ach ja? Ist das mein Job – Artie Shoremans emotionale Bedürfnisse zu befriedigen?«

Todd – nennen wir ihn einfach Todd – antwortet: »Ich weiß nicht. Ich meine … nicht unbedingt. Ich habe nur gesagt …«

»Vergessen Sie's. Ich weiß, dass ich betrunken bin – so klar bin ich gerade noch.«

»Gute Nacht, Mrs Shoreman.«

Ich murmle: »Gute Nacht«, aber es ist zu spät – er ist schon weg.

Ich mache die Tür zu, und mein Blick wandert von dem Chaos, das ich (in Rekordzeit!) angerichtet habe, über meine offene Handtasche auf dem Bett und den Nachttisch (mit Arties Liebesbotschaften) zu Arties Adressbuch (mit seinen Verflossenen und irgendwo unter ihnen den drei Frauen, mit denen er mich betrogen hat, einer Frau, die Aufzüge liebt, und mit der Anschrift und Telefonnummer des Sohnes, den er nie erwähnt hat – unter B).

Ich fange an zu blättern und bemerke rote Markierungen neben einigen der Namen – nur neben Frauennamen. Bei manchen ist es ein X, bei anderen ein Punkt. Ein Code. Artie besitzt dieses Buch seit einer Ewigkeit, die Seiten sind an den Rändern ausgefranst, beinahe fedrig. Ich weiß, dass die meisten dieser Frauen seinen Weg kreuzten, bevor ich ihn kannte – einige vielleicht schon auf der Highschool. Sie kannten Artie vor mir – eine Version von ihm, die ich nie kennen werde. Das erscheint mir grausam. War er damals derselbe Mensch – auf eine grundlegende, unabänderliche Weise? Verändern wir uns jemals wirklich?

Es ist merkwürdig, ihre Namen zu lesen – Ellen, Marie, Cassandra. Wer sind diese Frauen? Von Springbird habe ich mir eine Vorstellung gemacht, denn ihren Namen kenne ich nun schon seit Monaten, wenn er auch nur ein Codename ist. Sie ist klein und blond. Und forsch, doch im Grunde weinerlich. Aber natürlich werde ich ihren Namen nicht in diesem Buch finden. Ich blättere weiter. Namen, so viele Namen. Markie, Allison, Liz – ich will aufhören, aber ich kann nicht. Der Schmerz sitzt tief in meiner Brust.

»Ich *will* Artie Shoremans emotionale Bedürfnisse nicht befriedigen«, höre ich mich sagen.

Ich setze mich auf die Bettkante, trinke einen Schluck und schaue nach oben. Wo Artie tief und fest schläft. Wo Artie im Sterben liegt. Und mir dämmert, dass er weiß, dass ich nie eines seiner Sweethearts anrufen werde, dass ich nichts über die drei während unserer Ehe wissen wollte und nichts über die aus seiner Vergangenheit. Ich stehe auf und beginne, auf und ab zu gehen. »Artie, du Mistkerl! Du traust es mir nicht zu, stimmt's? Du denkst, ich werde hier brav meine Rolle spielen. Dir verzeihen. Die gute Ehefrau sein. So tun, als wäre nichts passiert. Den Weg allein gehen. Der bessere Mensch sein.«

Ich schlage das Büchlein bei A auf und fahre mit dem Finger abwärts, bis zu einem Namen mit einem roten Punkt. Kathy Anderson. Ich trinke noch einen Schluck. Ich wähle. Der Anschluss befindet sich im Nachbarbundesstaat, und es ist nach Mitternacht. Es klingelt zweimal, dann schaltet sich der Anrufbeantworter ein, und ich höre eine weibliche Stimme und im Hintergrund eines dieser New-Age-Windspiele klimpern. Ich hasse die Frau auf Anhieb. Wie geplant sage ich: »Artie Shoreman liegt im Sterben. Bitte melden Sie sich, damit Sie zur Schicht an seinem Totenbett eingeteilt werden können.«

Ich unterbreche die Verbindung. Es fühlt sich sonderbar gut an. Ich wähle die nächste Nummer mit einer roten Markierung. Diesmal meldet sich eine Frau. Offenbar habe ich sie geweckt.

»Artie Shoreman liegt im Sterben. Wann möchten Sie zur Schicht an seinem Totenbett antreten?«

»Artie Shoreman? Sagen Sie ihm, von mir aus kann er in der Hölle verrotten.«

Jetzt fällt mir auf, dass die Markierung ein X ist – ein mit sichtlichem Nachdruck eingetragenes X. Diesen Code kann sogar ich in meinem betrunkenen Zustand entschlüsseln.

»Verständlich«, sage ich. »Wie wär's nächsten Donnerstag?«

»Was?«

»Mögen Sie Aufzüge?«

Die Verbindung wird unterbrochen.

Ich lächle. Es gibt keinen Grund zu lächeln, aber ich kann nicht aufhören. Ich blättere weiter zu B. Da ist er: John Bessom. Eine Nummer und eine Adresse und ein Firmenname: Bessom's Bedding Boutique. Nachdenklich fahre ich mit dem Finger über die Buchstaben. Wie ist sein Sohn wohl? Wie wäre *unser* Sohn wohl, wenn wir einen hätten? Sieht er aus wie Artie? Streicht er sich ungeduldig das Haar aus der Stirn wie Artie? Ist er der Besitzer von Bessom's Bedding Boutique, oder gehört sie seiner Mutter? Ihr Name steht auch da: Rita Bessom. Warum haben sie nicht geheiratet? Hat Artie ihr je einen Antrag gemacht?

Es wird mir zu viel. Ich blättere nach hinten, finde wieder einen roten Punkt. Einen *dicken* roten Punkt. Offensichtlich ließ Artie seinen Filzstift eine Weile auf der Stelle ruhen. Vielleicht, weil er in Gedanken war. Ich wähle die Nummer und schaue zum Fenster hinaus. Der Mond hängt am Himmel wie ein fetter, gelber Punkt.

Ein Anrufbeantworter schaltet sich ein. Die Stimme

der Frau klingt jung und überheblich. »Hier spricht El-spa. Sie wissen, was zu tun ist.«

In diesem Moment wird mir bewusst, dass ich *mit-nichten* weiß, was zu tun ist. Ich habe keine Ahnung, was ich tun soll. Zuerst tue ich gar nichts, höre nur der Stille in der Leitung zu. Schließlich sage ich: »Artie Shoreman liegt im Sterben. Bitte melden Sie sich, damit Sie zu Ihrer Schicht an seinem Totenbett eingeteilt werden können.« Und dann, nach einer Pause, noch einmal: »Artie liegt im Sterben.«

*Bisweilen
bringt der Tod
höchst Lebendiges
mit sich*

KAPITEL 6

Während ich mir – verkatert und demoralisiert – einen Kaffee eingieße, arrangiert ein neuer Pfleger auf einem Tablett ein Essen und eine Unzahl von Tabletten in weißen Näpfchen in der Größe von Sahnetöpfchen, die mich an die Kaffeesahnetöpfchen erinnern, die ich mit Vorliebe austrank und stapelte, wenn ich mit meiner Mutter und einem ihrer Ehemänner in einem vornehmen Restaurant war. Ich glaube, ich tat das nicht, weil mir die Sahne so gut schmeckte, sondern weil es meine Mutter wahnsinnig machte. Dabei fällt mir Arties Nummer 42 ein, in der es darum ging, dass ich noch heute manchmal im Restaurant ein Sahnetöpfchen öffne und den Inhalt wie einen Tequila kippe, was er seiner Aussage nach bezaubernd eigenwillig und unbekümmert findet. Der Pfleger hat riesige Hände, und ich bewundere die Geschicklichkeit, mit der er diese winzigen Gefäße handhabt.

Bei näherem Hinsehen erkenne ich, dass es sich bei dem Essen um das Mittagessen handelt, was mich irritiert – bis ich auf die Uhr sehe, die mich aufklärt, dass es Mittag *ist*. Der bullige Pfleger nimmt das Tablett, und die Teller klappern. Laut. Vielleicht bin ich nach meinem nächtlichen Alkoholexzess aber auch nur übertrieben geräuschempfindlich. Wie viele von Arties Sweethearts habe ich wohl angerufen? (Bei der Gelegenheit wird mir klar, dass ich den Ausdruck übernommen habe. Als das Wort durch meinen Kopf hallt, höre ich, dass es höhnisch klingt.) Habe ich ein halbes Dutzend angerufen? Ein ganzes Dutzend? Mehr? Und warum habe ich sie angerufen? Ich kann mich nicht erinnern. War es eine Mutprobe? Habe ich Arties Herausforderung angenommen? Hat eine der Frauen gesagt, ich sollte Artie ausrichten, er könnte in der Hölle verrotten?

Der Pfleger schaut mich an, und mir wird bewusst, dass ich ihn anstarre. Ich weiß, dass, was er da tut, eigentlich meine Aufgabe wäre. *Ich* sollte diejenige mit dem Tablett sein. »Ich würde ihm das Essen gerne bringen, wenn das okay ist«, sage ich.

»Klar«, erwidert er. »Ihr Mann kennt das mit den Tabletten.«

»Hat heute Vormittag jemand angerufen?«, frage ich.

Er nickt. »Aber es wurde immer gleich aufgelegt.« Er denkt nach. »Dreimal, glaube ich.« Dann schaut er auf den Block, der per Magnet an der Kühlschranktür befestigt ist. »Eine Frau rief an und sagte« – hier beginnt er zu zitieren: »›richten Sie Artie aus, dass ich ihm nicht verzeihen kann.‹«

»Hat sie ihren Namen hinterlassen?«

»Ich habe sie danach gefragt, aber sie sagte: ›Spielt es wirklich eine Rolle, wie ich heiße?‹ Ich sagte, ich dächte schon, doch sie legte auf.«

»Tut mir leid.« Ich weiß, dass das meine Schuld ist. Zumindest zum Teil. Ich stelle meinen Kaffee auf das Tablett und trage es nach oben. Was soll ich Artie sagen? Keine der Frauen hat sich bereit erklärt, an seinem Totenbett zu wachen, und eine wünscht ihm sogar, dass er in der Hölle verrottet.

Als ich die Tür aufmachte, quietscht sie leise, und Artie öffnet seine blauen Augen, sieht mich an und lächelt. »Was ist aus Marie geworden?«

»Sie meinte, du wärst nicht ihr Typ.«

»Was? Sie zieht Lebende vor? Ja, wenn sie solche Ansprüche stellt ...«

»Frauen! Sie haben so hohe Erwartungen«, sage ich mit gespielter Verärgerung und mehr als einer Spur Zorn. »Kannst du dich aufsetzen?«

Er stemmt sich hoch, und ich stelle das Tablett ab und stopfe ihm ein paar Kissen in den Rücken. Dann klappe ich die Beine des Tabletts heraus und stelle es über seinen Schoß. Er späht angewidert in die kleinen Pappbecher und greift widerwillig zur Gabel.

»Wann warst du denn so pedantisch, dir dieses ausgeklügelte Markierungssystem auszudenken?«

»Ich bin eine ganz tüchtige Sekretärin.«

»Und tüchtig bei Sekretärinnen.« Das war nicht fair. Ich weiß überhaupt nicht, ob Artie mal was mit einer seiner Sekretärinnen hatte.

Aber er protestiert nicht. Gedankenverloren rührt er in seinem Apfelmus. »Du hast also das Buch durchgesehen.«

Ich nicke.

»Hast du Bessom gefunden?«

»Die Angaben zu seiner Person, ja.«

»Wirst du anrufen?«

»Warum tust du es nicht?«

»Glaubst du, dass ich ihn im Stich gelassen habe?«

»Ich habe keine Ahnung.«

»Sie wollte nicht, dass ich den Jungen besuche. Ihre Eltern wollten es auch nicht. Schick einfach nur die Schecks, sagten sie. Ich habe immer wieder geschrieben, und als John achtzehn wurde, schrieb ich an ihn, schilderte ihm meine Sicht der Dinge, doch er antwortete nicht. Offenbar hat er die Standardreaktion seiner Familie übernommen: keine Reaktion. Er ist mein Sohn und ist es doch nicht.« Artie schließt die Augen und lehnt den Kopf an die Kissen.

»Warum hast du mir all das nie erzählt?«

»Ich wollte nicht, dass du denkst, ich wäre wie dein Vater – einer dieser Typen ohne Gefühl, die sich sang- und klanglos aus dem Staub machen –, denn das bin ich nicht. Ich hätte den Jungen von ganzem Herzen geliebt – wenn sie mich gelassen hätten.«

»Ich hätte nicht gedacht, dass du wie mein Vater wärest«, sage ich. »Das hätte ich dir nie zugetraut.«

»Aber es war mir zu riskant. Ich weiß, wie sehr dein Vater dich verletzt hat – und ich wollte nicht, dass du mich in dieselbe Kategorie einordnetest. Das hätte mir das Herz gebrochen.«

Ich weiß nicht mehr, was ich denken soll. Es gibt lauter geheime Abteilungen in Arties Leben – seine Vergangenheit, seine Sweethearts, seine Kümmernisse, seine Fehler. »Nein, deinen Sohn habe ich nicht angerufen, aber bei ein paar anderen Nummern.«

Er zieht die Brauen hoch. »Ach ja?«

»Du kennst mich nicht so gut, wie du meinst. Manchmal verwechselst du mich sogar mit anderen Frauen.«

Seine Augen sind müde. Er hat noch keinen Bissen gegessen. »Was auch immer gewesen ist – ich liebe dich.«

Das ist nicht fair. Ich weiß, dass ich diese Liebeserklärung sehen sollte, wie meine Assistentin Lindsay es täte – als aufrichtig, ohne jede Manipulationsabsicht, doch ich kann es nicht. Ich kann Artie nicht mehr vertrauen. Ich beginne, auf und ab zu gehen. »Aber keine von ihnen kommt. Oh, von zweien sollte ich dir etwas ausrichten, auch wenn ich bezweifle, dass du es hören möchtest.«

»Bevor du dahinterkamst, warst du ein überschwänglicher Mensch. Hemmungslos lebendig. Erinnerst du dich?«

Das tue ich, aber nur vage. »Nicht wirklich«, antworte ich. Mir ist, als wäre mir diese Person gestohlen worden. Manchmal vermisse ich sie mehr als unsere Beziehung.

Und ich vermisse auch den alten Artie, den, der mich mit Kleinigkeiten wahnsinnig machen konnte – wenn er mit dem Auto fuhr, obwohl das Warnlämpchen der Benzin-anzeige leuchtete, wenn er den leeren Orangensaft-Kar-ton in den Kühlschrank zurückstellte, wenn er mich um-armen wollte, ich aber miese Laune hatte. Wie ich mich nach diesen lächerlichen Ärgernissen sehne!

Artie hustet. Es ist ein harter Husten, der irgendwo von ganz tief aus ihm heraufkommt. Als es vorbei ist, sage ich: »Wir sind allein in dieser Situation – nur du und ich.«

»Genauso will ich es«, erwidert er.

»Seit wann?«, platzt es aus mir heraus. Ich kann nichts dafür – es kam ganz automatisch.

Artie schiebt das Tablett weg und streicht sich das Haar aus der Stirn. »Glaubst du, dass du mir irgendwann verzeihen kannst? Als deine Mutter hier war, sagte sie, man müsste mir verzeihen, denn ich wäre nun mal so auf die Welt gekommen.«

»Die Meinung meiner Mutter über Männer ist höchst suspekt. Ihre Vergangenheit spricht Bände.«

»Ich würde dir verzeihen«, sagt er.

»Aber ich würde es gar nicht wollen.« Plötzlich bin ich völlig erschöpft. Das Gewicht all dieser Emotionen zwingt mich in die Knie. Ich setze mich auf die Bettkante. Wenn Verzeihen bedeutet, dass ich alles vergessen kann, dann will ich Artie vielleicht verzeihen. Ich wende mich ihm zu.

Er streckt die Hand aus und berührt mit der Finger-spitze eine der Sommersprossen auf meiner Brust, fährt weiter zur nächsten und zur nächsten. Ich weiß, dass er nach Elvis sucht. Das ist die stumme Sprache der Erinne-rung, in der wir uns verständigen. Dazu bedarf es keiner Worte. Ich möchte ihm sagen, dass er nicht sterben darf, dass ich es ihm verbiete.

Auf einmal verharrt er mitten in der Bewegung und fixiert mich. »Ich *werde* dir verzeihen.«

»Was?«

»Wenn ich tot bin, wirst du vieles bereuen, und ich möchte, dass du weißt, dass ich dir verzeihe.«

Ich stehe auf. Er hat mich kalt erwischt, und ich kann mich gerade noch zurückhalten, nicht zu erwidern: *Wie reizend – Artie verzeiht mir!* Aber ich ärgere mich nicht nur darüber – es beunruhigt mich auch zutiefst. Artie plant seinen Tod. Er sieht in die Zukunft und versucht, seine Angelegenheiten zu regeln. Schlagartig wird mir bewusst, dass es vieles an ihm gibt, was mir fehlen wird. Nicht nur seine großen Gesten, sein unglaublicher Charme – ich werde auch vermissen, was mich ungeheuer an ihm störte: wie er seinen Kaffee schlürfte, wie er grunzte, wenn er sich hinsetzte, als wäre es eine körperliche Anstrengung; wie er die Oliven mit den Fingern aus seinen Martinis fischte und beim Zähneputzen herumwanderte. (Ich nannte ihn immer den *Zahnputznomaden.*) Und ich weiß, dass er recht hat, dass ich tatsächlich jede Menge Dinge zu bereuen finden werde. Vielleicht werde ich mir sogar wünschen, der bessere Mensch gewesen zu sein.

Als ich das Zimmer verlasse, füllen sich meine Augen mit Tränen, und als ich den Flur hinuntergehe, wird mir schwindlig. Ich stütze mich an der Wand ab und lehne mich dann daran, lasse die Mauer meine Stirn kühlen.

Irgendjemand klingelt Sturm, dass das ganze Haus zu vibrieren scheint. Ich kann mich nicht bewegen. Noch nicht. Wahrscheinlich ist es meine Mutter, die alles auf ihrer To-do-Liste abgehakt hat und jetzt sehen will, ob ich auf den Beinen bin und gefrühstückt habe. *Es geht mir gut,* werde ich sagen. *Schau mich an! Ich bin fast wie neu!* Ich möchte diese Illusion gerne aufrechterhalten, um nicht über mich nachdenken zu müssen – nur für ein

Weilchen. Also laufe ich beschwingt die Treppe hinunter und reiße die Tür auf.

»Es geht mir gut!«, verkünde ich fröhlich.

Es ist nicht meine Mutter. Es ist eine junge Frau mit einer fransigen, dunkelroten Koboldfrisur und jeder Menge Piercings entlang der Ohrmuschel, einem Brilli in der Nase und einem Ring in der Unterlippe. Sie trägt ein schwarzes Fan-T-Shirt einer Band, von der ich noch nie gehört habe – Balls Out. Zumindest nehme ich an, dass es eine Band ist. Ein Kranz-Tattoo windet sich um ihren Bizeps – einen eindrucksvollen Bizeps –, und sie hat etwas über der Schulter, was wie ein Army-Matchsack aussieht.

»Ich heiße Elspa«, erklärt sie mir. »Ich bin hier, um meine Schicht anzutreten.«

*Manchmal klingelt die
Hoffnung an der Tür, kommt
ins Haus und stellt ihren
Matchsack ab, als wolle sie
eine Weile bleiben*

KAPITEL 7

Sie sind hier, um Ihre Schicht anzutreten?«, frage ich. Seltsamerweise erinnern mich Elspas Piercings und das Tattoo und die Haarfarbe an meine Mutter – all das ist dazu gedacht, den Betrachter abzulenken. Doch bei mir funktioniert es nur für kurze Zeit. Dann erkenne ich, dass Elspa hübsch ist – beinahe atemberaubend hübsch. Sie hat volle Lippen, dunkelbraune Augen mit traumhaft langen, dichten Wimpern, eine Stupsnase und fein gezeichnete Wangenknochen. Und sie trägt nicht die Spur von Make-up. Ich bin noch immer so durcheinander von allem – dem Gespräch mit Artie, der Tatsache, dass hier nicht meine Mutter vor mir steht –, dass ich dümmlich frage: »Kommen Sie von der Agentur für Pflegepersonal?«

Ich achte nicht auf die Tür, die ich weit geöffnet hatte, weil ich erwartete, dass meine Mutter hereingestürmt käme. Ich trete sogar beiseite, fast so, als wolle ich die Besucherin hereinbitten. *Fast* so. Aber das genügt. Elspa marschiert mit ihrem Army-Sack an mir vorbei in die Diele. Sie strahlt Ungeduld aus. Nervosität. Falsch – Bestürzung. Ihre Augen schießen von einer Ecke in die andere. »Nein, ich komme nicht von der Agentur.«

»Da bin ich aber erleichtert.«

Elspa übergeht meine Bemerkung. »Sie haben bei mir angerufen«, sagt sie und schaut mir in die Augen.

»Habe ich das?«

»Ich bin hier, um meine Schicht an Arties Totenbett anzutreten. Das wollten Sie doch, oder?«

»Oh. Ja. Und was ist mit dem Sack?« Das Ding irritiert mich ein wenig – es hat so einen Ich-bleibe-eine-
Weile-Charakter. Dieses Mädchen ist eines von Arties
Sweethearts? Ein wenig jünger, als ich dachte. Höchstens
sechsundzwanzig.

»Ich bin aus Jersey weg, so schnell ich konnte. Gleich
nach dem Unterricht heute früh. Eher ging nicht – ich
habe mir schon ein Mangelhaft abgeholt«, sagt sie, als
erkläre das alles. Sie kann unmöglich noch auf der Highschool sein – dafür ist sie zu alt. »Wo ist er?« Sie stellt
ihren Matchsack ab.

»Sie können nicht hierbleiben.« Ist sie eines von Ar-
ties Sweethearts während unserer Ehe – die Liebschaft,
die Liebelei, der Zwischenfall? Oder ist sie alt genug, um
Artie vor unserer Ehe gekannt zu haben? Wir waren vier
Jahre verheiratet, als ich ihn verließ, und davor nur ein
Jahr zusammen – rückblickend offenbar zu kurz, um ihn
wirklich kennenzulernen. Hatte er vor mir was mit einer
Dreiundzwanzigjährigen?

»Ich knalle mich einfach auf irgendein Sofa – ich mache
keine Mühe. Hat er große Schmerzen?«

»Hören Sie«, versuche ich, sie loszuwerden, »ich
war betrunken, als ich Sie anrief. Es war ein Spaß. Ich
hätte nie gedacht, dass ihn irgendjemand ernst nehmen
würde.«

Elspa schaut mich mit großen Augen an wie ein hoff-
nungsvolles Kind. »Was?« Sie gewinnt etwas von ihrer
Überheblichkeit zurück. »Liegt Artie nun im Sterben
oder nicht?«

Ich habe plötzlich das Gefühl, dass von diesem Besuch
eine Menge für sie abhängt. Dass viel auf dem Spiel steht.
Ich möchte sie anlügen, ihr vorschwindeln, dass Artie gesund ist und sie wieder heimfahren kann, aber ich bringe

es nicht über mich. Vielleicht liebt sie Artie ja tatsächlich – oder braucht ihn. »Ja – er wird sterben.«

»Dann will ich für ihn tun, was ich kann. Er war gut zu mir.«

»Er war *was?*«

»Er hat mir das Leben gerettet.« Sie sagt es in einem Ton, als spreche sie nicht über einen Liebhaber, sondern über einen Heiligen.

Der bullige Pfleger geht vorbei und in den ersten Stock.

Elspa schaut ihm nach.

»Ist er da oben?«

Ich nicke.

»Darf ich?« Sie deutet auf die Treppe.

Ihre Hartnäckigkeit überwältigt mich. »Gehen Sie nur.«

Und so stürmt Elspa, eine mir völlig Fremde, gerettet vom heiligen Artie, immer zwei Stufen auf einmal nehmend, zu ihm hinauf.

*Jeder verkauft
irgendwas, also sei
dein eigener
PR-Manager*

KAPITEL 8

Wie betäubt schaue ich ihr hinterher. Elspa. Was hat sie Artie zu sagen? Ich bin es müde, Arties Geheimnisse nicht zu kennen, müde, in abgesperrte Tatorte seines Lebens zu stolpern. Ich hole das Adressbuch aus dem Gästezimmer, schnappe mir die Schlüssel von der Kommode in der Diele und gehe zur Tür hinaus. Am Straßenrand parkt ein rostiger Toyota.

Hoffentlich ist er verschwunden, wenn ich zurückkomme.

Mein Wagen steht in der Einfahrt. Ich bin seit sechs Monaten nicht gefahren. Als ich einsteige, stelle ich fest, dass alles in dem Lexus auf Artie eingestellt ist, und ich bin froh, dass er noch nicht tot ist. Wenn er tot *wäre,* würde ich bestimmt auf der Stelle aus dem Auto springen, entsetzt darüber, dass der Fahrersitz und die Rückspiegel auf ihn eingestellt sind. Aber Artie *ist* nicht tot, und ich stelle mir in Ruhe alles auf meine Bedürfnisse ein. Das sollte ich im Haus auch tun. Ich kann sachlich nachdenken über Arties Tod. Ich kann mich geistig darauf einstellen, bevor er zuschlägt. Ich kann Vorbereitungen treffen – wie bei einer neuen Prüfung.

Bessom's Bedding Boutique liegt in einem älteren Teil der Stadt, einem, der umgestaltet werden soll – zum Luxusviertel. Jeder vierte Laden bekommt ein neues Gesicht. Ich finde die gesuchte Abzweigung, biege links ein und parke. Bessom's Bedding Boutique. Seit wann wird alles zur Boutique? Die Alliteration ist nicht nach meinem Geschmack, aber wenigstens reimt sie sich nicht. Gottlob ist auch kein B umgedreht, ein »Gag«, den sich heute viele neue Firmen genehmigen. Und die Worte sind auch nicht verfälscht. Wie ich sie hasse, diese Klassy Kuts oder Kitchen Kutlery. Schreibt doch *richtig,* um Himmels willen! Ich fahre mir mit der Zunge über die spröden Lippen und öffne die Ladentür.

Ein altmodisches Ding-Dong erklingt. Vor mir liegt ein Parkplatz für Betten – als hätte ein Hotel Pleite gemacht und sie in einem Lager abgestellt. Aber in einem *todschicken* Lager. Die Wände sind in einer dieser neuen Farben gestrichen – Limone-inspiriert vielleicht? –, und es hängen sogar einige Avantgarde-Gemälde daran. Der Teppichboden ist plüschig. Auf den geschmackvoll bezogenen Betten liegen wie zufällig hingeworfen Zierkissen. Es sind keine Kunden da, und es gibt keine Berieselungsmusik. Alles, was ich höre, ist gedämpfter Verkehrslärm und das hohle Ticken einer dieser Retro-Wanduhren aus den Sechzigern, die aussehen wie Grundschul-Sachkunde-Arbeiten.

Mein erster Instinkt ist, etwas zu klauen. Warum, weiß ich nicht. Mein zweiter Instinkt ist nicht besser: Ich möchte über die Betten rennen. Ich stelle mir vor, wie ich darauf bis ganz nach hinten in den Laden laufe.

Und in diesem Moment sehe ich auf einem Bett mit Himmel hinten im Ausstellungsraum jemanden liegen. Da ansonsten kein Verkäufer zu entdecken ist, nehme ich an, dass dort der Rite-Collegeabsolvent-Verkäufer ein Nickerchen macht. Eigentlich geht es mich ja nichts an, aber aus irgendeinem Grund möchte ich nicht, dass ein etwaiger Kunde einen schlechten Eindruck von Bessom's Bedding Boutique bekommt.

Ich gehe also hin und sage: »Entschuldigen Sie.«

Der Mann ist Ende zwanzig, nein, eher Anfang dreißig.

Es überrascht mich, dass er nicht erschrocken hochfährt und einen in sein Unterbewusstsein eingegrabenen Verkäufer-Text abspult. Er öffnet langsam die Augen, sieht mich an und lächelt träge. Dann streckt er sich und fährt sich mit gespreizten Fingern durch die blonden Haare. Ein ausgesprochen hübscher Bursche. Ich kann ihn mir gut mit nacktem Oberkörper, barfuß und mit nichts als einer Schlafanzughose vorstellen. Wahrscheinlich hat John Bessom ihn seines Aussehens wegen eingestellt und ahnt nicht, dass sein vermeintlicher Star im Dienst schläft, wenn der Boss nicht da ist. Ich beschließe, Bessom davon zu berichten, wenn ich ihn treffe.

»Ich suche eine Matratze, äh, strapazierfähig und hart. Sie wissen schon – eine solide, zuverlässige Matratze. Können Sie mir sagen, wo ich John Bessom finde?«

Er sieht mich an, zerzaust und sexy, mit verschlafenem Blick.

»Wir verkaufen keine Zuverlässigkeit, Härte, Strapazierfähigkeit und Solidität«, erwidert er mit einem unterdrückten Gähnen.

Ich lächle ihn an und neige den Kopf ein wenig zur Seite. »Aber Sie verkaufen doch Matratzen, oder?« Ich komme mir vor, als wäre ich in ein Wortspiel geraten, dessen Regeln ich nicht kenne. Ich liebe Wortspiele. Ich bin gut darin.

»Nein, wir verkaufen eigentlich keine Matratzen. Nicht wirklich.«

»Was verkaufen Sie dann?«

Er grinst schelmisch. Ich habe seinen Köder geschluckt. Er ist noch gar nicht ganz wach und hat mich schon am Haken! So schnell, dass ich es gar nicht bemerkt habe. Zweifellos habe ich ihn unterschätzt. »Ich verkaufe eine Menge Dinge. Zum Beispiel Schlaf. Und Träume.«

»Schlaf und Träume?«, frage ich.

»Genau.« Er ist noch immer nicht aufgestanden, hat

nur den Kopf in die Hand gestützt, und jetzt bin ich endgültig überzeugt, dass Bessom mit diesem Jungen einen Glücksgriff getan hat: Mir ist plötzlich danach, ein Bett zu kaufen. Und dann sagt er: »Ich verkaufe Luxuswohnungen für die Liebe.«

Die Formulierung lässt mich aufhorchen. Ich hebe den Finger und gehe im Geist in der Unterhaltung zurück. Anfangs sagte er »wir verkaufen« und jetzt auf einmal »ich verkaufe«. Mein Blick wandert zum Schaufenster, auf dem Bessom's Bedding Boutique von hier aus in Spiegelschrift zu lesen ist. Bessom. Dieses »Luxuswohnungen für die Liebe« erinnert mich derart an Artie, dass mir einen Moment lang buchstäblich die Luft wegbleibt. Der junge Mann sieht Artie nicht im Mindesten ähnlich – außer vielleicht eine winzige Spur ums Kinn herum –, aber er hat ganz offensichtlich das Flirt-Gen seines Vaters geerbt. »Sind Sie John Bessom?«

»Wie er leibt und lebt. Was kann ich für Sie tun?«

Ich suche nach weiteren Ähnlichkeiten. Ein Teil von mir hatte erwartet, den Boss von Bessom's Bedding Boutique vorzufinden, ein anderer Teil jemanden, der mehr nach Sohn aussah, nach Kinderplanschbecken, nach Sommercamp, nach Little League.

»Sind Sie okay?«

»Absolut.« Ich sehe mich im Laden um. »Leider brauche ich nur eine Matratze.«

»Wer könnte es aushalten, tagaus, tagein nur Matratzen zu verkaufen?« Er setzt sich auf und schwingt die Beine vom Bett. Sie stecken in Wildlederstiefeln. »Das wäre zu öde.«

»Ich verstehe.« Plötzlich weiß ich nicht mehr genau, was ich eigentlich hier will. Ihm sagen, dass sein Vater im Sterben liegt? Steht mir das zu? Wenn er mit Artie sprechen wollte, hätte er es schon vor Jahren tun können. Ich wende mich zum Gehen.

»Warten Sie.« Er steht auf. »Es tut mir leid. Ich habe eine üble Woche hinter mir. Und ein noch übleres Jahr. Deshalb bin ich so.« Er zeigt auf das Bett. »Das Flirten hilft mir zurechtzukommen. Aber ich arbeite an mir. Was ich sagen will, ist – ich würde Ihnen gerne eine Matratze verkaufen. Es wäre mir zwar lieber, Ihnen etwas Abstrakteres zu verkaufen, doch ich lasse mich auch auf eine Matratze ein.«

Ich mache mich steif, als wäre ich betrunken, als geriete mein Gleichgewicht ins Wanken und als würde ich auf Stelz-Modus umschalten. Ich mobilisiere meine Professionalität. Ist meine Stirn gerunzelt? Wird diese Professionalität mir Falten bescheren? Werde ich Botox brauchen? Egal. Im Moment bleibt mir nichts anderes übrig, als tough zu sein. Das ist alles, was ich zu bieten habe. »Wenn ich mal was Abstraktes brauche, weiß ich ja jetzt, wo ich es finde«, sage ich und stelze zur Tür hinaus.

*Manchmal genügt es,
im richtigen Moment
das richtige Fenster
zu öffnen*

KAPITEL 9

Als ich in unsere Straße einbiege, sehe ich, dass der rostige Toyota noch immer vor dem Haus steht, und auch noch krumm und schief geparkt.

In der Diele steht Elspas Matchsack noch immer dort, wo sie ihn abgestellt hat. Als ich meine Schlüssel in die Schale auf der Kommode lege, komme ich mir wie ein Eindringling vor – wie eine Diebin, die allerdings nur gekommen ist, um ein paar Cracker und Bonbons zu klauen und sich vielleicht einen Gin Tonic zu genehmigen.

Was soll ich jetzt tun? Ich bleibe regungslos stehen und horche angestrengt. Nichts. Ich schaue ins Wohnzimmer. Auf dem Kaminsims quillt eine große Vase über von Blumen. Ich gehe hin und ziehe die kleine Karte aus der Plastikgabel. *Nummer 58: Ich liebe dich, weil du nach Hause gekommen bist. Zu mir. Und weil ein winziger Teil von dir mich ganz tief drinnen vielleicht noch liebt.* Er hat recht. Ein Teil von mir liebt ihn noch, und manchmal wird dieser Teil so groß, dass mein Herz beinahe überläuft. Vielleicht sollte ich ihm das sagen. Vielleicht sollte er das wissen.

In diesem Moment höre ich jemanden singen.

Eine weiche Stimme, hoch und fröhlich. Meine Hände sinken herunter. Ich lasse Nummer 58 auf den Boden fallen.

Der Gesang lockt mich die Treppe hinauf. Er kommt aus dem Schlafzimmer. Ich öffne die Tür. Das Bett ist leer, die Decke zurückgeschlagen, als wäre Artie durch ein Wunder geheilt und ins Büro gefahren.

Der Gesang kommt aus dem Bad. Ich spähe durch den Türspalt. Artie sitzt mit dem Rücken zu mir in der Wanne, und es ist Elspa, die singt. Ich kenne das Lied nicht. Ihre Stimme – eine wunderschöne Stimme – kommt von irgendwo ganz tief unten aus ihr herauf. Sie kniet vor der Wanne, taucht einen Schwamm ins Wasser und drückt ihn über Arties Rücken aus. Es hat absolut nichts Sexuelles. Nichts Erotisches. Es ist nur zärtlich – als kümmere sich eine Mutter um ihr fieberkrankes Kind. Der Anblick raubt mir den Atem. Dieser Moment ist von einer schlichten Schönheit. Einer völligen Reinheit.

Es gibt mir einen Stich, und mir wird wieder schwindlig. Ich verlasse mit unsicheren Schritten das Zimmer, gehe die Treppe hinunter und in die Küche. Das Haus ist so schrecklich hell, so schrecklich luftig. Die Räume sind so schrecklich hoch. Ich fühle mich winzig. Mit fliegenden Fingern schenke ich mir einen Drink ein und lasse Eiswürfel hineinfallen. Das Klimpern klingt einsam.

Das Telefon klingelt. Ich melde mich. Lindsay sprudelt los, so schnell, dass ich nur die Hälfte verstehe. Danbury könnte gefeuert werden? Ein Klient springt vielleicht ab? Einer der Partner hat durchgedreht? Ich kann mir keinen Reim darauf machen.

»Alles wird gut«, versuche ich, sie zu beruhigen. »Regen Sie sich nicht auf und steigern Sie sich nicht rein. Ich kann jetzt nicht reden.«

Aber sie schwafelt weiter über Danburys mögliche Entlassung und die Chance einer kleinen Beförderung und kommt wieder auf den Partner zurück.

»Ich kann im Moment wirklich nicht reden«, sage ich mit mehr Nachdruck. »Nehmen Sie es mir nicht übel, Lindsay, aber jetzt zeige ich Ihnen, wie man sich ausklinkt.« Damit unterbreche ich die Verbindung.

Elspa kommt herein und holt eine Schüssel Salat aus dem Kühlschrank. Der Salat ist mir neu – ich habe ihn noch nie gesehen.

»Möchten Sie was davon?«, fragt sie. »Es ist genug da.«

»Nein.«

Sie nimmt sich ein Schälchen und füllt sich eine Portion ab. »Er ist so dünn. Darauf war ich nicht vorbereitet.«

Ich schweige.

»Aber sein Verstand ist intakt. Es ist alles da. Er ist noch der alte Artie.«

»Noch der alte Artie.«

Elspa beginnt, mit Appetit zu essen. »Sie wollen bestimmt nichts?«

»Nein, danke.«

»Er hat mir die Geschichte erzählt, als …«, sagt sie mit vollem Mund.

»Ich will die Geschichte nicht hören«, falle ich ihr ins Wort.

Elspa verharrt einen Moment lang regungslos und isst dann weiter. »Okay.«

In diesem Augenblick wird mir bewusst, dass ich mir nicht wie eine Diebin vorkomme. Ganz im Gegenteil. Ich komme mir *bestohlen* vor. »Das wäre meine Aufgabe gewesen da oben.«

»Wie bitte?«

»Ihn zu baden. Das hätte *ich* tun sollen, und Sie haben mir diesen Moment gestohlen.«

»Ich wollte nicht …«

»Vergessen Sie's.«

Elspa seufzt. Sie legt ihre Gabel hin und schaut mich an. Ihre braunen Augen sind sanft. »Wie viele gibt es – von uns?« Statt zu antworten, nippe ich an meinem Drink. Ich bin nicht verpflichtet, ihr Auskunft zu geben. Sie lässt nicht locker. »Er hat Sie betrogen, stimmt's? Darum hassen Sie ihn. Wie viele?«

»Er hatte viele Frauen, bevor ich ihn kennenlernte. Ich wusste es nicht, aber er behielt zwei von ihnen – als Souvenirs.«

»Es fällt ihm schwer, Lebewohl zu sagen.«

»Das ist sehr freundlich formuliert.« Ihre Auslegung missfällt mir entschieden. »Und dann kam noch eine Dritte dazu. Die Dritte habe ich selbst entdeckt – von den beiden anderen erfuhr ich erst danach. Wann waren Sie zuletzt mit ihm zusammen?« Eine faire Frage, und ich stelle sie unverblümt.

Sie ist nicht im Mindesten schockiert. »Bevor er Sie kennenlernte«, antwortet sie. »Ich fing in einem seiner Restaurants an, als ich noch sehr jung war.« Sie erscheint mir noch immer sehr jung. »Du meine Güte, es muss sechs Jahre her sein, dass ich ständig nach italienischem Essen roch. Artie kam zu einer Stichprobe vorbei. Aber es war nicht *die* Art von Beziehung. Ich meine, ich bin nicht eine seiner Exfreundinnen oder so was. Artie war eher ein Vater für mich. Er begleitete mich durch eine schlimme Zeit.« Sie hält inne, und ich sehe ihr an, dass sie irgendeine Erinnerung schmerzt.

»Eher wie ein Vater?«

»Es ist lange her«, sagt sie. »Ich überlebte – dank Artie.«

Sie ist so ernst, dass es schwerfällt, ihr nicht zu glauben. Das Gesicht erscheint so offen – als wäre sie zu naiv, um zu lügen.

Ihre Miene hellt sich auf. »Er hat mir heute eine Menge Geschichten erzählt – wie Sie sich kennengelernt haben, von Ihrer Hochzeit … Das klang alles wunderschön. Aber am besten gefiel mir die Geschichte mit dem Vogel.«

»Welche meinen Sie?«

»Sie haben ihn gerettet.«

»Oh. Ja, das war kurz nach unserer ersten Begegnung in einem Gästehaus von Freunden. Das arme Ding hatte sich nach drinnen verirrt und flog immer wieder gegen die Scheiben. Artie ist teilweise ein richtiger Feigling. Er fürchtet Vögel im Haus. Und er hasst das Fliegen – mit Flugzeugen, meine ich. Ich öffnete im richtigen Moment das richtige Fenster, das ist alles.« Jetzt erinnere ich mich wieder genau daran. Damals schien alles perfekt zu sein. Artie trat hinter mich und legte die Arme um mich, und der Vogel flog davon.

»Manchmal ist das alles, was nötig ist – das richtige Fenster zu öffnen«, meint Elspa.

In diesem Moment mag ich sie. Ich brauche einen solchen Menschen – jemanden, der sich nicht scheut weiterzudenken.

»Als er mir die Geschichte erzählte, war er so lebendig, dass ich völlig vergaß, dass er sterben wird«, sagt sie.

Ich möchte wissen, wie genau Artie ihr Leben gerettet hat. Im Geist sehe ich sie in ihrer Kellnerinnenuniform vor mir, mit dem roten T-Shirt, dem Namensschildchen und der karierten Schürze und mit einem Tablett voller Gläser auf der Hand. Warum ist sie gekommen und warum liebt sie ihn so sehr? Ich gehe zu der großen Salatschüssel, fische mir eine Kirschtomate heraus und stecke sie in den Mund. Sie ist fest und süß. Elspa würde bestimmt finden, dass Artie es verdient, seinen Sohn zu sehen, bevor er stirbt, oder? Und sie hätte recht damit. Denn wenn Artie in seinem Leben auch vieles falsch gemacht hat, so verdient er es doch, seinen Sohn kennenzulernen Und – noch wichtiger – verdient es John Bessom, dieser ungewöhnliche junge Mann, seinen Vater kennenzulernen.

»Ich möchte, dass Sie mir einen Gefallen tun«, sage ich.

Sie sieht mich erwartungsvoll an. »Ja?«

Liebe ist vielfältig —
und gelegentlich
abstrakt, blau
und obszön

KAPITEL 10

Während Elspa fertig isst, rufe ich vom Gästezimmer aus meine Mutter an. Ich habe das Gefühl, mich bei jemandem rückversichern zu müssen, aber obwohl ich ihr meinen Plan präzise darlege, ist sie verwirrt. Ich fange noch einmal von vorne an. »Ich möchte, dass Artie seinen Sohn kennenlernt. Ich möchte, dass sein Sohn seinen Vater kennenlernt. Aber ich möchte, dass Artie ihm selbst sagt, dass er sterben wird. Das ist seine Aufgabe, nicht meine. Also habe ich mir überlegt, wie wir die beiden zusammenbringen können, und bin auf die perfekte Lösung gekommen.«

»Sie sollen sich über eine Matratze kennenlernen?«, fragt meine Mutter unsicher.

»Ja, zum hundertsten Mal! Über eine Matratze!«

»Lass mich sehen, ob ich das richtig verstanden habe: Du möchtest John Bessom zu nichts überreden. Was war der Grund noch mal?«

»Vergiss es. Das ist nicht wichtig.« Ich habe keine Lust, ihr zu erklären, dass es, wenn er mich noch einmal anflirtete und dann erführe, dass ich seine Stiefmutter bin, für beide Seiten *unangenehm* wäre.

»Okay. Ich vergesse es«, sagt meine Mutter. »Also, du willst das Mädchen, das vorhin bei euch auftauchte und das Artie liebt, weil er ihr das Leben gerettet hat, überreden, dass sie John Bessom überredet, euch eine Matratze nach Hause zu liefern, ja?«

»Genau.«

»Die Details sind mir etwas zu kompliziert, aber der Plan scheint gut zu sein. Und ich bin froh, dass du etwas *tust* – ich denke, das bekommt dir. Ich fahre gleich los, damit jemand im Haus ist – außer dem Pfleger, meine ich.«

»Danke.«

Auf dem Weg zu Bessom's Bedding Boutique mache ich Elspa mit ihrem Text vertraut. Das Drehbuch geht auf Johns Bedürfnis ein, wichtigere Dinge als Matratzen zu verkaufen. Sie nickt dazu. »Verstanden. Okay. Klar.«

Irgendwann ist alles gesagt. Als die Stille zwischen uns unbehaglich wird, beugt Elspa sich vor und fummelt am Radio herum.

»Was machen Sie beruflich?«, frage ich.

»Ich bin Künstlerin.«

»Ah. Artie liebt Künstler.« Er war ganz begeistert gewesen von meinen Fotos und ermutigte mich immer wieder dabeizubleiben. »Was für eine Art Künstlerin?«

»Bildhauerin.«

»Und was ist Ihr Gebiet?«

»Männer, hauptsächlich. Teile von ihnen, genau gesagt. Sie dürfen es selbst entscheiden.«

»Lassen Sie mich raten, für welchen Teil Artie sich entschieden hat. Ist es der Teil, an den ich denke?«

»Ja. Er fand es lustig. Aber ich war auf meine Phantasie angewiesen, und so habe ich ihn abstrakt dargestellt. Und in Blau.«

»Abstrakt und blau.« Vor meinem geistigen Auge erscheint eine Skulptur von Arties Penis, blau und deformiert. Was meint sie mit »abstrakt«? Und wieso war sie auf ihre Phantasie angewiesen? »Ich würde ihn gerne mal sehen«, sage ich. Es spielt keine Rolle, ob er ein Produkt ihrer Phantasie ist – es ist etwas Intimes, und obwohl sie offenbar mit Artie zusammen war, bevor ich ihn kennenlernte, und angeblich keine sexuelle Beziehung mit ihm hatte, wurmt mich das. Meine Eifersucht wabert jetzt ständig dicht unter der Oberfläche. Ich hätte Artie nichts vorsingen können, während ich ihn badete – dazu bin ich zu zornig. Mein Zorn sitzt so tief in mir drin, wie Elspas Lied in ihr saß.

»Wirklich?«, fragt Elspa erstaunt.

»Ja.«

Es entsteht eine Pause. Wahrscheinlich weiß sie nicht, wie sie meinen Ton deuten soll. Ich weiß ja selbst nicht einmal, wie er zu deuten *ist*.

»Es fängt an zu regnen.« Elspa zeigt auf die Windschutzscheibe, an der einzelne Tropfen hinaufrennen. Ich schalte die Scheibenwischer ein. Quietschend streifen sie über das Glas. Ich brauche neue.

Als wir vor Bessom's halten, schließt John gerade die Ladentür zu. Er spricht mit einem Typen im dunklen Anzug, der nach Banker aussieht und nicht nach einem potenziellen Matratzenkäufer. Der Mann sieht gleichgültig aus, cool, fast britisch. Offenbar ist die Unterhaltung der beiden keine erfreuliche. John hebt die Hand, als wolle er dem Banker sagen: *Lassen Sie uns sachlich bleiben. Wir sind doch Gentlemen.*

Ich bedeute Elspa, ihr Fenster ein Stück herunterzukurbeln.

Der Mann im dunklen Anzug sagt gerade: »Wir müssen uns darüber unterhalten, Mr Bessom.«

Und John antwortet: »Ich weiß.«

Der Anzug entfernt sich grußlos. Ich stupse Elspa an, und sie steigt aus, tritt auf John zu und verkündet: »Ich brauche eine Matratze.«

»Ich habe schon geschlossen.«

»Es ist ein Notfall.«

»Ein Matratzen-Notfall? Hören Sie – mein Lieferwagen ist zwei Orte weiter liegen geblieben, und ich ...«

»Die Matratze ist für einen Vater«, rezitiert Elspa den ihr von mir vorgegebenen Text. »Einen Vater, der im Sterben liegt. Sein Sohn wird ihn vor seinem Tod besuchen, und dazu sollte er auf einer schönen Matratze liegen.« Ich bin stolz auf sie. Ihre Highschool-Schauspiellehrerin wäre ebenfalls stolz auf sie.

»Also, wie ich schon sagte – ich habe geschlossen.«

»Eigentlich möchte ich ja nicht, dass Sie mir eine Matratze verkaufen – ich möchte, dass Sie mir den Seelenfrieden für einen Sterbenden verkaufen. Ich möchte, dass Sie mir eine Totenbettszene verkaufen. Ich möchte, dass Sie mir einen Vater und einen Sohn verkaufen, die sich aussöhnen wollen, bevor der Vater stirbt.«

John lächelt Elspa an, schaut dann an ihr vorbei und sieht mich im Auto sitzen.

Er erkennt mich, und ich sehe ihm an, dass er weiß, dass ich dieser jungen Frau gesagt habe, auf welche Worte er anspringen wird. Er winkt mir zu. Ich fummle angelegentlich am Aschenbecher herum.

»Einen Vater und einen Sohn? Ich habe eine Schwäche für gute Totenbettszenen. Sie werden Ihre Matratze bekommen. Ein Luxusmodell.«

Es regnet nicht mehr. John hat die in Plastikfolie eingeschweißte Matratze aufs Dach gewuchtet und festgezurrt, und er und Elspa halten sie zusätzlich durch ihr jeweiliges offenes Fenster fest.

»Wie ist es – schlafen Sie den ganzen Tag in Ihrem Laden?«, frage ich.

»Ich habe nicht geschlafen – ich habe nur geschauspielert.«

»Es war sehr überzeugend.«

»Ich bin ein sehr guter Schauspieler.«

»Verkauft man mit Schauspielerei viele Matratzen?«, erkundigt Elspa sich spöttisch.

»Er verkauft keine Matratzen«, korrigiere ich sie. »Er verkauft Schlaf und Träume und Sex.«

»Und dabei hilft Schauspielerei?«

»Nicht wirklich. Aber das ist ja auch nur eines meiner Geschäfte. Ich bin ein Unternehmer mit breitgefächerten Projekten.«

»Zum Beispiel?«, will ich wissen.

Er antwortet nicht, sondern schaut zum Fenster hinaus. Als wir zu einer Mautstation kommen, beäugt die Angestellte das Auto misstrauisch, als hätte sie schon viele Matratzen von Wagendächern fliegen sehen. Außerdem scheint ihre Miene Territorialansprüche auszudrücken und die Frage: *Damit wollt ihr auf* meinen *Highway?* Ich gehe nicht darauf ein. Mein Plan scheint zu funktionieren, und nur das interessiert mich.

Wir erreichen unser Viertel, und ich lenke das Auto durch die gewundenen Straßen. Inzwischen ist es dunkel geworden.

»Wenn ich fragen darf – wer liegt im Sterben?«

Bevor ich die Chance habe, mir etwas auszudenken – was ich aus irgendeinem Grund für angeraten halte –, antwortet Elspa: »Ihr Mann.«

»Das tut mir leid«, sagt John zu mir. »Es tut mir aufrichtig leid, das zu hören.« Etwas in seiner Stimme deutet darauf hin, dass er selbst einen Verlust erlitten hat. Wir haben alle unsere Verluste.

Ich biege in unsere Straße ein. Das Haus ist beleuchtet wie ein Christbaum, und ein Krankenwagen steht mit rotierenden roten Lichtern davor. Ein Nadelspitzen-Schauer überläuft mich. Die Eingangstür ist offen. Licht fällt auf den Rasen und auf meine Mutter, die mit verschränkten Armen in die Ferne starrt.

»Es ist zu früh«, flüstere ich verzweifelt. »Noch nicht. Wir sind noch nicht fertig!«

»Was ist da los?«, fragt John.

Elspa jammert: »Oh, nein, nein, nein.«

Ich springe schon vor der Einfahrt aus dem Auto. Es rollt weiter, prallt gegen den Randstein. Ich stoße mir den Kopf am Fensterrahmen an, als ich mich hineinbeuge und den Automatikhebel auf Parkposition stelle. Panisch laufe ich zu meiner Mutter. Sie schüttelt den Kopf. »Ich weiß nicht, was er hat! Ich habe für alle Fälle neun eins eins angerufen!«

Ich atme plötzlich, als würde ich gleich hyperventilieren, taumle aufs Haus zu und bleibe auf der kleinen Veranda stehen. Elspa rennt an mir vorbei.

Ich schaue zur Straße. John Bessom steht neben dem Auto. Die Matratze liegt noch auf dem Dach. Mitleid steigt in mir auf. Der arme Kerl weiß überhaupt nicht, wo er da reingeraten, wozu er zu spät gekommen ist. Krampfhaft schnappe ich nach Luft.

»Sie müssen der Sohn sein«, höre ich meine Mutter sagen, die mit ausgestreckten Armen auf John zugeht.

Mit zitternden Knien steige ich die Stufen hinunter und mache langsam ein paar Schritte auf die beiden zu. Meine Mutter wirkt jetzt ganz ruhig. Sie wird das bestimmt gut machen. Mütterlich nimmt sie ihn bei der Hand und legt den Arm um ihn, und plötzlich sieht John aus wie ein Kind.

»Sie versuchen, Ihren Vater zu retten«, sagt sie. »Aber ich weiß nicht …«

»Meinen Vater?«, fragt John verblüfft. »Arthur Shoreman?«

»Ja«, bestätigt meine Mutter. »Artie.«

Artie ist noch nicht tot. Sie versuchen, ihn zu retten. Ich drehe mich um und laufe ins Haus und die Treppe hinauf. Arthur Shoreman, hallt es durch meinen Kopf. Arthur Shoreman. Wie grässlich förmlich das klingt. So wird es auf seinem Totenschein stehen. Noch nicht, sage ich mir. Noch nicht.

Ich biege ins Schlafzimmer ein. Artie liegt im Bett, flankiert von zwei Rettungsassistenten, die verschlüsselt miteinander sprechen, wie sie das immer tun. Ich sehe eine Maschine. Machen sie ein EKG?

Der bullige Pfleger beobachtet das Geschehen aus sicherer Enfernung.

Elspa steht da wie ein Standbild, das Gesicht kalkweiß, die Augen aufgerissen. Ich ziehe sie auf den Flur hinaus, nehme sie in die Arme und wiege mich mit ihr langsam hin und her. Sie klammert sich an mich und beginnt, bitterlich zu weinen.

»Wenn er stirbt, sterbe ich auch«, schluchzt sie.

»Nein, das tun Sie nicht«, widerspreche ich ihr.

»Ich werde es nicht ertragen können«, sagt sie.

Ich versuche zu begreifen, dass Artie da drinnen vielleicht gerade stirbt, dass vielleicht gleich nur noch sein Körper in dem Bett liegt. Ich habe keine Ahnung, wie lange ich Elspa schon festhalte, aber mir wird bewusst, dass ich das erste Mal seit sehr langer Zeit wirklich für einen anderen Menschen da bin.

Und dann höre ich Arties Stimme. »He – weg da!«, brüllt er.

Und der Notarzt sagt: »Gut zu hören!«

Elspa klammert sich noch fester an mich.

»Er ist wieder da«, flüstere ich.

*Manchmal kann man
mit offenen Augen
nicht erkennen,
was geschieht*

Kapitel 11

Was folgt, ist ein wenig surreal.

Die Männer von der Ambulanz sind nach wie vor bei Artie, aber jetzt scherzen sie mit ihm. Ich stelle mir Arties Sohn vor, der wahrscheinlich noch vor dem Haus steht, die Matratze, die wahrscheinlich noch auf dem Autodach liegt. Obwohl Artie von den Toten auferstanden ist, kann Elspa nicht aufhören zu weinen. Ich beuge mich mit ihr im Arm zur Schlafzimmertür hinein. »Er ist wirklich wieder da?«, frage ich die Männer. »Er ist okay?«

»Er war nie weg, Ma'am«, sagt der mit dem Preisboxerkreuz. »Es war blinder Alarm. Krämpfe. Blähungen. Er hat ernste Herzprobleme, wie Sie wissen, aber er hält sich wacker.«

»Haben Sie das gehört?«, frage ich Elspa und wiederhole es für alle Fälle. »Blinder Alarm. Krämpfe. Blähungen.«

Artie wendet uns das Gesicht zu. Seine Augen sind feucht, und er lächelt nervös. »Ist sie gegangen?«, fragt er.

»Was?« Ich bin verwirrt. »Wer?« Meint er etwa Elspa? Vielleicht ist er doch nicht ganz bei sich. Er zuckt zusammen und kneift die Augen zu.

»Blinder Alarm?«, fragt jemand mit einer mir seltsam vertrauten Stimme. Die Frau steht plötzlich neben uns, eine schlanke, hochgewachsene Person Anfang fünfzig in einem pastellblauen Schneiderkostüm und mit einer brennenden Zigarette in der Hand. Schön geschwungene Augenbrauen, hohe Wangenknochen, schulterlanges Haar, im Nacken mit einer Silberspange zusammengefasst. Attraktiv. Auf eine herrische Art.

»Wer sind Sie?«, frage ich.

»Ich bin Eleanor«, antwortet sie, als erkläre das alles.

Ich starre sie an. In meinen Ohren ist ein Summen, und ich schüttle den Kopf, um es loszuwerden. Artie ist beinahe gestorben, aber jetzt geht es ihm gut.

»Sie haben mich eingeladen«, setzt die Fremde hinzu. »Ich dachte, es würde mir genügen, wenn Artie in der Hölle verrottete, aber dann entschied ich, dass ich ihn vorher noch einmal sehen wollte.«

Sie wischt etwas von ihrem Rock. Ah ja – jetzt erinnere ich mich: Sie ist die Frau, die ich spätnachts betrunken anrief und die mir die so freundliche Nachricht für Artie auftrug. Noch eines von seinen Sweethearts – und wie reizend sie sich einführt. »Wäre es nicht wunderbar, wenn Artie seinen Frieden mit seiner Vergangenheit machen könnte, bevor er stirbt – mit der *gesamten?*«, setzt sie hinzu.

»Sie sollten hier nicht rauchen«, sagt Elspa, die ihre Fassung allmählich zurückgewinnt.

Eleanor lächelt sie an, als hätte sie etwas Kluges, aber Unbedeutendes gesagt. »Ich rauche so gut wie nie. Das hier ist eine Notfall-Zigarette.« Sie wendet sich mir zu. »Vielleicht hat mein Erscheinen ihn aufgeregt«, sagt sie mit einem kleinen – freudigen? – Seufzer.

»Glaubst du?«, brüllt Artie vom Bett her.

»Deine Schwiegermutter musste neun eins eins anrufen«, erwidert Eleanor ruhig. »Vielleicht hat mein Erscheinen sie ebenfalls aufgeregt.«

»Hatten Sie vor, ihn umzubringen, oder was?«, frage ich.

»Oh, nein.« Die Frau lächelt spöttisch. »Artie umbringen«, sagt sie so laut, dass er es hören kann, »würde mir eine Hauptrolle in seinem Leben einräumen – und diese Form von Respekt würde er mir nie zollen.«

Eleanor, sage ich im Geist vor mich hin. Ich mag sie irgendwie.

Ich sage Artie, dass ich in ein paar Minuten wiederkomme. Der bullige Pfleger wird ihn inzwischen für die Nacht fertig machen. Als ich Elspa und Eleanor die Treppe hinunterscheuche, bemerke ich, dass Eleanor leicht hinkt. Trotzdem trägt sie hohe Absätze. Die Art ihres Hinkens verrät, dass es ein chronisches Leiden ist und nicht von einer Blase oder einem verstauchten Knöchel herrührt.

»Setzen Sie sich doch.« Ich deute auf die Hocker an der Frühstückstheke. »Nehmen Sie sich einen Drink.«

»Ich ziehe es vor, nüchtern zu bleiben.«

»Auch gut.«

Sie setzt sich, überkreuzt graziös ihre Fesseln.

Ich bringe Elspa zum Pool hinaus und sage ihr, dass sie hier auf mich warten soll. Wie sie dort steht, die Arme um die Schultern geschlungen, den Rücken gebeugt und den Kopf gesenkt, wirkt sie herzzerreißend verloren. Noch immer wird ihr Körper hin und wieder von einem Schluchzer geschüttelt.

Mit schnellen Schritten kehre ich ins Haus zurück, getrieben von der Dringlichkeit, die mit einem minderen Notfall einhergeht – einem Brand im Backofen oder einer aus dem Ruder gelaufenen Party. Artie ist natürlich der Ehrengast, doch als Hausherrin muss ich mich auch um die übrigen Gäste kümmern. Als ich aus der Eingangstür trete, ist einer der Rettungsassistenten dabei zusammenzupacken. Das Haus gegenüber ist hell erleuchtet. Die Biddles – Jill und Brad – beobachten die Vorgänge hinter den Stores ihres Panoramafensters. Unser direkter Nachbar, Mr Harsborn, ist weniger zurückhaltend. Er steht, die Arme vor der Brust verschränkt, in seinem Vorgarten.

Als er sieht, dass ich zu ihm hinschaue, winkt er, aber ich ignoriere es.

Meine Mutter steht noch immer bei John Bessom, aber sie reden nicht miteinander.

Als ich näher komme, bemerke ich, dass sie geweint hat – ihr Make-up ist hier und da verwischt –, aber er wirkt ungerührt.

»Ich bin der Sohn in dieser Totenbettszene?«, fragt er.

Meine Mutter sieht erst ihn an und dann mich – mit demselben Ausdruck, einer Mischung aus Kummer und Mitgefühl. »Einer der Sanitäter hat uns gesagt, dass er am Leben ist.«

»Ja, er ist am Leben. Es war blinder Alarm.« Ich kann nicht erkennen, ob John wütend ist oder nicht. Ich weiß seine Miene nicht zu deuten. »Ich wollte, dass Sie und Artie sich unterhalten. Er wollte Sie unbedingt …«

»Es tut mir wirklich sehr leid um Ihren Mann«, fällt er mir ins Wort, »aber ich habe nicht das Bedürfnis, Artie Shoreman kennenzulernen.«

»Okay, das verstehe ich«, sage ich, obwohl ich es nicht tue.

»Ich werde mir ein Taxi rufen. Die Matratze lasse ich morgen abholen.«

»Ich werde sie bezahlen.«

»Sie wollen sie immer noch haben?«

»Nein, aber wir können sie nicht zurückgeben. Sie ist auf meinem Autodach transportiert worden. Damit ist sie Gebrauchtware. Ich bestehe darauf, sie zu bezahlen.«

»Ich kann Ihr Geld unmöglich annehmen. Wie gesagt – ich werde morgen jemanden schicken, der sie abholt.«

»Ich rufe Sie an. Ich halte Sie auf dem Laufenden über Artie, wenn Sie wollen …«

Er zuckt mit den Schultern, steckt eine Hand in die Tasche und lächelt beinahe. Einen Moment lang stehen wir verlegen herum. Dann zieht er sein Handy heraus. »Ich rufe mir ein Taxi.« Er zögert. »Artie Shoreman hat finanziell gut für uns gesorgt, und dafür bin ich dankbar – aber darüber hinaus verbindet uns nichts. Es wäre nicht richtig, wenn ... ich weiß nicht, was ich sagen soll.« Er ist wunderschön traurig. Ein Windstoß fährt in seine Haare und zerrt an seinem Hemd.

»Ich weiß auch nicht, was ich sagen soll«, gestehe ich.

»Ich bin froh, dass es blinder Alarm war«, sagt er. »Vorhin im Auto sagten Sie, Sie wären noch nicht fertig. Ich weiß nicht, was nicht fertig ist, aber jetzt haben Sie vielleicht noch ein bisschen Zeit – für sich und Artie.«

Erst jetzt erinnere ich mich daran, dass ich das gesagt habe. Ich wollte nicht, dass Artie so bald stirbt – wir haben noch so viel zu klären. »Sie haben recht«, erwidere ich. »Unsere Beziehung ist kompliziert. Es ist auch noch Zeit für *Sie und Artie* – um einander näherzukommen.«

»Ich kannte ihn immer nur als Namen auf einem Scheck, und ich wüsste nicht, warum ich das jetzt ändern sollte.« Er klappt sein Handy auf. Es leuchtet blau in seiner Hand.

Meine Mutter folgt mir zum Haus. »Bist du okay?«

»Es ist alles in Ordnung!«, antworte ich akzentuiert, aber ich glaube mir nicht einmal selbst. Artie wird sterben. Aber noch ist er nicht gestorben. »Hast *du* diese Eleanor ins Haus gelassen?«, frage ich.

»Hör mir bloß auf mit der«, erwidert meine Mutter, als kenne sie die Frau ihr Leben lang. »Sie muss gehen.«

»Wirklich?« Eleanors Satz kommt mir in den Sinn: *Wäre es nicht wunderbar, wenn Artie seinen Frieden mit seiner Vergangenheit machen könnte, bevor er stirbt – mit der gesamten?* Ihre Worte hatten etwas Drohendes, aber auch etwas ultimativ Wahres.

Als wir das Haus betreten, sagt meine Mutter: »Keine Sorge – ich schaffe uns Eleanor vom Hals.«

Die Küche ist verwaist, Eleanor verschwunden. »Eine Mühe weniger«, meine ich trocken. »Sie hat selbst den Weg nach draußen gefunden.«

Meine Mutter tritt an die Fenstertüren, die auf die Poolterrasse hinausgehen, und meint nach einem Blick trocken: »Zu früh gefreut.«

Elspa sitzt in einem Liegestuhl und Eleanor ihr gegenüber. Sie sind in ein Gespräch vertieft. Worüber? Ich kann mir nicht vorstellen, dass diese beiden viel gemeinsam haben. Würde Elspa mit ihr über die abstrakte, blaue Skulptur von Arties Schwanz sprechen? Keine Ahnung. Was weiß ich schon über Eleanor?

»Was machen wir?«, frage ich meine Mutter, während wir durch die Glastüren nach draußen starren. Elspa ist um die sechsundzwanzig, aber sie sieht viel jünger aus – unglaublich jung.

»Ich weiß es nicht«, antwortet sie und zieht nervös den Reißverschluss ihrer Nickijacke hoch. »Es würde mich nicht überraschen, wenn wir Elspa erben, samt ihren Tattoos und Piercings und allem anderen. Du solltest herausfinden, ob sie in Arties Testament steht.«

Die Vorstellung erschreckt mich – vielleicht, weil sie so plausibel erscheint.

Gemeinsam treten wir auf die Natursteinterrasse hinaus. Jenseits des unter Wasser beleuchteten Pools erstreckt sich eine sorgfältig gestutzte Rasenfläche.

»Elspa?«

Sie reagiert nicht.

Eleanor winkt uns. »Kommen Sie her, setzen Sie sich«, drängt sie uns. »Das wird Sie interessieren.« Sie wendet sich wieder Elspa zu. »Erzählen Sie.«

Meine Mutter und ich tauschen einen Blick und nähern uns dann langsam, jede von einer Seite, und setzen uns auf die uns von Eleanor zugewiesenen Plätze. Sie ist ein Mensch, dem man automatisch gehorcht.

Elspa beginnt. »Er hat meine Wohnungstür aufgebrochen, um mich zu retten. Es fand gerade eine Parade statt, und die Straßen waren gesperrt. Er trug mich, meinen Arm in ein blutiges Handtuch gewickelt, zu Fuß zur Notaufnahme. Ich erinnere mich, wie über uns Luftballons zum Himmel aufstiegen und wie ich sein Herz deutlicher schlagen spürte als mein eigenes. Und er sagte immer wieder nur: *Mach nicht die Augen zu. Mach nicht die Augen zu.*«

Ich weiß nicht, was ich sagen soll, nicht einmal, was ich mit meinen Händen machen soll. Wie ein Kind schaue ich zu meiner Mutter. Ich will von ihr wissen, wie man in einer Situation wie dieser angemessen reagiert. Worum geht es in dieser Situation überhaupt? Darum, in der Nacht, in der mein Ehemann beinahe gestorben wäre, seine viel zu junge Exfreundin zu trösten?

»Ich verdanke es ihm, dass ich noch lebe«, sagt Elspa, »und jetzt wird er sterben. Was soll ich nur machen ohne ihn?« Sie reibt sich das linke Handgelenk, zieht den Ärmel hoch und zeigt uns die feinen Narben. »Ich war total durch den Wind.«

Eleanor, die bisher so kalt und streng wirkte, berührt ihre Schulter. Elspa zieht das zarte Kinn an die Brust und kneift die Augen zu.

Meine Mutter und ich sind ratlos. Auf solche Ehrlichkeit und Empfindsamkeit waren wir nicht vorbereitet.

Eleanor beugt sich zu ihr und flüstert: »Mach nicht die Augen zu.«

Elspa hebt den Kopf und öffnet die Augen langsam, schaut Eleanor an und dann meine Mutter und mich. Und plötzlich erscheint ein Lächeln auf dem tränenverschmierten Kindergesicht – in den Mundwinkeln.

Ich habe zum Schlafzimmer zurückgefunden. Die Ambulanz ist weg, der bullige Pfleger hat sich für heute verabschiedet, und ich höre ihn abfahren. Ich habe Elspa, Eleanor und meine Mutter am Pool gelassen.

Artie regt sich im Bett und schaut dann zu mir auf, als hätte er mich gespürt. Vielleicht hat er auch nur *jemanden* gespürt. Irgendeine der Frauen im Haus. Ich darf das nicht so persönlich nehmen, denke ich. Seine Lider sind schwer.

»Blinder Alarm«, sage ich. Das einzige Licht im Raum kommt von der Straßenlaterne vor dem Fenster.

»Als ich dir vorschlug, meine Sweethearts anzurufen, hätte ich dir einschärfen sollen, Eleanor zu übergehen.«

»Du hast nicht geglaubt, dass ich es tun würde.«

Er lächelt mich an. »Dieses eine Mal habe ich dich unterschätzt.«

»Ich muss gestehen, dass Eleanor mir gefällt. Sie ist … kompliziert.«

»Sie ist eine Nervensäge erster Güte.«

»Sie ist gescheit.«

»Sie ist hier, um mich zu quälen.«

»Vielleiht gefällt mir das am besten an ihr. Wann wart ihr beide ein Paar?«

»Ein Paar? Wenn du deine Mutter wärest, müsste ich dir jetzt sagen, dass man diese Bezeichnung heute nicht mehr benutzt.«

»Wann hattet ihr was miteinander?«

»Ich weiß nicht mehr genau. Kurz bevor ich dich kennenlernte. Das Ende war nicht schön.«

»Warum?«

»Weil Eleanor ist, wie sie ist.«

»Und wie alt war Elspa, als ihr zusammen wart?«

»Elspa.« Er seufzt leise. »Sie brauchte mich. Ich hatte gar keine Wahl.« Ich möchte gerne weiterfragen, aber er sieht erschöpft aus. Er schließt die Augen. »Ich möchte, dass du mit Reyer redest.« Das ist Arties Steuerberater. »Er soll dir alles erklären. Es gibt einiges, was du wissen solltest.«

Artie und ich haben seit jeher getrennte Konten. Als wir heirateten, waren wir beide berufstätig. Ich bestand darauf, alle Ausgaben zu teilen, und unser Geld kam nie in einen Topf.

»Ursprünglich wollte ich, dass er mit dir spräche, wenn ich nicht mehr da wäre, aber dann dachte ich mir, auf diese Weise könnte ich wenigstens noch Fragen beantworten.«

»Wird es viele Fragen geben? Eine formelle Befragung? Ich hoffe nicht. Ich verlange ein gepfeffertes Honorar für formelle Befragungen.«

Er reagiert nicht auf meinen Prüferscherz – die wenigsten Leute tun das. »Wirst du hingehen?«

»Ja.«

»Ich bin müde.«

»Dann schlaf.«

Seine Atemzüge werden sehr schnell tief und rhythmisch. *Wir sind noch nicht fertig,* denke ich, *und wir haben nicht mehr viel Zeit.* Ich gehe zum Fenster und sehe Eleanor mit eiligen Humpelschritten auf ihren Wagen zusteuern, der ein Stück die Straße hinauf steht. Sie öffnet die Fahrertür und schaut herauf, und in mir erwacht die sonderbare Ahnung, dass ich diese Frau in der Zukunft auf irgendeine Weise brauchen werde. Sie steigt in ihr Auto und fährt los.

Ich drehe mich zu Artie um. Die Bettdecke hebt und senkt sich mit seinen Atemzügen. Vorsichtig, um ihn nicht zu wecken, lege ich mich ihm zugewandt neben ihn und betrachte die Silhouette seines Profils.

Er wendet mir das Gesicht zu und öffnet langsam die Augen, und ich fühle mich ertappt. Verlegen setze ich mich auf. »Es war kein blinder Alarm«, sagt er leise.

»Nein?«

»Es war die Generalprobe.« Artie darf nicht sterben. Er *wird* nicht sterben. Es ist ein Missverständnis, eine bürokratische Verwechslung, die mit ein paar Telefonaten aus der Welt geschafft werden kann. Ich weiß, dass ich meine Rolle als Ehefrau nicht gerade bravourös gespielt habe, aber dennoch finde ich, dass ich bei Arties drohendem Ableben ein Wörtchen mitzureden habe. Ich möchte jemandem vom Amt für Unzeitgemäßes Sterben erklären, dass ich diesen Todesfall nicht abgesegnet habe. Das klingt lächerlich, ich weiß, aber so tickt mein Verstand im Moment nun mal.

»Hast du Angst?«, frage ich.

Er schließt die Augen und schüttelt den Kopf. »Das ist zu milde ausgedrückt.«

So viel Ehrlichkeit hatte ich nicht erwartet. Schwächt die Krankheit ihn zu einer reineren Version seines Selbst? Ich beschließe, das Thema zu wechseln. »Dreifuß für einen Jungen, Spatel für ein Mädchen – ich habe weitergesammelt.« Ich rede von unserem alten Spiel, möglichst bizarre Namen für unsere imaginären Kinder zu suchen. Artie zu verraten, dass ich es weitergespielt habe, ist ein großes Geständnis.

Er versteht und schaut mich zärtlich an. Unsere Kinder – die wir nie haben werden. Wir wissen beide, dass es ein kleines Zeitfenster gab, innerhalb dem ich hätte schwanger werden können – zwei Monate, die jetzt als ein so winziger Teil unserer Beziehung erscheinen, als hätten sie kaum eine Rolle gespielt. Und dann erfuhr ich von seinen Seitensprüngen und lief davon, unfähig, mich mit etwas Realem zu befassen – dem Antrag einer Scheidung oder einem weiteren ehrlichen Gespräch mit Artie über Betrug. Jetzt werden unsere Kinder auf ewig imaginär bleiben. Aber ich denke noch immer an sie. Ich hätte sie gerne erlebt. Und ich hätte Artie gerne in seiner Daddy-Version erlebt. Ich bewege mich auf gefährlichem Terrain, aber ich möchte Artie etwas geben, nachdem ich ihn beinahe verloren habe.

»Greifzirkel«, steigt er ein. »Dann muss der Junge allerdings Mathematiker werden. Wie wär's mit Kochtopf für ein Mädchen? Zu chauvinistisch? Wenn das Baby bei der Geburt wie ein alter Mann aussieht, wäre Runzel nicht schlecht. Der gute alte Runzel Shoreman – wie klingt das?«

»Mir würde für das alt aussehende Baby O Schreck gefallen«, halte ich dagegen. »Aber meine derzeitigen Favoriten sind Feuerstelle und Ironie.«

»Feuerstelle Ironie Shoreman«, denkt er laut. »Das hat was.« Er lächelt mich mit so viel Liebe an, mit dem ganzen Gewicht unserer gemeinsamen Vergangenheit, dass ich plötzlich fürchte, zu weit nachgegeben zu haben. Ich möchte klare Verhältnisse. Es liegt mir auf der Zunge, dass ich, als ich mich zu ihm legte, damit nicht ausdrücken wollte, dass alles vergeben und vergessen ist.

Aber ich spreche es nicht aus. Es ist nicht der richtige Augenblick. Er hat Angst. Vielleicht sogar Panik. Ich lege einen Moment den Handrücken an seine Wange, stehe auf und gehe wieder zum Fenster. »Schlaf ein bisschen«, sage ich. »Mach die Augen zu.«

Du kannst dir Probleme nicht von der Seele essen, aber wenn du es versuchen willst, fang mit Schokolade an

KAPITEL 12

Als ich aufwache, sind die Vorhänge mit Sonnenlicht eingerahmt wie mit einem Heiligenschein. Artie schläft, einen Arm über das Kissen neben sich ausgestreckt. Ich stehe aus dem Sessel auf und verlasse fluchtartig das Zimmer. Obwohl ich weiß, dass es verrückt ist, möchte ich nicht dabei erwischt werden, die Nacht hier verbracht zu haben – weder von Artie noch von meiner Mutter und auch nicht von Elspa. Es wäre ein Eingeständnis von Nachgiebigkeit.

Als ich nach unten komme, erkenne ich sofort, dass meine Mutter in Aktion ist. Es duftet nach Speck und Eiern ... und Schokolade. Sie reagiert auf den Beinaheverlust von Artie mit einem Kochanfall – als könnten wir uns unsere Probleme von der Seele essen.

Auf dem Weg durchs Esszimmer bleibe ich vor der Chaiselongue stehen. Elspa ist nicht da. Der Gedanke, dass sie fort sein könnte, macht mich zu meiner Überraschung traurig. Ich vermisse sie. Aber dann entdecke ich ihren Matschsack in einer Ecke und darauf das ordentlich zusammengefaltete Bettzeug. Sie ist also noch da. Und meine Mutter sorgt für unsere Verpflegung. Meine Mutter hat das Kommando übernommen.

Ich gehe ins Gästebad, putze mir die Zähne, wasche mein Gesicht und mustere mich im Spiegel. Ich sehe gestresst aus. Und bekümmert. Mein Nacken und meine Wangenmuskeln sind verkrampft, aber um die Augen herum sehe ich schlaff aus. Ist das das Gesicht der Trauer?

Als ich in Jeans und T-Shirt in die Küche komme, ist sie da – in all ihrer hektischen Pracht. Meine Mutter. Gerade schiebt sie ein Blech mit blassen, rohen Keksen in den Backofen. Auf dem Herd simmert ihre selbst gemachte Schokoladensauce, was bedeutet, dass die Lage ernst ist, so ernst, dass uns nur noch Schokolade retten kann.

»Ich habe nachgedacht«, sagt sie, ohne in meine Richtung zu sehen. »Im Moment stürmt alles geballt auf dich ein, und ich möchte dich so gut ich kann beschützen.« Das Blech ist im Ofen, sie stellt den Küchenwecker und wendet sich mir zu. »Okay. Hör zu. Ich habe Erfahrung auf diesem Gebiet – ich weiß also, wovon ich rede. Du solltest den ganzen logistischen Kram vorneweg erledigen.«

Bogie liegt ausgestreckt auf dem Boden. Er trägt kein Suspensorium und wirkt wie ein Mann im Urlaub. »Bogie ist nackt«, stelle ich fest.

»Ja. Dein Fliesenboden ist gottlob wunderbar gleitfreudig. Also, wie gesagt – du solltest die Logistik vorher erledigen.«

»Die Logistik?«

»Der Vorfall gestern Abend hat gezeigt, dass es höchste Zeit ist.« Sie seufzt. »Ach – übrigens ruft ständig deine Assistentin an. Ich habe ihr nichts gesagt. Sie wirkte sehr … nun …«

»Nervös?« Ich gehe in die Hocke und streichle Bogie. Er hat ein weiches Fell und winzige, schiefe Zähne, die wie frisch geputzt aussehen.

»Ja. Du solltest dich bei ihr melden.«

»Lindsay ist immer nervös.«

»Und der Steuerberater hat ebenfalls angerufen. Er hatte gestern eine Unterredung mit Artie und erfuhr bei der Gelegenheit, dass du wieder da bist. Er will etwas mit dir besprechen – je eher, umso besser –, und er meinte, du könntest jederzeit vorbeikommen.« Ich habe Artie zwar versprochen, zu Reyer zu gehen, aber ich bin absolut nicht in der Stimmung, etwas zu tun, was auch nur im Entferntesten einer Buchprüfung ähnelt. »Es gibt zahllose Details zu regeln, und das solltest du vorher tun. Hat Artie irgendwelche Wünsche geäußert?«

»Nein.« Artie und ich haben nicht über die praktischen Begleitumstände seines Todes gesprochen, und ich habe keine Lust, jetzt damit anzufangen. »Ich glaube nicht, dass ich in seiner Gegenwart das Wort *Begräbnis* über die Lippen brächte.«

Meine Mutter kommt zu mir und nimmt mich bei den Schultern. Ja, sie weiß, was vor mir liegt – sie hat nicht nur einen Ehemann beerdigt. Mir ist klar, dass sie mir in diesem Moment durch ihre Berührung etwas von ihrer Kraft übertragen will. Dann legt sie für einen Augenblick die Hand an meine Wange. Seit der Trennung vertrage ich diese Art von Zärtlichkeit eigentlich nicht, aber es tut mir gut, wie sie mich ansieht.

»Wo ist Elspa?«, frage ich.

»Bei Artie. Sie sagte, sie wollte ein bisschen Zeit mit ihm verbringen. Der gestrige Vorfall war ein Schock für sie.«

»Und Eleanor? Was hat sie gesagt, als sie ging? Kommt sie wieder?«

»Wir treffen uns um halb fünf zum Kaffee und lassen uns dann gemeinsam die Haare machen.« Eleanor und meine Mutter in trauter Zweisamkeit bei Starbucks und beim Friseur? Schwer vorzustellen. Ist Eleanor nun ein Teil der Familie? Meine Mutter geht zur Frühstückstheke und zieht ein Blatt Haushaltspapier von einem Teller mit Bacon. »Willst du was essen?«

Ich schüttle den Kopf. »Danke.«

»Wofür?«

Ich mache eine umfassende Geste. »Für alles.«

»Keine Ursache. Dafür sind Mütter doch da.«

Elspa sitzt auf einem Stuhl neben Arties Bett. Er schläft. Sie fährt mit den nackten Füßen auf dem Teppich hin und her und starrt, leise vor sich hin summend, zum Fenster hinaus.

»Elspa?«

Sie wendet sich mir zu.

»Sind Sie okay?«

Sie dreht sich wieder zum Fenster. »Ja. Nur traurig. Ich versuche, mir vorzustellen, wie es sich anfühlen wird.«

Ich denke an die Narben an ihrem Handgelenk, die sie mir gestern Abend am Pool gezeigt hat, und kann nicht ganz glauben, dass sie wirklich okay ist. Während ich sie betrachte, werde ich zusehends nervöser. »Ich wollte eigentlich zum Steuerberater, aber wenn Sie möchten, kann ich das auch verschieben. Wollen wir vielleicht zusammen mittagessen?« Wie wird Arties Tod sich auf sie auswirken? Gestern Abend hat sie gesagt, dass sie auch sterben würde, wenn er stürbe, dass sie es nicht ertragen könnte.

»Nein, danke. Wenn Ihnen das recht ist, bleibe ich lieber hier. Joan kann bestimmt Hilfe gebrauchen. Ich bin gleich so weit. In ein paar Minuten. Dann werde ich mich nützlich machen.«

»Okay«, stimme ich zu. »Das ist nett von Ihnen.«

Rein verstandesmäßig sage ich mir, dass sie sicher keinen zweiten Selbstmordversuch unternehmen wird, aber trotzdem treffe ich für alle Fälle Vorsichtsmaßnahmen. Bevor ich das Haus verlasse, mache ich die Runde durch alle Bäder und stopfe sämtliche Rasierapparate samt Klingen und alle verschreibungspflichtigen Schlaftabletten in eine Tüte, die ich im Gästezimmerschrank verstecke.

Meine Mutter bereitet in der Küche mit dem bulligen Pfleger die Medikamente für Arties Frühstück vor. Sie reden über Ballaststoffe und verteilen Pillen in Näpfchen.

Als ich zu meinem Auto komme, sehe ich, dass die Matratze verschwunden ist. John Bessom hat also Wort gehalten und sie abholen lassen.

Lass nicht zu, dass dein Ehemann einen eigenen Steuerberater hat

KAPITEL 13

Munster, Feinstein, Howell und Reyer ist eine typische Nobel-Steuerkanzlei – die Farne sind echt. Die Kanzlei ist so nobel, dass das einzig Unechte die Empfangssekretärin ist, obwohl sie gepflegt und gut gegossen wirkt. Ich kann mich nicht erinnern, wer eine Affäre mit ihr hat – Feinstein oder Howell. Munster ist tot, und Reyer spielt nach den Regeln, weshalb Artie sich ironischerweise für ihn entschieden hat. Das alles weiß ich nur, weil mein Mann ein Geschichtenerzähler ist – ich bin heute zum ersten Mal hier. Er machte das so gut, dass sogar eine Steuerkanzlei spannend erschien.

Ich erkläre der Empfangssekretärin, wer ich bin und wen ich sprechen möchte.

Sie fordert mich freundlich auf, Platz zu nehmen.

Mein Blick streift die Hochglanzmagazine und den Wasserspender. Ich bin kribbelig. Um mich abzulenken, rufe ich Lindsay an.

Sie meldet sich atemlos. »Hallo?«

»Wo sind Sie?«, frage ich.

»Wo sind *Sie*?«, antwortet sie mit einer Gegenfrage in einem pikierten Ton, den ich von ihr nicht kenne.

Ich beschließe, nicht darauf einzugehen. »In einer Steuerkanzlei. Ein Albtraum«, flüstere ich. »Ja, ja, ich weiß, Zahlenkolonnen sind Zahlenkolonnen, aber bei Wirtschaftsprüfungen gibt es doch wenigstens den Jagdaspekt. Das ist erheblich spannender.«

»Ist alles okay?«, fragt Lindsay.

»Ja. Noch.«

»Dann hol Sie der Teufel!«

»Wie bitte?«

»Sie haben mich schon verstanden.«

Ich bin geschockt. Lindsay war bisher immer so unterwürfig, so übertrieben liebenswürdig. Ich drehe mich von der Rezeption weg und erwidere noch leiser: »Natürlich habe ich Sie verstanden, aber ich weiß nicht, was ich davon halten soll.«

»Sie haben mich hängen lassen, und ich musste ganz allein mit Danbury arbeiten, und Sie wissen genau, wie angsteinflößend dieser Koloss ist mit seinen riesigen Händen und seinem Quadratschädel. Er ist nicht gefeuert worden, aber es gab ein Affentheater mit der Börsenaufsicht.«

»Und – wie ist es gelaufen?«

Pause. Lindsay steht offenbar irgendwo an der Kasse – ich höre sie mit der Kassiererin reden. »Gut«, sagt sie dann. »Es lief gut.«

»Großartig. Dann hat also alles geklappt.«

»Ohne Ihre Hilfe!«

»Genau«, pflichte ich ihr bei. »Sie haben das ohne meine Hilfe gehändelt!«

»Ja«, sagt sie und klingt plötzlich anders. »Und das ist klasse.«

»Und ob das klasse ist.«

»Dann nichts für ungut.«

»Ist schon okay.«

»Wirklich?«

»Ja.«

»Ich bin außerdem befördert worden«, berichtet sie.

»Das ist ja toll!«

»Nicht spektakulär, aber immerhin habe ich jetzt mehr Befugnisse, und das ist wichtig, wenn Sie nicht da sind.«

»Es ist immerhin ein Schritt nach oben. Sie haben es verdient.«

Jemand räuspert sich. Als ich erschrocken herumfahre, sehe ich, dass die Empfangssekretärin vor mir steht. »Wenn Sie mir bitte nach hinten folgen wollen«, sagt sie, und in einem Anflug von Verwirrung denke ich, sie will mich in die Vergangenheit führen – in eine glücklichere Zeit. Wunschdenken. Ich starre sie einen Moment lang verdattert an, verabschiede mich dann von Lindsay, klappe das Handy zu und stehe auf.

Meine Augen hüpfen mit dem flatterigen Rüschensaum ihres unglaublich engen, unglaublich kurzen Rockes. Als wir vor Bill Reyers Tür stehen, fragt sie mich, ob ich einen Kaffee möchte, aber es klingt so halbherzig, dass ich gar nicht anders kann, als dankend abzulehnen.

Sie öffnet die Tür, und Reyer springt regelrecht hinter seinem Schreibtisch auf, um mich zu begrüßen. Er kommt mit eingezogenem Kopf auf mich zu, als schüchterten ihn die riesigen Fachbücher in den Regalen ein. »Es freut mich, Sie endlich kennenzulernen!« Er schüttelt mir die Hand. »Artie hat immer so wundervolle Dinge von Ihnen erzählt.«

»Hat er das?«

»Und ob«, sagt Reyer, aber es klingt aufgesetzt munter. Er hüstelt.

Unbehagliches Schweigen. Steuerberaterschweigen.

Er kehrt zu seinem Schreibtisch zurück und bedeutet mir, davor Platz zu nehmen. Die Ledersessel quietschen.

»Aber natürlich bedaure ich es, dass wir uns unter so belastenden Umständen begegnen. Wie geht es Artie denn?« Er sagt es, als zitiere er aus dem Kapitel »Wie man mit einer künftigen Witwe umgeht« aus dem Leitfaden *Der joviale Steuerberater*. Die Förmlichkeit, die Professionalität wirken unendlich beruhigend. Ich befinde mich in einem Businessmeeting. Ich straffe meine Schultern.

»Gestern Abend gab es eine Krise, aber heute geht es wieder«, antworte ich. »Wenn es Ihnen recht ist, würde ich gern zur Sache kommen.«

»Sie haben getrennte Konten, was die Sache ein wenig kompliziert, aber Artie hat verfügt, dass alles auf Sie übergehen soll. Den Totenschein bekommen Sie nach etwa neun Tagen, und die Lebensversicherung …«

»Ich brauche das Geld eigentlich gar nicht – ich verdiene genug.«

»Nun, es gehört Ihnen trotzdem. Was Sie damit machen, ist allein Ihre Sache. Nein – nicht ganz.« Er kramt in Papieren, aber ich merke, dass es nur ein Vorwand ist, um den Augenblick hinauszuzögern, vor dem ihm graut. Offenbar hat er auch das Kapitel »Wie man einer künftigen Witwe eine unerfreuliche Tatsache beibringt« zu Rate gezogen, jedoch nichts Brauchbares erfahren. Und jetzt trödelt er, spielt den Schlamper. Also wirklich. Er ist Steuerberater, und er versteht sein Geschäft. Er muss keine Unterlagen durchblättern. Er muss es lediglich ausspucken.

»Er hat einige finanzielle Verpflichtungen übernommen. Allerdings sind sie nicht mehr unbedingt gültig.«

»Zahlungen?«

»Nun, er schickt Rita Bessom seit dreißig Jahren jeden Monat einen Scheck aus einem eigens dafür eingerichteten Fonds. Als er damit begann, war er noch ein sehr junger Mann. Anfangs konnte er nicht viel aufbringen, aber der Betrag wurde im Lauf der Zeit seinem Einkommen entsprechend erhöht.«

John Bessoms Mutter. Rita Bessom. Er hat ihr all die Jahre Schecks geschickt? Ich versuche, mir vorzustellen, wie Rita Bessom sie einlöst und ihrem erwachsenen Sohn das Geld in die Hand drückt. Vielleicht behält sie es aber auch für sich. Rita Bessom. Ich versuche, mir vorzustellen, wie sie aussieht, wo sie lebt. »Rita Bessom? Noch immer?«

Wieder hüstelt er.

»Warum schickt er die Schecks nicht direkt an seinen Sohn, seit der erwachsen ist?«

»Soviel ich weiß, hat er einmal versucht, Kontakt mit ihm aufzunehmen, aber der Junge, John Bessom, wollte wohl nichts von ihm wissen. Nun, inzwischen ist er natürlich kein Junge mehr. Er muss etwa in Ihrem Alter sein ...« Reyer bricht ab. Offenbar ist ihm bewusst geworden, dass er einen Fauxpas begangen hat, indem er indirekt darauf hinwies, dass Artie alt genug ist, um mein Vater sein zu können. Und mir wird bewusst, dass John Bessom ein Mann in meinem Alter ist. Ich hatte ihn automatisch in eine ungefährliche Kategorie eingeordnet, die von Arties Sohn, und versucht, es aufrechtzuerhalten – als spielte er im Büro von Bessom's Bedding Boutique mit kleinen, grünen Plastiksoldaten. Reyers Hinweis erschwert es mir. Er beschließt, seinen Ausrutscher zu übergehen. »... aber Artie ist der Ansicht«, fährt er fort, »dass die Unterstützung für ein Kind nicht an dessen achtzehntem Geburtstag enden sollte. Er wollte sie fortsetzen.«

»Bekommt der Sohn das Geld denn?«

»Die Schecks gehen wie gesagt an die Mutter. Sie löst sie ein. Mehr wissen wir nicht.«

Ich lasse die Information sacken. John will nichts von Artie wissen, aber er findet es okay, das Geld anzunehmen? Hat er sich damit sein Geschäft aufgebaut? Oder hat die Mutter es kassiert? Was für eine Beziehung haben die beiden zueinander?

»Sie wissen, dass Arties Vermögen beträchtlich ist«, sagt Reyer in meine Überlegungen hinein.

»Natürlich. Er hat eine Restaurantkette aufgebaut.«

»Sie sind Wirtschaftsprüferin, nicht wahr?«

Ich nicke.

»Wollen Sie nicht die präzisen Zahlen wissen?«

»Nein.«

»Das erstaunt mich. Zu mir kommen Leute, die die Zahlen genau wissen wollen, obwohl sie keinen Begriff von deren eigentlicher Bedeutung haben. *Sie* hätten ihn. Warum wollen Sie sie *nicht* wissen?«

»Weil ich Wirtschaftsprüferin *bin*.« Für mich macht diese Antwort Sinn, aber ich sehe Reyer an, dass *er* ihn nicht begreift. Was ich damit sagen will, ist, dass es mir zu viel wäre, mich zu sehr beträfe. Es gibt doch auch Ärzte, die nicht genau über ihre Krankheit Bescheid wissen wollen, auch wenn sie in ihr Fachgebiet fällt. Ich möchte, dass Artie nur Artie ist – damit habe ich genug zu tun. Ich will nicht, dass er zu seinem Vermögen mutiert. »Aber Sie haben mir offenbar noch anderes mitzuteilen als Zahlen«, sage ich. »Worum handelt es sich?«

»Artie will John Bessom eine große Summe vererben.«

»Wie viel?«

»Das hat er nicht festgelegt. Er möchte, dass Sie eine Höhe bestimmen, die Ihnen angemessen erscheint.«

»Ich soll bestimmen, was angemessen ist?« Was für eine haarsträubende Idee!

Der Steuerberater hüstelt erneut. Und kramt erneut in Papieren. Er ist noch nicht fertig. »Es gibt noch mehr?«, frage ich.

»Ein weiterer monatlicher Scheck geht an einen Förderverein für Kunst, und er möchte, dass diese Zahlungen fortgesetzt werden.«

»Ein Förderverein für Kunst?«

»E.L.S.P.A. Kennen Sie den?«

Im ersten Moment klingt es für mich nach Geheimdienst. Es dauert einen Moment, bis ich verstehe. »Elspa«, sage ich. »Ja, kenne ich.« Ich schaue zu der Fensterfront hinüber. Ist es das, was er mir nicht selbst zu sagen wagte? Er unterstützt Elspa also. Jetzt, da ich sie kenne, kann ich das verstehen. Es macht mich wütend, dass er mir auch das verheimlicht hat – was gibt es wohl noch alles? –, aber okay. In Ordnung.

»Artie und sein großes Herz«, sage ich scheinbar locker, aber mein Verstand beginnt, auf Hochtouren zu laufen. Was weiß Reyer? Wahrscheinlich mehr, als er erkennen lässt. Und das will ich nutzen. »Hören Sie – sagen Sie mir, was Sie wissen. E.L.S.P.A. ist keine gemeinnützige Einrichtung – diese Ausgaben sind also nicht steuerlich absetzbar.« Und dann stelle ich die Frage, auf deren Beantwortung es mir vor allem ankommt: »Wann haben diese Zahlungen begonnen?«

»Artie sagte damals, sie müsste ihr Leben in Ordnung bringen, und er wollte ihr die finanziellen Voraussetzungen dafür schaffen.« Bill Reyer schaut auf seine Hände hinunter und faltet sie.

»Wann haben diese Zahlungen begonnen?«

Er entfaltet seine Hände und blättert in Unterlagen, aber ich weiß, dass er nicht nachsehen muss. »Hm«, macht er, als sei dieser Punkt so bedeutungslos, dass er ihn nicht im Kopf habe. »Ah – da ist es ja. Vor zwei Jahren. Im Juli.« Er hält den Blick gesenkt.

»Die Zahlungen begannen vor zwei Jahren? Vor zwei Jahren?« Artie und ich waren schon verheiratet, als die Zahlungen begannen? Elspa hat behauptet, dass sie *vor* unserer Heirat mit Artie zusammen war. Ist sie einer von Arties drei eingestandenen Seitensprüngen oder eine zusätzliche Affäre? Aber spielt es überhaupt noch eine Rolle, ob es drei Frauen waren oder vier oder achtzehn? Artie hat mich betrogen, und Elspa hat mich angelogen. »Reizend«, murmle ich. »Wirklich reizend.«

Reyer hebt den Blick und sieht mich flehend an. »Ich habe Artie gesagt, dass er es Ihnen lieber selbst erklären soll«, windet er sich. »Ich hoffte, dass er seine verbleibende Zeit …«

Ich lehne mich zurück. Wollte Artie eine Jüngere als

mich? Fand er ihre feinen Züge anziehender? Ist sie besser im Bett? Ich sehe Elspa im Geist vor mir, dieses unschuldige, liebe Gesicht. Springbird ist ein erfundener Name, aber Elspa ist real, unleugbar real. Ihre Skulptur fällt mir ein – abstrakt und blau –, die sie angeblich *aus der Phantasie* geschaffen hat! »Ich muss gehen«, sage ich und stehe auf. Irgendetwas ist in mir zerbrochen. Ich hatte gedacht, es könnte nicht schlimmer kommen – aber diese Art von Betrug schmerzt noch viel mehr.

»Wir sind aber noch nicht fertig«, höre ich Reyer sagen, als ich auf die Tür zusteure. »Wir haben keine Einzelheiten besprochen, keine Beschlüsse gefasst.«

Wie in Trance verlasse ich sein Büro. Ich nehme meine Umgebung nur verschwommen wahr, und ein Zischen in meinen Ohren begleitet das dumpfe Geräusch meiner Schritte auf dem Flur.

»Ma'am?«, ruft mir die Empfangssekretärin zu, als ich bei ihr vorbeikomme. »Ist alles in Ordnung?« Ich schwenke meine Hand wie eine weiße Fahne. »Ja, ja«, antworte ich, ohne stehen zu bleiben. »Ich muss gehen.«

KAPITEL 14

Ich biege schwungvoll in die Zufahrt ein, bremse abrupt, reiße den Zündschlüssel heraus und überquere mit großen Schritten den Rasen vor dem Haus. Der Wagen meiner Mutter ist weg. Offenbar ist sie unterwegs, um sich einiger der »zahllosen Details« anzunehmen. Ich schließe die Tür auf und lasse sie offen stehen. Vielleicht ist das die Art, wie Gram sich einstellt – auf dem Umweg über Zorn.

»Elspa!«, rufe ich. Das Einzige, was ich höre, ist meine durchs Haus hallende Stimme.

Auf der niedrigen Kommode in der Diele steht eine Vase mit frischen Blumen. Ich verabscheue die Vase, die Blumen, jede manipulative Idee, die Artie jemals hatte. Ich schaue ins Wohnzimmer, in die Küche, ins Esszimmer.

»Elspa!«

Ich stürme die Treppe hinauf. Im Geist sehe ich Reyers gefaltete Hände, höre sein Hüsteln. Ich kenne den Blick von Steuerberatern, wenn sie versuchen, sich um die Wahrheit herumzudrücken.

Ich soll entscheiden, wie viel Geld John Bessom bekommt? *Ich* soll entscheiden, was *angemessen* ist? Artie unterstützt Rita, John und Elspa finanziell, und Elspa hat mich angelogen.

Ich platze ins Schlafzimmer hinein.

»Was ist?«, ruft Artie erschrocken. »Was ist los?«

Der bullige Pfleger sitzt mit einem Mini-Computer-

145

spiel in der Hand am Fenster. Er fühlt sich ertappt, versucht aber, sich nichts anmerken zu lassen.

»Warum hast du es mir nicht erzählt?«

Artie lehnt sich zurück. »Du warst bei Reyer. Offenbar hat er es dir nicht mit dem nötigen Taktgefühl beigebracht. Es mangelt ihm ...«

»Du hättest mir sagen sollen, erst nach deinem Tod mit ihm zu reden!«, schreie ich ihn an. »Dann hätte es sich erübrigt, dich umzubringen. Der E.L.S.P.A.-Fonds? *Ich* muss entscheiden, wie viel dein Sohn wert ist?«

Der Pfleger klappt das Spiel zu, steckt es in seinen Rucksack und steht auf. Offensichtlich will er sich davonstehlen.

»Du hast sie kennengelernt – jetzt weißt du, dass sie Unterstützung verdient«, sagt Artie.

»Ja, sie ist anscheinend eine begnadete Bildhauerin! Wir sollten die schönen Künste wirklich unterstützen!«

»Okay, okay – ich verstehe, dass du wegen Elspa wütend bist. Aber dass mein Sohn John Unterstützung verdient, siehst du doch ein, oder? Was für ein Mistkerl müsste ich sein, wenn ich meinem Sohn nichts hinterlassen würde?«

»Eine andere Art von Mistkerl, denke ich.«

»Ich bin eine ganz spezielle Art von Mistkerl«, erinnert er mich.

Ich gehe zum Bett und beuge mich über ihn. Einer der nie von meiner Mutter auf ein Kissen gestickten Sinnsprüche fällt mir ein: *Wenn man es mit einer schlecht gelaunten Friseurin zu tun hat, muss man seinen inneren Schweinehund in Schach halten.* »Du weißt, dass ich dich irgendwann in der Nacht mit einem Kissen ersticken könnte und mich niemand verdächtigen würde?«

»Er vielleicht schon.« Artie deutet auf den ängstlichen Pfleger, der gerade den Reißverschluss seines Rucksacks zuzieht.

»Vielleicht lasse ich mir von Eleanor helfen. Das würde ihr gefallen. Bei der Gelegenheit drängt sich mir die Frage auf, wie viele deiner gottverdammten Verflossenen sich wohl gerne daran beteiligen würden, dich ins Jenseits zu befördern.«

»Ich halte es wirklich für unklug von dir, mich in Anwesenheit eines Zeugen zu bedrohen«, sagt er mit einem Seitenblick zu dem Pfleger.

»Und wage es ja nicht, mir noch einmal Blumen zu schenken!«, kreische ich.

Ich gehe ins Bad, wo ich mich prompt daran erinnere, wie Elspa Artie gewaschen hat, und plötzlich krieg ich die Panik.

»Elspa!«, flüstere ich. War es zu viel für sie? Hat sie sich wieder etwas angetan? Verblutet sie irgendwo im Haus? Ist sie bereits tot? Aus irgendeinem Grund macht mich meine Angst um sie noch wütender.

»Was ist los?«, fragt Artie, als ich an ihm vorbeistürme.

Der Pfleger, der gerade mit seinem Rucksack unter dem Arm zur Tür hinauswollte, tritt hastig beiseite.

Ich laufe die Treppe hinunter und rufe immer wieder ihren Namen. »Elspa! Elspa!« Als ich bei der Kommode in der Diele um die Ecke biege, stoße ich in der Eile dagegen. Die Vase kippt um und reißt die Lampe mit sich, eine Lampe, die ich gekauft habe, ein Wertstück, das meine Mutter mir zu verstecken geraten hätte. Ich laufe durch die Küche, wo meine Mutter auf einer Platte die schokoladenüberzogenen Kekse gestapelt hat, reiße die Fenstertüren auf und hetze mit klappernden Absätzen über die Terrasse, spähe in jeden Winkel des Gartens. Und dann in den Pool.

Am tiefen Ende ist auf dem Grund des Beckens verschwommen ein geblähtes Hemd zu erkennen und ein dunkler Kopf. Elspa. Ich nehme Anlauf, hole tief Luft und springe. Das Wasser ist kalt. Ich schwimme zum tiefen Ende, doch meine Bewegungen werden durch das Gewicht der vollgesogenen Kleider und der Schuhe verlangsamt. Es ist, als wäre das Wasser Sirup, und ich habe Sorge, dass ich nicht nach unten komme.

Aber dann ist Elspa endlich direkt vor mir. Ihre Augen sind aufgerissen, ihre Wangen gebläht. Ich schlinge einen Arm um ihren Oberkörper und kämpfe mich mit ihr nach oben. Sie windet sich in meinem Griff, aber ich lasse nicht locker, und schließlich gibt sie auf.

Wir durchbrechen die Wasseroberfläche und ringen nach Luft. Ich halte Elspa noch immer fest.

»Was ist?«, fragt sie keuchend.

»Was *ist?*«, wiederhole ich verwirrt.

»Was sollte das?«

Ich lasse sie los, und sie schwimmt zum Beckenrand. »Ich dachte, ich rette Ihnen das Leben«, erkläre ich ihr. Elspa ist wohlauf. Ich sollte erleichtert und glücklich sein, aber stattdessen kehrt die Wut zurück. So stark, dass ich das Gefühl habe, daran zu ersticken.

»Ich habe meditiert«, sagt sie.

»Am tiefen Ende des Pools?« Ich schwimme zum gegenüberliegenden Beckenrand. »Voll angezogen?«

»Ich saß im Lotussitz und zählte die Sekunden. Konzentrierte mich. Das habe ich von einer ehemaligen Mitbewohnerin gelernt.«

»Am tiefen Ende des Pools?« Wütend schlage ich mit der flachen Hand aufs Wasser. »Was haben Sie sich dabei gedacht? Sie haben mich fast zu Tode erschreckt!«

»Tut mir leid. Sie haben mich auch erschreckt.«

Ich stemme mich aus dem Pool. Mein T-Shirt und meine Jeans kleben an meinem Körper. Ich setze mich auf den Rand und ziehe meine Schuhe aus. »Hatten Sie vor, mir irgendwann die Wahrheit zu sagen?« Ich sehe Elspa nicht an. Ich kann es nicht.

»Was für eine Wahrheit?«, fragt sie, als gebe es eine ganze Kollektion von Wahrheiten, aus denen sie wählen könnte.

»Dass Sie eine Affäre mit Artie hatten, als er bereits mit mir verheiratet war. Dass er Sie immer noch finanziert. Sie haben mich nach Strich und Faden belogen. Diese Kellnerin-Geschichte, und dass Sie nie *die Art* Beziehung zu ihm hatten, dass Sie die Skulptur nach Ihrer Phantasie gestalteten.«

Elspa antwortet nicht. Jetzt sehe ich sie doch an. In ihrem schönen, nassen Gesicht ist keine Regung zu erkennen. Schließlich sagt sie: »Er liegt im Sterben. Ich hielt es nicht für … passend.«

»*Passend?*«, wiederhole ich ungläubig.

Sie wischt sich das Wasser vom Gesicht und überkreuzt die Arme, umfasst mit einer Hand das Kranztattoo auf ihrem Oberarm.

»Hören Sie – ich komme jetzt allein zurecht«, sage ich. »Ihre Schicht an seinem Totenbett ist zu Ende. Sie können gehen. Danke für alles.« Plötzlich fällt mir etwas ein. »Lieben Sie Aufzüge?«

»Aufzüge?«, fragt sie verdutzt.

»Vergessen Sie's.« Das muss ein anderes von Arties Sweethearts gewesen sein. Wie viele sind es? Und wie viele Lügen?

Als Elspa aufsteht, schaue ich zu ihr hoch. Sie zittert. »Warum haben Sie ihn überhaupt geheiratet?« Sie geht ein paar Schritte, bleibt stehen und dreht sich zu mir um. »Haben Sie nie das Gute in ihm gesehen?«

Ich starre sie an. Diese Frage ist absolut inakzeptabel. Ich schulde ihr keine Erklärung für meine Liebe zu Artie, und das will ich ihr eben mitteilen, als die Wunde in mir wieder aufbricht. Ich erinnere mich an ein besonders lustiges Erlebnis von Artie und mir und beginne zu erzählen: »Während unserer Flitterwochen war gerade Paarungszeit der Stachelrochen. Wir gingen Hand in Hand in die Brandung, und irgend so ein Typ sagte uns, dass Stachelrochen harmlos wären, solange man nicht auf sie träte. ›Und was dann?‹, fragten wir einander. ›Der sichere Tod?‹ Wir machten kehrt und gingen zum Strand zurück. Ich schrie als Erste, weil ich dachte, dass ich einen mit dem Fuß berührt hätte, und dann schrie Artie, weil ich geschrien hatte. Und dann schrie ich, weil Artie schrie. Und dann war es nur noch Spaß, und wir schrien den ganzen Weg bis zum Ufer abwechselnd vor lauter Übermut.«

Wehmütig schaue ich ins Wasser. Ich habe so leise gesprochen, dass ich nicht weiß, ob Elspa es verstanden hat. Ich weiß nicht einmal, ob sie noch da ist. Als ich den Blick hebe, steht sie jenseits des Pools, und ihre Augen schwimmen in Tränen.

Ich erzähle weiter. »Einmal versuchte ein halbwüchsiger Punker aus der Nachbarschaft nachts, Arties alte Corvette aus der Garage zu klauen. Artie hörte es im Bett und rannte ihm, einen Golfschläger schwingend, splitterfasernackt auf der Straße hinterher.«

Elspa lacht. Ich lache auch. Eigentlich ist es mehr ein leichtes Flattern in meiner Kehle.

Ich kann nicht mehr aufhören. »Sein Lieblingsort, um nachzudenken und große Pläne zu schmieden, war ein schäbiger Diner namens Manilla's. Er spricht ein tolles, französisches Kauderwelsch. Obwohl er keinen Songtext beherrscht, singt er lauthals mit. Es fällt ihm schwer, einem Telefonverkäufer den Hörer aufzulegen. Einmal ertappte ich ihn dabei, wie er eine junge Frau beriet, die ihm eigentlich eine Hypothek mit einer niedrigen Rate aufschwatzen sollte. Sie kam frisch vom College, war natürlich hoch verschuldet und wusste nicht, ob sie sich mit dem Piloten verloben sollte, der ihr einen Antrag gemacht hatte. Artie hing eine Stunde am Telefon.« Seltsam, wie ich diese Begebenheiten herunterrattere. Vielleicht ist das meine Reaktion auf die Blumensträuße mit den nummerierten Kärtchen, die er mir ständig schickte und mit denen er die Vergangenheit lebendig werden ließ.

»Als sein Hund Midas starb, begann sich zur gleichen Zeit im Bad an einer Wand ein Wasserfleck auszubreiten, und Artie riss fast das Haus nieder, um der Ursache auf die Spur zu kommen. Aber in Wahrheit ging es um den Hund. Er liebte das Tier ... Und er wollte ein Kind. Unbedingt. Er legte im Bett den Kopf auf meinen Bauch und tat so, als richte er ihn ein, damit das Baby es die neun Monate da drin gemütlich hätte, sagte Sachen wie: ›Wenn wir das Sofa da hinstellen und einen dieser langhaarigen weißen Teppiche besorgen ...‹« Ich breche ab. Arties Stimme hallt so klar durch meinen Kopf, dass ich nicht mehr weitermachen will. »Du verdammter Mistkerl!«, schreie ich quer durch den Garten.

»Es tut mir leid«, sagt Elspa.

Ich blinzle verdattert. »Was?«

»Sie haben ihn geliebt, und Sie lieben ihn noch immer. Ich war mir nicht sicher.«

Ich spüre, dass ich kurz davor bin, in Tränen auszubrechen, aber ich will nicht weinen. Ich fürchte, dass ich nicht mehr aufhören kann, wenn ich einmal angefangen habe. »Warum haben Sie versucht, sich umzubringen?«, frage ich.

Ihr Blick huscht über die Wipfel der Baumreihe zum Himmel hinauf und wieder zu mir. »Ich war ein Junkie, als ich Artie traf.«

Das Geständnis schockt mich, und in einem Augenblick, in dem ich alles andere als selbstsüchtig sein sollte, kommt mir ein höchst selbstsüchtiger Gedanke. Artie hatte eine Affäre mit einer Drogensüchtigen!

Sie liest mir den Schreck von den Augen ab und versichert mir eiligst: »Ich hing nicht an der Nadel, und ich ging nicht für Drogen auf den Strich. Ich bin nicht … krank. Es war nicht gefährlich, und er sagte nur die schönsten Dinge über Sie. Er stellte Sie auf ein Podest und betete Sie an. Er betet Sie noch immer an.«

Ich weiß nicht, was ich davon halten soll. »Er hat eine seltsame Art, das zu zeigen. Oder beinhaltet seine Anbetung die Opferung von Jungfrauen? Auf diese Art möchte ich nicht angebetet werden.«

»Sie haben eine ganz falsche Vorstellung«, sagt sie. »Es war anders – eine andere Form der Intimität. Ehrlich.«

»Ich glaube, wir haben einen unterschiedlichen Begriff von dem Wort *Ehrlichkeit*«, erwidere ich. »Ich begreife noch immer nicht, wie Sie mich derart überzeugend belügen konnten.«

»Ich bin ein Junkie, und wenn Junkies etwas gut können, dann ist es lügen.« Ihre Stimme hat einen bedauernden Unterton, den ich bei ihr noch nicht gehört habe. »Ich versuche jetzt, Ihnen die Wahrheit zu sagen. Unsere Beziehung *war* nicht so. Verstehen Sie?«

»Nein, ich verstehe nicht.«

»Ich war die meiste Zeit völlig daneben, konnte es nicht ertragen, berührt zu werden. Ich war eine Katastrophe.«

»Sprechen Sie weiter.«

»Eine Woche, bevor ich Artie traf, gab ich meine Tochter zu meinen Eltern.«

»Sie haben eine Tochter?«

Elspa nickt.

»Verzeihen Sie mir, wenn ich in dieser Hinsicht ein wenig misstrauisch bin, aber würden Sie mir wohl den Zeitrahmen erläutern, in dem Ihre Beziehung zu Artie und die Geburt Ihres Kindes stattfand?« Ich stelle diese Frage, obwohl ich weiß, dass Artie an einem Punkt seines Lebens angelangt ist, an dem er sich zu seinen Kindern bekennt und sie nicht verleugnet.

»Artie ist nicht ihr Vater. Sie war anderthalb, als ich ihn kennenlernte und sie weggab. Jetzt ist sie drei. Es hat mich fast umgebracht, sie aufzugeben. Wortwörtlich. Seit Artie mir das Leben gerettet hat, bin ich clean.«

»Und warum haben Sie sie sich nicht zurückgeholt?«

Sie schüttelt den Kopf. »Meine Eltern haben mir damals klargemacht, dass ich sie ihnen geben musste. Sie hatten recht. Ich war nicht in der Verfassung, Mutter zu sein. Sie haben die Verantwortung übernommen, und es war nicht einfach für sie. Ich denke, ich habe nicht das Recht, von ihnen zu verlangen, meine Tochter herzugeben. Aber sie würden es sowieso nie tun. Sie würden sie mir nie anvertrauen. Allerdings gehe ich hin, sooft ich kann.«

»Wollen Sie denn nicht ihre Mutter sein?«, frage ich.

»Mehr als alles auf der Welt.«

»Es war schön von Ihren Eltern einzuspringen, aber vielleicht würden sie Ihnen das Kind doch zurückgeben, wenn sie wüssten, wie sehr Sie sich geändert haben.«

»Oh nein«, sagt sie. »Sie haben mir schon vorher nichts zugetraut. Ich war in ihren Augen nie gut genug, habe nie etwas getaugt. Ich erkläre ihnen immer wieder, dass ich aufs College gehe, aber sie denken, wenn sie mir Geld geben, kaufe ich mir nur Drogen dafür.«

»Jedenfalls sind Sie gesetzlich gesehen die Mutter Ihrer Tochter. Oder haben Sie das Sorgerecht abgegeben?«

»Nein.«

»Dann sind Sie nicht nur gesetzlich gesehen die Mutter, sondern vielleicht auch ethisch gesehen«, erkläre ich ihr.

»Ich möchte sie so gerne zu mir nehmen. Das wünsche ich mir mehr als alles andere. Aber ich kann es nicht.«

»Vielleicht wären Sie jetzt eine gute Mutter. Vielleicht sind Sie jetzt so weit.«

Sie sieht mich schweigend an und sagt dann leise: »*Sie* wären eine gute Mutter.«

Das trifft mich mitten ins Herz. Die inzwischen allzu vertraute Wut mischt sich zu gleichen Teilen mit Traurigkeit. Ich krümme mich. Heisere Schluchzer schütteln mich. Artie wird nie der Vater meines Kindes sein. Selbst wenn wir eine Chance gehabt hätten, unsere Beziehung zu retten, wäre das jetzt irrelevant. Er wird sterben.

Ich höre Elspa nicht um den Pool herumkommen, aber plötzlich ist sie bei mir. Sie schlingt die Arme um mich. Wir sind beide tropfnass. Sie hält mich so fest, dass es sich anfühlt, als rette *sie mich* vom Grund des Pools, und ich spüre, wie ich mich in die Umarmung fallen lasse.

Ich schaue zum Haus hinüber und sehe Artie im ersten Stock, und neben ihm den Pfleger. Sie beobachten uns vom Arbeitszimmer aus, das gegenüber dem Schlafzimmer liegt. Sein Gesicht drückt eine Mischung aus Verwirrung und Erleichterung aus. Er scheint zu erkennen, dass dies ein intimer Augenblick ist, dass er unsere Privatsphäre stört, denn die beiden verschwinden vom Fenster.

*Nachdem wir uns in
Gefühlen verloren haben,
überfällt uns manchmal
das Bedürfnis
aufzuräumen*

Kapitel 15

Ich fange an aufzuräumen, indem ich die zerbrochene Vase wegwerfe, die Blumen in eine der alten Vasen stelle, die ich unter dem Spülbecken aufbewahre, und das Wasser mit Haushaltspapier aufsauge. Arties Nummer 59 bleibt ungelesen – ich will nichts mehr von Gefühlen wissen, die so begrenzt sind, dass sie auf einer kleinen Grußkarte Platz haben. Ich habe die Nase voll von Artie-Ismen.

Aber dieses Aufräumen befriedigt mich nicht wirklich, und ich komme zu dem Schluss, dass ich eine Generalüberholung brauche, mich völlig neu organisieren muss.

Ich weiß, wann es angebracht ist, eine Sitzung einzuberufen. Immerhin bin ich ein Profi und dafür geboren – grafische Darstellungen besänftigen mich, Register besitzen Unterhaltungswert für mich, und eine stimmige Gegenrechnung kann mir echte Freude bereiten.

Ich weiß, dass Eleanor, Elspa und ich einiges in unserem Leben ändern müssen. Wir haben, wie es in meiner Branche heißt, überlappende Ziele. Arties bevorstehender Tod hat uns zusammengeführt, und ich will verdammt sein, wenn ich diesen Umstand nicht profitabel für uns machen kann – emotional gesehen. Jeder gute Manager weiß, dass eine Katastrophe richtig betrachtet eine Chance bedeuten kann.

Ich weiß auch, wie man eine Agenda erarbeitet. Also verbringe ich den Nachmittag und frühen Abend damit,

Persönlichkeitsprofile zu erstellen, wobei ich auch meine Mutter mit einschließe – Bedürfnisse, Ziele, die Fähigkeit jeder Einzelnen, mit Gefahr umzugehen –, und mache aufgrund dieser Profile für jede Person, die ich eingeladen habe, einen Plan.

Bin ich anmaßend, bevormundend, übertreibe ich es mit der Struktur und Organisation? Möglich, aber nachdem ich von einem der Sweethearts meines Mannes belogen wurde, meinem todkranken Mann in Anwesenheit eines Zeugen angedroht habe, ihn mit einem Kissen zu ersticken, eine Frau vom Grund des Pools heraufgeholt habe, weil ich glaubte, sie wollte sich das Leben nehmen, und selbst am Ende meiner Nerven bin – was kann man da anderes erwarten. Bestimmt sind einige der bestorganisierten Unternehmungen eine Reaktion auf die emotionalen Katastrophen der Welt.

Die Einberufung der Sitzung hat die Teilnehmerinnen überrascht. Eleanor und meine Mutter sitzen frisch vom Friseur und nervös von zu viel Latte am Esstisch. Meine Mutter ist neu gestylt und das Haar steif von Spray. Eleanors ist noch immer nach hinten gekämmt, aber jetzt schmiegen sich zwei Strähnen an ihre Kinnlinie, was ihr bei aller Strenge etwas Windverwehtes gibt. Sie wirkt weicher als vorher, hübscher, jünger. Vielleicht ist sie noch gar nicht fünfzig. Bogie hockt auf dem Schoß meiner Mutter. Das Pastellgelb seines Suspensoriums passt zur Farbe der Aufmachung meiner Mutter (bis hin zu den Schuhen – ein neuer Tiefpunkt). Auch Elspa ist da. Ihre Piercings funkeln im Licht des Kronleuchters. Alle Anwesenden halten die von mir ausgedruckten Agenden in den Händen.

»Ich habe diese Sitzung einberufen, weil wir nicht viel Zeit haben und planvoll vorgehen müssen, wenn wir alle unsere Ziele erreichen wollen«, erkläre ich.

»Warum so förmlich?«, fragt Eleanor.

»Hast du eine Bürohose an?«, fragt meine Mutter.

Ich habe tatsächlich eine Bürohose an und eine hübsche Bluse mit Button-down-Kragen, aber keinen Blazer. »Ich fühle mich wohl in dieser Kleidung«, sage ich, »denn wenn ich sie trage, weiß ich, wer ich bin.«

»Interessant«, spöttelt Eleanor.

»Wie kann man sich in solchen Sachen wohlfühlen?«, fragt Elspa.

»Zumindest gehe ich nicht im Partnerlook mit meinem Hund.« Ich deute auf Bogie, der sich seiner Lächerlichkeit gar nicht bewusst ist. Meine Mutter ist sichtlich gekränkt. »Es tut mir leid«, entschuldige ich mich bei ihr. »Bleiben wir bei der Sache.« Aber ich weiß, dass sie mich bereits auf dem Kieker haben. Ich merke ihnen an, dass sie wissen, dass ich überkompensiere, und in dem Wissen um ihr Wissen spüre ich Gefühle in mir aufsteigen, eine abgrundtiefe Traurigkeit und Wut und Liebe, und dieser Mischung wegen, die immer mehr anschwillt – Panik. »Die Agenda ist klar umrissen. Ich habe die Ziele und Bedürfnisse jeder der Frauen aufgeführt und wie sie, durch Arties bevorstehenden Tod zusammengewürfelt, jede für sich und alle gemeinsam diese Ziele erreichen können.« Der bevorstehende Tod. Ich hatte während der Erstellung der Agenda darüber nachgedacht, wie ich es formulieren sollte, und dies war die sachlichste Form, die mir einfiel. Ich hatte Angst, wenn ich es anders ausdrücken würde, könnte ich es nicht ertragen. Bevorstehend ist ein so gewaltiges Wort, dass es nicht real erscheint. Ich möchte mich im Moment nicht zu nah an die Realität von Arties Tod heranwagen. Ich kann es nicht. Ich würde daran zerbrechen.

»Wer ist John Bessom?« Eleanor deutet auf seinen Namen, der in der Agenda aufgeführt ist.

»Arties Sohn. Er ist heute nicht hier, aber aufgrund von Arties Krankheit gehört er ebenfalls dazu. Er weiß es zwar noch nicht, aber er wird Artie vor dessen Tod kennenlernen, weil er die Fehler seines Vaters nicht wiederholen soll.«

»Und welchen Artie wird er kennenlernen?«, erkundigt sich Eleanor. »Wird Artie ihm seine glorreiche Version seiner Persönlichkeit präsentieren?«

»Nein«, antworte ich. »Darüber habe ich mir bereits Gedanken gemacht. Er darf nicht nur Arties glorreiche Version zu hören bekommen. Ich werde ihm auch meine Version mitgeben. Ich plane eine Führung.«

»Eine Führung?«, fragt meine Mutter.

»Durch Arties Leben. Die Gut-und-böse-Führung.«

»Das ist eine tolle Idee«, findet Elspa, aber sie sagt es in so sanftem Ton und mit einer solchen Weisheit in der Stimme, dass mir klar wird, dass sie glaubt, dass ich diese Führung mehr brauche als Arties Sohn. Das trifft mich, aber mir ist nicht danach, darauf einzugehen.

»Väter sind wichtig«, erkläre ich, »auch wenn man sie kaum kennt.« Meiner war fast ein Fremder für mich. »John Bessom wird seinen Vater kennenlernen – sonst bekommt er sein Erbe nicht.«

»Sein Erbe?«, fragt meine Mutter.

»Ja. Artie hat ihm testamentarisch Geld vermacht, aber er überlässt es mir, wie viel ich seinem Sohn gebe.«

»Also, Liebes …«, beginnt meine Mutter, die spezielle Ansichten über das Geld toter und ehemaliger Ehemänner hat, und es wegzugeben, ist keine der von ihr bevorzugten Varianten.

»Der Mistkerl hat einen Sohn!«, fällt Eleanor ihr ins Wort und trommelt mit ihren langen Fingernägeln auf die Tischplatte.

»Ich weiß es auch erst seit ein paar Tagen«, rechtfertige ich mich.

»Typisch Artie.« Zornesröte steigt ihr ins Gesicht. »Nichts als Lug und Trug!«

Meine Mutter seufzt. »Er ist eben ein Mann – was kann man da erwarten?«

Eleanor schnaubt wütend. »Wenn wir nichts von ihnen erwarten, sehen sie keinen Anlass, etwas zu lernen, was ihr emotionales Unvermögen erklärt.«

»Was mich auf Eleanor bringt«, sage ich.

Alle wenden sich der Agenda zu.

»›Wäre es nicht wunderbar, wenn Artie Frieden mit seiner Vergangenheit machen könnte, bevor er stirbt?‹ Das waren Ihre Worte – und Sie haben recht. Es würde ihm guttun.« Da ist plötzlich ein Unterton in meiner Stimme. Ich höre ihn klar und deutlich. Trotz? Rache? Ich möchte, dass Artie etwas lernt. Ich möchte, dass er sich mit seinem Vermächtnis auseinandersetzt. Wieder steigt die Wut hoch. Sie schnürt mir die Kehle zu. Ich huste und deute auf die Agenda. »Dieser Punkt des Plans ist unter Arties Bedürfnissen und Zielen aufgeführt, aber es würde Ihnen ebenfalls guttun, stimmt's, Eleanor? Und deshalb habe ich es auch bei Ihren Bedürfnissen und Zielen aufgeführt.« Es könnte auch bei meinen Bedürfnissen und Zielen stehen, aber ich bin nicht bereit, mich öffentlich dazu zu bekennen.

»Also, ich habe die für mich optimale Lösung für den Umgang mit Männern gefunden«, sagt Eleanor. »Es ist ganz einfach: Ich habe ihnen abgeschworen.«

Meine Mutter schnappt hörbar nach Luft.

»Vielleicht können Sie sich überwinden und trotzdem die Aufgabe übernehmen, Artie um seiner selbst willen dabei zu helfen, Frieden mit seiner Vergangenheit zu machen. Vielleicht erfahren Sie dabei sogar etwas über sich selbst«, versuche ich, sie zu locken.

»Und wie sollte ich es anstellen, Artie bei seiner Vergangenheitsbewältigung zu helfen?«

»Ich habe ein Adressbuch, in dem alle seine Verflossenen stehen. Dadurch bin ich auch auf *Sie* gestoßen. Ich finde, er sollte sich mit möglichst vielen dieser Frauen treffen, um von ihnen zu hören, inwiefern er sie enttäuscht, was er ihnen angetan hat.«

»Also, das ist eine hervorragende Idee. Es wird mir ein Vergnügen sein, die Damen anzurufen.«

»Und was ist, wenn er ihnen gar nichts angetan hat?«, fragt Elspa.

»Ach ja, richtig«, sage ich. »Sie sind ja einer der roten Punkte.«

»Der roten Punkte?«, echot sie verständnislos.

»Jeder der Namen ist mit einem von zwei Zeichen markiert: einem roten Punkt, der bedeutet, dass er sich von der jeweiligen Frau im Guten getrennt hat, vielleicht sogar in gegenseitigem Einvernehmen, oder einem roten X, das für ein weniger friedliches Ende steht.«

»Und was steht bei meinem Namen?«, erkundigt sich Eleanor.

Ich beschränke mich auf einen vielsagenden Blick.

»Ein fettes X«, schlussfolgert sie mit einem gewissen Stolz. »Wir sollten nur die Frauen einladen, die Artie verletzt hat – nur die mit einem X.«

»Ist das fair?«, meldet Elspa Bedenken an.

»Um von einer Frau zu hören, wie wundervoll er ist, hat er ja *Sie*«, erwidere ich. »Mit seinen guten Seiten ist Artie Shoreman im Reinen – er muss sich seinem *anderen* Teil stellen. Er muss begreifen, was Verrat ist.« Zur Sicherheit formuliere ich es noch einmal in Elspa-Worten: »Wir lernen mehr aus unseren Fehlern als aus unseren guten Taten.«

Meine Mutter verdreht die Augen. »Das ist die reine Zeitverschwendung – man kann einem alten Hund keine neuen Tricks beibringen. Männer wollen verwöhnt werden. Sie sind das schwächere Geschlecht.«

Kollektives Seufzen.

»Ich weiß nicht, ob es funktioniert«, räume ich ein, »aber einen Versuch ist es wert.«

»Ich verstehe nicht, was du mir da als mein Ziel eingetragen hast. *Ich selbst sein?* Ich *bin* ich selbst, Liebes.«

»Du könntest mehr aus dir machen«, erkläre ich ihr.

»Und wie soll sie das Ihrer Meinung nach tun?«, fragt Eleanor mich in strengem Ton.

»Ich weiß nicht«, gebe ich zu. »Sie könnte einfach darauf hinarbeiten.«

»Das ist doch lächerlich«, erregt sich meine Mutter.

»Du könntest zum Beispiel die Großwildjagd nach einem sechsten Ehemann abbrechen. Wenn du die Sache ein bisschen entspannter sehen …«

»Ich bin nicht auf Großwildjagd!«

»Denk einfach darüber nach«, empfehle ich ihr.

Sie schnaubt. »Ich bin Eleanors Meinung: Dieses Meeting ist unsinnig!«

»Das habe ich nicht gesagt!«, wehrt Eleanor sich.

Meine Mutter springt auf, reißt ihre gelbe Handtasche von der Rückenlehne ihres Stuhls, hängt sie über die Schulter, klemmt sich Bogie unter den Arm und stürmt auf die Tür zu. »Ich gehe!«, verkündet sie überflüssigerweise.

»Ich brauche noch bei ein, zwei Dingen Hilfe«, sage ich.

Sie bleibt stehen. »Von mir?«, fragt sie kühl.

»Erstens wäre es mir sehr lieb, wenn du die Beerdigungsarrangements mit Artie besprechen würdest. Er und ich – also, wir können das einfach nicht. Wir sind noch nicht so weit.«

Sie zögert – um der Dramatik willen. »Nun ja«, meint sie dann langsam, »das könnte ich wohl tun.«

»Und zweitens wäre ich dir sehr dankbar, wenn du die Nachbarn fernhieltest – besonders diejenigen, die sich als Freunde ausgeben.«

Jetzt dreht sie sich um und lächelt mich mit hochgezogenen Brauen an. »Ich bin phantastisch im höflichen Leute-Abwimmeln.«

»So wie bei unserer ersten Begegnung«, sagt Eleanor mit einer Unverblümtheit, die meine Mutter schockt, aber nur für einen Moment.

»Ja«, sagt sie, »das ist eines der Dinge, die ich wirklich gut kann.« Sie setzt sich wieder auf ihren Platz und Bogie auf den Boden, der mit feuchten Augen zu ihr hochblickt.

»Danke«, sage ich und wende mich Elspa zu. Auch ihre Augen sind feucht, aber sie lächelt strahlend.

Mir fällt ein, was sie draußen am Pool zu mir gesagt hat, dass sie ihre Tochter zu sich holen möchte, dass sie sich das mehr wünscht als alles andere auf der Welt. Sie möchte wieder Mutter sein, und danach zu urteilen, wie liebevoll sie mit Artie und mir umgeht, wäre sie eine wunderbare Mutter.

»Nicht nur Väter sind wichtig – Mütter ebenfalls. Niemand kann sie ersetzen.« Ich schaue zu meiner Mutter hinüber. »Kinder haben ein Recht auf alle Liebe, deren sie habhaft werden können.«

Elspas Blick wandert von mir zu Eleanor, weiter zu meiner Mutter und zurück zu mir, und mir wird bewusst, dass wir uns zu einer Gemeinschaft entwickelt haben, einer aus Notwendigkeit geborenen Gemeinschaft, in der jeder auf den anderen baut.

»Was meinst du damit?«, fragt meine Mutter.

»Ich will, dass Sie Ihre Tochter zurückbekommen«, sage ich zu Elspa. Vor langer Zeit habe ich ein Fenster geöffnet, um einen verirrten Vogel freizulassen. Artie hatte panische Angst vor dem wild herumflatternden Tier. Elspa hat mich an die Geschichte erinnert. Ich möchte auch für sie das Fenster öffnen. »Ich habe einen Plan ausgearbeitet, nach dem Sie die Mutter werden können, die Sie bereits sind.«

»Und wie genau sieht dieser Plan aus?«, will Eleanor wissen.

Elspa schaut mich mit großen Augen an.

»Elspa wird zu ihren Eltern fahren und sich ihre Tochter holen. Danach können die beiden hier wohnen, bis Elspa auf eigenen Füßen steht.«

»Haben Sie das auch gründlich durchdacht?« Eleanors Stimme bebt vor Aufregung.

»Vielleicht nicht bis zum Ende. Es gibt sicher noch ein paar Schwachstellen. Aber immerhin ist mir klar, dass ich das Haus und den Pool kindsicher machen muss.« Wie oft habe ich mir das schon ausgemalt – für meine imaginären Kinder mit Artie, die mit den bizarren Namen, die wir uns ausgedacht haben, und die es nun nie geben wird. Ich hatte mir ausgemalt, aus welchem Raum ich das Kinderzimmer machen würde. Ich hatte im Geist den Hochstuhl in der Küche stehen sehen, das kleine Spielhaus im Garten. Und wenn ich ganz, ganz ehrlich zu mir bin, dann sehe ich Elspa und ihre Tochter Rose als eine Chance, diese Mutter-Kind-Vorstellung für mich zu verwirklichen, wenn auch nur mittelbar.

»Sie werden sie nicht hergeben«, sagt Elspa. Die Agenda zittert in ihrer Hand. »Es ist zwar nichts gesetzlich geregelt – sie haben nicht das Sorgerecht, meine ich –, aber sie haben Macht. Sie sind … na ja, sie sind meine Eltern. Sie werden mir erklären, dass sie wissen, was das Beste ist – und ich werde ihnen glauben.«

»Und darum gehen wir gemeinsam hin. Ich bin gut darin darzulegen, was logisch und vernünftig und das Beste für alle Beteiligten ist.«

»Sie kennen meine Eltern nicht. Es interessiert sie nicht, was logisch und vernünftig ist und das Beste für alle Beteiligten. Sie werden schon sehen.«

»*Sie werden schon sehen?* Heißt das, Sie sind einverstanden?«

Elspa nickt. »Sie wollen das für mich tun, und es wäre dumm von mir, es abzulehnen. Dazu ist es mir zu wichtig.«

»Was ist eigentlich mit dir, Lucy?«, fragt meine Mutter.

»Sie stehen nicht auf der Agenda«, stellt Eleanor fest, nachdem sie sie überflogen hat.

Ich hatte gehofft, dass es niemandem auffallen würde. »Es muss etwas Gutes dabei herauskommen, dass wir uns zusammengefunden haben«, argumentiere ich, wie ein guter Manager argumentieren würde – die Katastrophe als Chance, »aber nicht unbedingt für mich. Einfach nur etwas Gutes.«

»Es muss auch etwas Gutes für Sie dabei herauskommen«, widerspricht Elspa. »Es muss.«

»Und wie sollte das aussehen?«, fragt Eleanor.

Ich schaue sie an. »Wie das aussehen sollte?«

»Ja. Etwas Gutes für Sie. Was müsste das sein?«

»Ich habe keine Ahnung.« Nach kurzem Überlegen sage ich zögernd: »Ich hätte nichts dagegen, wieder der Mensch zu sein, der ich war, bevor ich von Arties Betrügereien wusste.«

»Wie waren Sie denn?«, will Elspa wissen.

»Nicht so verschlossen.«

»Ich glaube, Sie sollten einen Weg finden, Artie zu verzeihen«, meint sie.

»Ich glaube, das würde deiner Seele guttun«, fügt meine Mutter hinzu.

»Zum Teufel mit dem Verzeihen«, sagt Eleanor.

»Ich muss nachdenken«, verkünde ich. »Ich glaube, mein Plan wird sein müssen zu erkennen, was mein Plan ist.«

Wenn einem gar nichts mehr einfällt, ist es manchmal zu empfehlen, auf Bestechung auszuweichen

KAPITEL 16

Während ich mich für den Aufbruch zu meiner ersten Mission fertig mache, summt das Haus vor Geschäftigkeit. Eleanor hat Arties Adressbuch nach den Namen mit dem roten X durchforstet, die Frühstückstheke zu ihrem Büro gemacht und telefoniert im Moment mit ihrem Handy. Meine Mutter verhandelt über den Festanschluss mit drei Beerdigungsinstituten. Und sie hat für Artie eine Liste mit Fragen erstellt. Elspa geht mit einem Block in der Hand auf der Terrasse auf und ab. Ich habe ihr den Auftrag gegeben, in Stichworten ihre Eltern zu schildern. Was machen sie beruflich? Was motiviert sie? Wie ticken sie? Welche Fehler haben sie? Wo stehen sie politisch? Welcher Glaubensrichtung gehören sie an?

Artie liegt oben im Schlafzimmer. Kriegt er die Betriebsamkeit mit? Ich nehme es stark an. Er muss die Energie spüren, die plötzlich in der Luft liegt. Aber natürlich weiß er nicht, was auf ihn zukommt. Er ahnt nicht, was Eleanor für ihn vorbereitet.

Lindsays Anrufe sind wie Popsongs im Radio – man weiß nie, wann sie kommen, aber wenn sie kommen, wird mir bewusst, dass ich darauf gewartet habe. Ich bin gerade auf dem Weg zu Bessom's Bedding Boutique, als sie wieder einmal anruft. Die Arbeit, in der ich noch vor kurzer Zeit aufging, erscheint mir zusehends ferner, und es schockt mich regelrecht, wie entspannt ich Lindsays Anliegen mit ihr durchgehe. »Das wird sich von allein erledigen«, höre ich mich sagen. Und: »Machen Sie sich deswegen keine allzu großen Sorgen.« Meine Stimme klingt fremd in meinen Ohren – als wäre gar nicht ich es, die da spricht, sondern jemand hinter oder neben mir. Die Arbeit war mein Leben, aber jetzt, angesichts der Tatsache, dass Artie im Sterben liegt, bedeutet sie mir geradezu erschreckend wenig.

»Wie geht es Ihnen?«, fragt sie.

»Ich habe einen Plan.«

»Sie machen tolle Pläne«, sagt sie. »Ich vermisse Ihre Pläne.«

»Also, was diesen angeht, bin ich mir nicht sicher. Er steht auf etwas wackeligen Beinen, weil viele Variable darin eine Rolle spielen – wie das Herz.«

»Oh«, sagt sie. »Das Herz! Das ist unberechenbar.«

»Meine Rede.«

Nach dem Telefonat versuche ich, John zu erreichen. Dreimal. Jedes Mal schaltet sich der Anrufbeantworter ein, und ich höre Johns Stimme: »Sie sind mit Bessom's Bedding Boutique verbunden. Das Geschäft ist im Moment geschlossen. Wir hoffen, in naher Zukunft wieder öffnen und Ihre Wünsche erfüllen zu können. Bitte hinterlassen Sie eine Nachricht.«

Beim ersten Mal lege ich auf. Was ist da los? Der Banker-Typ fällt mir ein, mit dem er sprach, als Elspa und ich wegen der Matratze vorbeikamen. Ist John bankrott? Beim zweiten Mal höre ich mir seine Stimme aufmerksam an. Sie klingt etwas rauer, als ich sie in Erinnerung habe, ein wenig müde. Ich lege auf. Beim dritten Mal bin ich überzeugt, auf halbem Weg durch den Ansagetext eine Veränderung in seinem Ton wahrzunehmen. Die Veränderung rührt mich an, obwohl ich sie gar nicht deuten kann, und ich hinterlasse eine Nachricht. »Ich würde gerne vorbeikommen, um mit Ihnen über Artie zu reden ... ich hoffe, Sie haben nichts dagegen. Es ist nur … also, ich hoffe, ich kann persönlich mit Ihnen sprechen.« Ich gebe meine Nummer an und halte einen Moment inne, als mir bewusst wird, wie zittrig meine Stimme klingt. »Ich werde jetzt lieber auf Wiederhören sagen, bevor ich etwas anderes sage.« Aber ich sage nicht auf Wiederhören. Ich unterbreche die Verbindung wortlos, wie ich es ursprünglich vorhatte.

Am Eingang von Bessom's Bedding Boutique steht »Geschlossen«, aber als ich gegen die Tür drücke, schwingt sie auf, so schnell, dass es mir vorkommt, als würde ich nach drinnen gezogen. Kein Gebimmel. Ist die Glocke abgestellt? Kaputt? Die Betten, nach wie vor bezogen und mit Kissen dekoriert, wirken einladend.

Mein Besuch hier ist Teil des Plans: Arties bevorstehender Tod muss etwas Gutes haben – etwas Gutes für jeden der Menschen, die er zusammengewürfelt hat –, aber als ich jetzt im Ausstellungsraum zwischen all den Betten stehe und die Bürotür anstarre, bin ich völlig verunsichert.

Die Tür steht einen Spaltbreit offen, und als ich näher komme, höre ich dahinter jemanden mit Papieren rascheln. Mir ist etwas mulmig, und das mit Recht, denn ich bin unbefugt hier eingedrungen. Ich hebe die Hand, um anzuklopfen, aber dann habe ich Angst, ihn zu erschrecken. Ich hätte auf seinen Rückruf warten sollen. Wie komme ich dazu, ihn so zu überfallen? Ich muss ihn vorwarnen.

Also ziehe ich mein Handy heraus und tippe seine Nummer ein. Sein Telefon klingelt. Er ignoriert es. Der Anrufbeantworter schaltet sich ein, zu laut für den kleinen Raum. »… im Moment geschlossen … Bitte hinterlassen Sie eine Nachricht.«

»Hier ist Lucy«, höre ich meine Stimme aus dem Büro. »Ich bin da. Ich meine, ich bin *wirklich* da.« Ich drehe mich von der Tür weg und wieder hin. »Was ich sagen will … ich stehe vor Ihrem Büro. Ich wollte Sie nur nicht erschrecken.«

Stille. Offenbar braucht er einen Moment, um diese Information zu begreifen.

»Wer sind Sie – der große, böse Wolf?«, ruft er dann scherzend. »Was wollen Sie?«

Ich antworte gleichzeitig in mein Handy und durch den Türspalt. »Reden.«

»Sie dürfen das Handy ausmachen«, sagt er.

Ich klappe es zu.

»Und Sie dürfen die Tür öffnen.«

Ich tue es. Sie quietscht. Er sitzt am Schreibtisch und schaut mit seinem schelmischen Grinsen zu mir auf. Um die Augen sieht er müde aus. Sein Hemdkragen steht offen und lässt eines seiner Schlüsselbeine sehen.

»Sie dürfen eintreten.« Ich trete ein. Keine grünen Plastiksoldaten. John ist Arties Sohn, aber er ist kein Kind mehr. Was mich noch mehr überrascht ist die Tatsache, dass er offensichtlich hier wohnt. In einer Ecke summt ein Minikühlschrank, inmitten von Papierbergen steht eine Schüssel mit zwei grünen Äpfeln und einer braunfleckigen Banane und auf einem Aktenschrank liegt ein Stapel Handtücher. Die Tür zum begehbaren Schrank steht offen und gibt den Blick auf Hemden und Hosen auf Bügeln und ein Regal mit ordentlich darin aufgereihten Schuhen frei.

»Wie geht es Ihnen?«, fragt er.

»Es ging mir schon besser.« Ich versuche, locker zu klingen, aber es misslingt. »Es tut mir leid, wie sich die Dinge neulich Abend entwickelten. So hatte ich es nicht geplant.«

»Nein, *mir* tut es leid. Er ist Ihr Mann, und es muss schrecklich für Sie sein zu wissen …«

Ich schüttle den Kopf. »Es ist okay. Ich kann einfach nicht umgehen mit diesem ganzen Sterbekram. Die Beileidskarten mit den Lilien vorne drauf kommen früh genug.« Im Moment hängen wir in der Luft. Er weiß nicht, was er machen soll, und ich weiß es auch nicht. »Ich bin übrigens geschäftlich hier. Gewissermaßen.« Ich schaue mich in dem kleinen Büro um. »Wie läuft der Laden?«

»Nicht gerade berauschend.« Das Telefon klingelt.

»Diesmal bin ich es nicht«, scherze ich.

Er nimmt das Schnurlose von der Station, ohne sich zu melden, und schaut aufs Display. Dann drückt er eine Taste und gleich noch einmal und legt auf. »Hyänen vor der Tür«, sagt er. Der müde Zug um die Augen verstärkt sich. Das Gesicht wirkt plötzlich schlaff. Er zuckt mit den Schultern, das Schlüsselbein hüpft. »Das ist die exakte Beschreibung der Geschäftslage. Warum fragen Sie?«

Ich weiß nicht genau, wie ich vorgehen soll. Ratlos spiele ich mit meinem Handy, klappe es auf und zu. In meinem Beruf rede ich ständig über Geld, aber das ist nie schwierig, denn da bin ich nicht persönlich beteiligt. Ich beschließe, für den Moment mein professionelles Selbst hervorzukehren, und straffe meine Schultern. »Artie hat ein Testament gemacht, und Sie sind darin bedacht.«

Das überrascht ihn sichtlich. Und er ist interessiert. Er blättert einen kleinen Stapel von Papieren durch, ohne sie wirklich anzusehen, beugt sich vor, will etwas sagen, hebt den Finger – und schüttelt den Kopf. »Ich will kein Geld von ihm.«

»Das haben Sie nicht zu bestimmen.«

»Wer dann?«

Ich hatte mich gefragt, wann wir auf diesen Punkt zu sprechen kommen würden. So schnell hatte ich es nicht erwartet. Also Schluss mit dem Wirtschaftsprüferinnengehabe. Ich setze mich auf einen Stuhl. Genau gesagt, lasse ich mich darauf sinken. Dann nehme ich meinen Mut zusammen. »Ich. Artie will, dass ich entscheide, wie viel Geld Sie bekommen.«

»Sie?«

Ich winde mich innerlich vor Verlegenheit. »Es war nicht meine Idee.«

John steht auf, als könne er plötzlich nicht mehr still sitzen. Er ist größer, als ich ihn in Erinnerung habe, größer und schlanker, und er sieht auch besser aus, und dabei fand ich ihn vorher schon verdammt gut aussehend. »Hören Sie – ich habe Ihnen das schon einmal gesagt, und ich sage es Ihnen noch einmal ...«

»Ich weiß, ich weiß – es verbindet Sie nichts mit Artie.« Ich habe diesen Text satt. »Sie mögen sich ja als unbefleckt empfangen betrachten, aber das hält Sie offenbar nicht davon ab, das Geld zu nehmen.«

»Was soll das heißen?«

»Es geht schließlich noch immer jeden Monat ein Scheck von Artie an Ihre Mutter.«

»Ach ja?« Er ist verblüfft. Und wütend. Er starrt auf die Papiere hinunter und stützt sich dann mit geballten Fäusten darauf. Und plötzlich fängt er an zu lachen und schüttelt den Kopf.

»Was erheitert Sie denn so?«

»Rita Bessom«, antwortet er. »Von mir hat sie, wenn ich konnte, auch jeden Monat einen Scheck bekommen. Das sieht ihr ähnlich! Ich habe von dem Geld jedenfalls nichts gesehen. Sie hat mir, als ich volljährig wurde, erklärt, dass die Zahlungen ab sofort eingestellt wären, und das war's dann.«

»Von Artie wird sie nichts mehr kriegen«, erkläre ich ihm. »Auch das habe ich zu entscheiden.«

»Höchste Zeit.« Er setzt sich wieder hin. »Aber ich werde die Sache auf sich beruhen lassen – ich habe weiß Gott andere Sorgen.«

Ich bin aus einem Grund hier, der nichts mit Rita Bessom zu tun hat und auch nicht direkt mit Geld. »Möchten Sie denn nichts über Ihren Vater erfahren?«

Er reibt sich die Stirn. »Ich weiß, worauf Sie hinaus-
wollen, aber es ist nicht ...«

Ich möchte, dass er an Artie etwas zu lieben findet und
einige seiner Fehler kennenlernt. Ich möchte, dass er seinen Vater versteht. »Mein Vater verließ uns, als ich noch
klein war, und dann starb er, bevor ich alt genug war, um
eine Beziehung zu ihm aufzubauen. Ich kenne Geschichten über ihn – schöne und schlimme –, und sie helfen ein
bisschen. Damit will ich Ihnen sagen, dass diese Begegnung wichtig ist. Ich möchte nicht, dass Sie die Möglichkeit ungenutzt lassen, Artie kennenzulernen, wenn auch
nur ein bisschen. Sie haben nur diese eine Chance. Wenn
Sie sie ausschlagen, tut es Ihnen vielleicht irgendwann
leid.«

John starrt mich an, als wäre ich ein exotischer Vogel,
der in seinen Laden gekommen ist, um ihm etwas vorzu-
plappern. Er neigt den Kopf zur Seite, und wir fixieren
einander. Lange. Ich spüre, dass ich rot werde, aber ich
halte seinem Blick stand.

»Schauen Sie ...«, beginnt er, und ich weiß, dass er mir
gleich wieder den bekannten Text vorbeten wird.

»Lassen Sie mich auf den Punkt kommen«, falle ich
ihm ins Wort. »Ich mache Ihnen ein Angebot.«

»Sie machen mir ein Angebot? Es passiert nicht alle
Tage, dass mir eine Frau ein Angebot macht.«

Ich ignoriere seine anzügliche Bemerkung. »Artie will
Ihnen Geld vererben. Die Höhe der Summe festzulegen
stellt er mir anheim. Sie können das Geld in Ihre Firma
stecken oder blinden Kindern spenden oder Stripperin-
nen damit unterstützen – das interessiert mich nicht. Alles, was ich als Gegenleistung verlange, ist, dass Sie sich
mit Ihrem Vater treffen und versuchen, ihn ein wenig
kennenzulernen. Ich möchte, dass Sie seine Geschichten
aus seinem Mund hören – und damit Sie keinen einsei-
tigen Eindruck bekommen, werde ich Ihnen auch meine

Version erzählen. Sie kriegen eine kurze Führung durch sein Leben.«

»Eine Führung durch Artie Shoremans Leben?«

»Ja.«

»Mit allen Attraktionen? Und Sie wären die Führerin?«, fragt er.

»Ich habe zwar keine Erfahrung auf diesem Gebiet, aber ich werde mein Bestes tun.« Unbehaglich verschränke ich die Arme und löse sie wieder. Ich kann mich nicht erinnern, jemals derart nervös gewesen zu sein.

Das Telefon klingelt erneut. Er ignoriert es.

»Und danach entscheiden Sie, wie viel Geld ich bekomme?« Er lehnt sich zurück und sieht mich mit zusammengekniffenen Augen an. »Wollen Sie mich bestechen?«

Meine Augen wandern durch den Raum, zur Decke, zu der Mikrowelle, die ich jetzt erst bemerke, zu der grünen Auslegeware. In diesem Moment fällt mir auf, dass er barfuß ist. Die gebräunten Füße, die ausgefransten Aufschläge seiner Jeans – ich habe das Gefühl, etwas sehr Intimes zu betrachten. Hastig hebe ich den Blick und kann mich nur mit Mühe an die Frage erinnern. Will ich ihn bestechen, um ihn dazu zu bringen, seinen Vater kennenzulernen? »Ja«, antworte ich. »Wenn Sie es so nennen wollen …«

Er lächelt, und ich suche Artie in seinem Gesicht. Es gibt nur den Schatten einer Ähnlichkeit, aber ich finde eine andere Schönheit – eine ernstere, aufrichtigere. »Ich werde darüber nachdenken«, sagt er. »Bestechung. Sie sind ja ein Früchtchen.«

»Das nächste Mal werde ich Sie mir vielleicht ernsthaft vornehmen«, höre ich mich zu meinem Entsetzen sagen, und die Worte hallen durch meinen Kopf: *Das nächste Mal werde ich Sie mir vielleicht ernsthaft vornehmen.* Ich erwäge, sie zurückzunehmen, zu stammeln:

Das war nicht so gemeint, wie es sich anhörte – aber ich komme zu dem Schluss, dass ich es damit nur noch schlimmer machen würde. Ich möchte ihm sagen, dass ich mich nicht zu ihm hingezogen fühle, dass ich so etwas niemals zu Arties Sohn sagen würde. Was für eine Art Frau würde so etwas tun?

John genießt es sichtbar, aber er versucht, sein Lächeln zu zügeln. »Ich werde es mir merken«, sagt er.

Ich stehe auf, gehe rückwärts hinaus, schließe die Tür und laufe zum Ausgang, während in meinem Kopf ein Chor schmettert: *Das nächste Mal werde ich Sie mir vielleicht ernsthaft vornehmen.*

Die Vergangenheit bewältigt man am besten in Dreißig-Minuten-Blöcken

KAPITEL 17

Als ich nach Hause komme, sammelt sich die Abenddämmerung in den Ecken des Gartens. Glühwürmchen tanzen zwischen den Ästen der Bäume.

Eleanor und meine Mutter sitzen in der Küche und trinken Kaffee. Stolz präsentiert Eleanor mir ihren Zeitplan – ich bin nicht die Einzige mit Organisationswahn. Der Plan umfasst die nächsten drei Tage und ist in Dreißig-Minuten-Blöcke eingeteilt, mit Unterbrechungen für Mahlzeiten und Ruhepausen. Die Hälfte der Blöcke ist bereits mit Frauennamen versehen.

»Wie haben Sie sie dazu gebracht mitzuspielen?«, frage ich.

»Es war gar nicht besonders schwierig. Ich habe Ihre Methode nur etwas abgewandelt, indem ich nüchtern anrief und tagsüber. Ach ja – und ich packte sie bei ihrer Eitelkeit.«

»Sehr gut«, lobe ich. »Meine Methode hatte vielleicht ein paar Mängel.«

»Und – hattest du Glück bei Bessom?«, erkundigt sich meine Mutter.

Ich nicke. Die Begegnung steckt mir noch in den Knochen. Meine Aussage, ihm ein Angebot zu machen, erschien mir auf der Heimfahrt rückblickend noch schlimmer als die, dass ich ihn mir das nächste Mal vielleicht ernsthaft vornehmen würde. Ich bin nicht sicher, ob mir meine Formulierungen so unangenehm sind, weil ich befürchte, damit Arties Chance gefährdet zu haben, seinen Sohn kennenzulernen, oder weil ich mich so unerklärlich hingezogen fühle zu diesem Artie so unähnlichen Jungen, seiner Art, mich anzusehen, mit mir zu reden. »Er ist so gut wie einverstanden«, antworte ich. »Ich glaube, er braucht Geld.«

»Ich habe auch Zeiten für *seine* Besuche einkalkuliert«, sagt Eleanor und deutet auf ihren Plan. (Habe ich schon erwähnt, dass er farbcodiert ist?) Johns Besuche sind in Dunkelblau markiert.

»Wo ist Elspa?«, frage ich.

»Sie hat sich zurückgezogen, um über ihre Eltern zu schreiben. So lange, wie sie schon dabei ist, muss es ihr sehr schwerfallen.«

Das beunruhigt mich. Hoffentlich gibt sie nicht auf. Es ist zu wichtig.

»Elspa hat, was Eltern angeht, eben nicht so viel Glück wie du«, sagt meine Mutter ohne jede Spur von Ironie und tätschelt meine Hand.

Ich übergehe diesen Augenblick der Selbstbeweihräucherung, denn ich möchte sie nicht veranlassen, ihn auszudehnen.

»Und – wie sieht es aus?« Eleanor presst vor Aufregung eine Faust auf ihr Herz. »Wann informieren wir Artie über unseren Plan? Meine Zeiteinteilung beginnt morgen früh.«

»Wie wär's jetzt gleich?« Warum nicht? Ich fliege ohnehin förmlich vor Nervosität, und außerdem will etwas in mir Artie bestrafen. Wird dieser Wunsch zur Gewohnheit? Ich merke, wie sehr ich mir wünsche, seinen Gesichtsausdruck zu sehen, wenn er hört, was auf ihn zukommt.

»Jetzt gleich?«, fragt meine Mutter.

»Klingt gut.« Eleanor steht auf und nimmt ihren Plan vom Tisch.

»Ich möchte fürs Protokoll anmerken, dass ich die Idee nicht gut finde«, sagt meine Mutter.

»Es gibt in diesem Fall kein Protokoll«, erwidere ich. »Wir handeln spontan.«

»Aber der arme Artie ...«

»Er hat es heraufbeschworen, vergiss das nicht. Schließlich forderte er mich auf, seine alten Sweethearts anzurufen. Also war es genau genommen seine eigene Idee. Wenigstens zum Teil.«

»Du kennst meine Ansicht über die Männer«, sagt meine Mutter. »Sie sind ...«

»Empfindliche Geschöpfe?«, frage ich.

»Ich würde das Wort *schwach* vorziehen«, wirft Eleanor ein. »Empfindlich impliziert, dass es unsere Pflicht wäre, behutsam mit ihnen umzugehen.«

»Jungen sind Jungen.« Meine Mutter schüttelt den Kopf. »Man kann sie nicht ändern.«

»Das ist das Problem«, sage ich. »Als wir Frauen damit anfingen, ihr Verhalten mit dem Satz ›Jungen sind Jungen‹ zu entschuldigen, hatten die Männer keinen Grund mehr, sich weiterzuentwickeln, anders zu werden. Frauen haben sich stetig weiterentwickelt, weil uns nichts anderes übrig blieb. Flexibilität ist die stärkste evolutionäre Fähigkeit – sie ist der Garant für unser Überleben. Von den Männern wurde seit der Erfindung des Satzes ›Jungen sind Jungen‹ nichts mehr erwartet. Sie konnten einfach sie selbst sein – und ihr Repertoire schrumpfte auf Rülpsen und Grapschen zusammen.«

»Und Lügen und Betrügen«, ergänzt Eleanor.

Meine Mutter gibt auf. »Ihr meint also, dies sei eine Maßnahme zugunsten der Menschheit?«

»Ja. Zugunsten der Menschheit.«

»Und zugunsten von Artie«, zwitschert eine Stimme hinter mir. Elspa ist in die Küche gekommen. »Sich der Vergangenheit zu stellen ist harte Arbeit, aber wichtig.«

Ich bin froh, das zu hören. Sie hat hart gearbeitet. Sie hat nicht aufgegeben. Und deshalb soll sie uns jetzt begleiten.

Wir stehen in einem weiten Halbkreis um Arties Bett herum. Er schläft, aber sogar jetzt klingen seine Atemzüge ein wenig mühsam.

»Lassen wir ihn in Ruhe.« Meine Mutter tätschelt Bogie, den sie unter dem Arm hat, nervös den Kopf.

»Ja, gehen wir«, stimme ich zu. Es erstaunt mich, wie sehr er gealtert ist. »Wir können das auch morgen machen.«

In diesem Moment öffnet Artie die Augen und schaut von einer zur anderen. »Bin ich gestorben und im Himmel, oder wacht ihr alle über meinen Schlaf?«

»Er ist einfach unerträglich eitel«, murmelt Eleanor.

»Oh nein, ich bin definitiv nicht im Himmel«, sagt er zu ihr. »Ich dachte, du wolltest abreisen?«

»Ich wurde gebeten zu bleiben und mit einem Sonderauftrag betraut.«

»Ach wirklich? Mich umzubringen? Die Mühe könnt ihr euch sparen. Ich liege ohnehin im Sterben.«

»Nein, es geht nicht um Mord«, antwortet Eleanor. »Eher um ein Abschiedsritual.«

Er wendet sich an mich. »Wovon redet sie, Lucy?«

»Wir haben deinen Plan in die Tat umgesetzt, und Eleanor organisiert das Ganze«, erkläre ich mit aufgesetzter Fröhlichkeit in der Stimme.

»Nur fürs Protokoll, Artie«, meine Mutter krault Bogie zwischen den Ohren, »ich war von Anfang an dagegen. Ich …«

Ein scharfer Blick von mir bringt sie zum Schweigen.

»Wir finden, dass du dich deiner Vergangenheit stellen sollst«, sagt Elspa. »Wir denken, dass es reinigend wirken könnte.«

»Reinigend?«, echot Artie.

»Eleanor hat deine Sweethearts eingeladen«, eröffne ich ihm. »Wie sich herausstellte, werden Menschen ernster genommen, wenn sie nicht sturzbetrunken und mitten in der Nacht anrufen. Die Damen werden kommen.«

»Wirklich?« Artie setzt sich auf. Ist das alles, was er dazu zu sagen hat? Er windet sich nicht? Die Vorstellung macht ihn nicht nervös? Ganz im Gegenteil. Er wirkt ... selbstzufrieden. Er wirkt sogar *ausgesprochen* selbstzufrieden. Was mich entschieden abstößt. »Also, das ist doch nett von ihnen. Ich meine, sie müssen das ja nicht tun, aber wie es aussieht, wollen sie es. Ja, so sieht es aus.«

»Du freust dich offenbar darauf«, konstatiere ich frostig.

Artie reißt sich am Riemen. »Nein, nein, ich freue mich nicht darauf. Es ist einfach nur, nun ... es ist schmeichelhaft ...«

Eleanor kocht vor Wut. »In Ordnung. Dann geht es morgen los.«

»Und mit wem?«, erkundigt Artie sich provozierend eifrig und mit einem jungenhaften Grinsen.

»Seht ihr!« Meine Mutter deutet auf ihn, als wäre er ein bei Gericht vorgelegtes Beweisstück. »Ich hab's euch doch gesagt: Ein alter Hund lernt keine neuen Tricks. Man kann ihn nicht ändern!«

»Ein alter Hund?« Tief gekränkt wendet Artie sich an Bogie. »Hör nicht auf sie«, sagt er. »Sie ist nur eingeschüchtert von unserer Männlichkeit.«

»Es ist doch bloß eine Redensart«, verteidigt sich meine Mutter.

»Ich fahre nach Hause«, verkündet Eleanor.

»Bitte bleiben Sie«, fleht Elspa.

»Lass dich nicht beschwatzen«, gibt Artie vor, Eleanor zu unterstützen, aber sein boshafter Blick verrät ihn.

185

»Benimm dich«, zischt meine Mutter ihn an. »Ich bin für die Gestaltung deiner Beerdigung zuständig. Wenn du nicht brav bist, entscheide ich mich vielleicht für ein Liberace-Event. Stell dir mal vor, wie du dich fühlen würdest, wenn du in einem purpurroten Samtanzug im Himmel ankämst!«

»Oder wie der arme Bogie hier, der bemitleidenswerte Marquis de Sade der Hundewelt, mit einem eleganten Suspensorium? Sei nicht grausam«, sagt Artie. »Das steht dir nicht.«

»Bleiben Sie hier«, bittet auch meine Mutter Eleanor und feuert einen feindseligen Blick auf Artie ab. »Er wird sich vielleicht nicht ändern lassen, aber es könnte unterhaltsam sein, den Versuch zu machen, ihn dazu zu bringen.«

»Bitte bleiben Sie«, sagt Elspa noch einmal.

Aber Eleanor lässt sich nicht erweichen. »Gute Nacht.«

»Kommt schon – gebt mir einen Hinweis«, schmeichelt Artie. »Wer besucht mich morgen?«

»Gute Nacht«, verabschiedet Eleanor sich endgültig und steuert hinkend, aber entschlossenen Schrittes auf die Tür zu. Ihr Humpeln scheint sie nicht zu behindern, sondern eher voranzutreiben, als verleihe ihr verletztes Bein ihr zusätzlich Schwung. An der Tür dreht sie sich um. »Wir werden sehen, ob du immer noch so guter Dinge bist, wenn es vorbei ist, Artie Shoreman«, sagt sie unheilschwanger. »Wir werden sehen.« Im nächsten Moment fällt die Tür hinter ihr ins Schloss.

»Sie war schon immer zickig«, sagt Artie.

Jetzt koche auch ich vor Wut. Dabei sollte es sich gut anfühlen. Es sollte meine Rachegelüste befriedigen. Was, wenn diese Frauen kommen, um tränenreich von ihm Abschied zu nehmen? Was, wenn sie ihm gar keine Lektion erteilen? Was dann? Mir wird bewusst, dass dieser ganze

Plan auf Vermutungen basiert und dass ich total auf dem Holzweg sein könnte. »Dein Sohn kommt auch«, teile ich Artie mit. »Ich musste ihn bestechen, um ihn dazu zu bringen. Du wirst ihm einiges erklären müssen.« Mein Ton ist hasserfüllt.

Zu meiner Genugtuung erschreckt *diese* Eröffnung ihn tatsächlich – und vielleicht auch mein Ton. Plötzlich ist er nervös. »John kommt wirklich her?«

»Ich habe ihn in deinem Adressbuch gefunden – unter B, wie du sagtest.«

»Ich muss morgen früh unbedingt baden«, sagt er mehr zu sich selbst als zu uns, »und mich rasieren.« Prüfend betastet er die Haare in seinem Nacken. »Bist du sicher, dass er kommen wird?« Seine Züge werden weich und seine Augen feucht, und zum ersten Mal seit langer Zeit erinnert er mich an den Mann, in den ich mich seinerzeit verliebte. Wie damals wirkt er unsicher, beinahe schüchtern, und das weckt eine Sehnsucht nach diesem Artie in mir, so stark, dass sie wehtut.

»John Bessom«, sagt er. »Nach all den Jahren. Mein Sohn.«

Manchmal im Leben werden Mythen Wirklichkeit – sei dankbar dafür

KAPITEL 18

Ich erinnere mich an Jimmy Prather, einen früheren Freund, der seine Verflossenen mythologisierte. Da war die Glamouröse, die ihn verließ, um nach Hollywood zu gehen, die fanatische Feministin, die in die Politik ging, die Verrückte, die ihn zwang, splitternackt durch den Schnee zu laufen, um ihr seine unsterbliche Liebe zu beweisen – sie brachte es zu Anfang der Reality-Soap-Welle zu Ministarruhm. Ich hatte keine Chance gegen diese Mythen, und was noch schlimmer war, ich spürte, wie er *mich* mythologisierte, während ich in Fleisch und Blut vor ihm stand. Unsere Beziehung war nicht von langer Dauer. Ob Arties Sweethearts wohl auch mythische Gestalten sind? Werde ich ihre Parade ertragen? Und werde ich anschließend ein Muster in ihnen erkennen, in das auch ich hineinpasse? Werde ich mich in ihnen wiedererkennen?

All das geht mir durch den Kopf, während ich nachts schlaflos im Bett liege. Um mich abzulenken, lasse ich meine eigenen Sweethearts paradieren, was, wie ich Ihnen leider sagen muss, keine gute Idee ist, wenn man eigentlich einschlafen will. Ich öffne eine Schleuse. Jimmy Prather ist nur der Anfang. Als Nächstes kommen ein paar Highschool-Boys – Sportler, ein Schlagzeuger einer schlechten Schülerband –, dann auf dem College ein Typ, der sich nach der Trennung eine Weile als Stalker betätigte, ein fauler Betriebswirtschaftsstudent, von dem ich später erfuhr, dass er zum Junkie geworden war, und ein Bursche, nach dem ich total verrückt war, der als Entwicklungshelfer nach Afrika ging. Danach eine Reihe unkluger Entscheidungen, Kollegen, ein paar Typen, die ich in Bars kennenlernte, zwei unaufrichtige Heiratsanträge und ein Lass-uns-zusammenleben-Versuch, der rekordverdächtige drei Wochen hielt.

Keine ausgesprochen rühmliche Liste, doch wenn man mir eröffnet hätte, dass mir ein Wiedersehen mit meinen Verflossenen bevorstünde, hätte ich vielleicht im ersten Moment reagiert wie Artie – mit Vorfreude. Aber was, wenn einer oder zwei (oder mehr) mir etwas vorzuwerfen hatten? Den Grund dafür, dass der Lass-uns-zusammenleben-Versuch nur drei Wochen dauerte zum Beispiel? Ich hatte meinen Versuchspartner betrogen. Sicher, wir waren nicht verheiratet, ich hatte ihm keine Treue gelobt, Arties Sünden wiegen viel schwerer, aber ein Engel bin ich auch nicht.

Und dann wandern meine Gedanken zu Artie – zu unserer simplen Sonntagmorgenroutine mit Zeitung und Bagels, zu unserer Tradition, den ersten warmen Frühlingstag zu feiern, indem wir blaumachten und uns am helllichten Nachmittag betranken, zu dem Tag, an dem er mich zum Angeln mitnahm und ich eine kapitale Forelle fing.

Irgendwann gegen Morgen schlafe ich mit Resten von Gewissensbissen ein und träume, unter der Erde mit einer Zeitung und Bagels eingesperrt zu sein – und mit einem wütenden Waschbär, der meine Armbanduhr trägt.

Als ich spät und leicht verschwollen aufwache, schlüpfe ich in Jeans und T-Shirt und gehe in die Küche, wo ich Eleanor und meine Mutter antreffe. Während ich das mir von meiner Mutter vorgesetzte Frühstück esse, klingelt es. »Ich geh schon!«, ruft Eleanor, schnappt sich ein Klemmbrett von der Frühstückstheke und läuft zur Haustür. Sie führt den, wie man an der Stimme erkennt, weiblichen Gast ins Wohnzimmer, und kurz darauf höre ich sie zu meiner Überraschung eine Reihe von Fragen herunterrattern. »Tragen Sie Waffen bei sich? Gift? Sprengstoff?« Die Frau antwortet jedes Mal mit einem indignierten Nein. Und dann sagt Eleanor, dass sich gleich jemand (ich nehme an, sie meint sich selbst) um sie kümmern werde. Die ganze Zeit hat sie mit einer energischen Sanftheit gesprochen, wie man sie von Sprechstundenhilfen in gynäkologischen Praxen und Empfangssekretärinnen in Therapeutenvorzimmern kennt.

Während ich Revue passieren lasse, was mich letzte Nacht beschäftigte – der Waschbär, die Parade meiner Verflossenen im Vergleich mit Arties (von denen einige jetzt in dieser Version bewaffnet sind) –, berichtet mir meine Mutter, dass sie den Pfleger für heute abbestellt hat und Elspa Artie oben hilft, sich fertig zu machen. Meine Mutter schrubbt die Pfanne, in der sie die Eier für mich gebraten hat. Ich kann die Eier nicht essen, schiebe sie auf meinem Teller im Kreis herum. Elspa kümmert sich schon wieder um Artie! Es ist zu früh für Eifersucht, also reiße ich mich zusammen. *Soll sie ihm ruhig helfen, sich für seine Dates schön zu machen,* sage ich mir, aber dann stelle ich mir Artie vor, wie er seine Wangen mit Rasierwassser tätschelt, und es gibt mir einen Stich.

Eleanor kommt in die Küche zurück, aber kaum hat sie ihr Handy aufgeklappt, klingelt es erneut an der Haustür, und sie stürmt mit ihrem Klemmbrett los. Als sie wieder erscheint, sagt sie, während sie ein Tablett mit Kaffee, Plastiktassen, Kaffeesahne und Zuckertütchen herrichtet: »Der Zehn-Uhr-dreißig-Termin ist zu früh gekommen, und der Halb-zehn-Uhr will verschieben.« Als ich sie entgeistert anstarre, erklärt sie: »Mein Mann war Kieferorthopäde, und ich schmiss die Praxis für ihn.«

Meine Mutter und ich nicken.

»Haben Sie auch für Fluggesellschaften gearbeitet – beim Sicherheitsdienst?«

Sie ist verwirrt. »Nein.«

»Meiner Ansicht nach sind die Fragen nach Waffen etwas übertrieben. Man erwartet unwillkürlich eine Leibesvisitation.«

»Werden Sie ihnen die Zahnpastatuben und die Nagelknipser abnehmen, bevor Sie sie zu Artie hineinlassen?« Meine Mutter amüsiert sich sichtlich.

»Ich war nur vorsichtig«, verteidigt Eleanor sich. »Gott weiß, dass wir alle irgendwann einmal den Wunsch hatten, ihn umzubringen, und so …«

»Ich denke, die Fragen können wir weglassen«, sage ich. »Gehen wir das Risiko einfach ein.«

»Ist mir recht«, gibt sie nach und verschwindet mit dem Tablett.

Und plötzlich wird mir die Situation bewusst. Zwei der Sweethearts meines Mannes sitzen in meinem Wohnzimmer und warten darauf, ihn besuchen zu dürfen, und ich bin diejenige, die diesen Stein ins Rollen gebracht hat – weil ich ihm eine Lektion erteilen will, bevor er stirbt. Was sieht die Etikette für diesen Fall vor? Gehe ich hin und begrüße die Damen als Ehefrau und Herrin des Hauses?

Auf jeden Fall will ich sie sehen. Ich will wissen, warum sie sich entschlossen haben herzukommen und was sie Artie sagen wollen. Und natürlich will ich herausfinden, ob es ein Muster gibt und ob oder nicht ich da hineinpasse.

Die Frauen sitzen mit dem Rücken zum Panoramafenster nebeneinander auf dem Sofa. Die linke, eine Brünette mit einschüchternd langen Beinen, blättert in einer Ausgabe von *People,* als säße sie tatsächlich in einem Wartezimmer. Hat sie das Heft mitgebracht oder hat Eleanor aus Höflichkeit für Lesestoff gesorgt? Ich habe plötzlich das Gefühl, dass dem Raum ein Aquarium fehlt und ein Anmeldeschalter mit einem Schiebefenster.

Ich kann den beiden unmöglich gegenübertreten. Also flüchte ich unbemerkt die Treppe hinauf. Ich werde stattdessen nach Artie sehen.

Oben kommt mir eine Duftwolke entgegen. Sein Lieblingsaftershave – ein Duft, der die Assoziation mit halsbrecherischen Wildwasserfahrten und Rallyes durch Wüsten weckt. Ich wappne mich. Als ich durch die Tür trete, sehe ich meine Erwartungen noch übertroffen. Er sitzt mit seinen sämtlichen Kissen im Rücken aufrecht im Bett, das dunkle Haar kunstvoll und mit reichlich Hilfe aus der Sprühdose zerzaust, und blickt sehnsüchtig aus dem Fenster, wo er aus seiner Position lediglich die Spitzen von Bäumen sehen kann. Nein, es ist noch schlimmer: Er *probt*, sehnsüchtig zu blicken.

»Ist das ein Smokingjackett?«, frage ich.

Er schaut mich nicht an. Vielleicht ist er ein wenig verlegen. »Es ist eine *Hausjacke*. Ich will den Besuch nicht im Schlafanzug empfangen.«

»Sie sieht wie ein Smokingjackett aus«, sage ich, und das stimmt. Sie ist schwarz und glänzt. Fast wie Samt. Wo hat er das Ding her? »Du könntest dich auch richtig anziehen.«

»Zu anstrengend«, erwidert er, als hätte er nicht die größten Anstrengungen unternommen, um sich präsentabel zu machen.

Er ist nervös wie ein Junge vor dem Schulball, der darauf wartet, dass seine Angebetete die Treppe des elterlichen Hauses herunterschreitet, und natürlich schlachtet er seine Situation aus – das Drama des tapferen Helden, der dem Tod ins Antlitz blickt. »Du meinst, zu anstrengend für einen Mann, der im Sterben liegt? Du musst deiner Rolle gerecht werden, stimmt's?«

»Ich *liege* im Sterben«, sagt er pikiert. »Ich tue nicht nur so.«

Für einen Moment möchte ich glauben, dass er lügt, dass er sich diese Sterberei nur ausgedacht hat, um einen Auftritt wie diesen inszenieren zu können, im Smokingjackett seine ehemaligen Sweethearts zu empfangen. Natürlich ist das Unsinn. Artie ist eitel. Vielleicht ist das seine größte Schwäche – dieses Bedürfnis nach Anbetung. Habe ich ihn nicht genug angebetet? Könnte irgendjemand ihn genug angebetet haben? Der Wunsch, ihn zu ohrfeigen, erwacht so plötzlich in mir, dass er mich regelrecht schockt. »Und deshalb willst du es wenigstens auskosten, stimmt's?«

Er wendet sich mir zu. »Ich mache es den Leuten gerne recht – ich gebe ihnen, was sie wollen. Außerdem ist es nicht jedem vergönnt, diese Rolle zu spielen. Wenn jemand vom Bus überfahren wird, dann war's das. Keine große Sterbeszene.«

»Ich würde das Smokingjackett weglassen«, rate ich ihm. »Es sieht aus wie gewollt-und-nicht-gekonnt – wie das tief ausgeschnittene, goldene Kleid meiner Mutter.«

»Es ist kein Smokingjackett«, insistiert er. »Es ist eine Hausjacke!«

»Wie du meinst.«

Ich verlasse das Zimmer und gehe die Treppe hinunter. Es kränkt mich, dass Artie sich für die Begegnung mit diesen Frauen so viel Mühe gemacht hat, dass er es kaum erwarten kann, sie wiederzusehen. Hätte er mir zuliebe nicht den Desinteressierten spielen können? Das Problem ist nicht so sehr, dass die Frauen vielleicht genau das Gegenteil dessen tun werden, worauf ich hoffe, dass sie meinen schönen Plan ruinieren, indem sie ihn mit Anbetung zuschütten. Nein, das wahre Problem ist mein Gefühl, Artie nicht zu genügen. Sein Herz gehört mir noch immer nicht allein.

Dass Artie bei aller Vorfreude nervös ist, tut mir allerdings gut. Ich giere nach Rache. Er soll begreifen, wie schlecht er die Frauen behandelt hat, die Verantwortung für seine Handlungen übernehmen. Am Fuß der Treppe bleibe ich einen Moment unschlüssig stehen, dann durchquere ich energisch die Diele und betrete das Wohnzimmer – in Jeans und T-Shirt, ohne Make-up und mit schüttelbereit ausgestreckter Hand. »Hi. Ich bin Arties Frau.«

Die langbeinige Brünette lässt die Zeitschrift auf den Schoß sinken und starrt mich entgeistert an. Die andere Frau ist klein und hat einen blonden Bob mit fransigem Pony. Sie hatte vor sich hin gestarrt, und ich habe sie aus ihren Gedanken gerissen. Erschrocken presst sie die Hand auf ihr Herz. »Oh!«, haucht sie. »Ich hatte nicht damit gerechnet, Ihnen zu begegnen.«

Keine von beiden nimmt Notiz von meiner Hand, also stecke ich sie in die Gesäßtasche.

»Artie ist verheiratet?«, sagt die Brünette tonlos.

»Wussten Sie das nicht?«, fragt die Blondine.

»Woher wussten *Sie* es denn?«, erkundige ich mich.

»Die Frau am Telefon erwähnte es.«

Die Brünette schüttelt den Kopf und mustert mich dann von oben bis unten. »Demnach ist er also endlich sesshaft geworden.« Sie spricht es nicht aus, aber ich höre das »Und ausgerechnet mit so was wie Ihnen« laut und deutlich. Jetzt tut es mir leid, dass ich mich nicht aufgebrezelt habe, keine volle Kriegsbemalung und nicht einmal High Heels trage. Meine Mutter hätte zu einem solchen Anlass alle Register gezogen. Meine lässige Aufmachung war als Zeichen meines Selbstvertrauens gedacht gewesen, sollte den Damen sagen, ich muss mich nicht in Schale werfen, um mit euch konkurrieren zu können. Dieser Wettkampf ist längst zu Ende, und, falls ihr es vergessen habt – ich habe ihn gewonnen. Stattdessen fühle ich mich wie ein ungepflegtes, niveauloses

Hausmütterchen. Hat Artie mir den Vorzug gegenüber all diesen Frauen gegeben, weil ich Sicherheit für ihn repräsentierte, aber sich die ganze Zeit nach etwas anderem gesehnt? Nach *mehr*?

»Freut mich, Sie kennenzulernen«, versucht die Blondine, die Situation zu entkrampfen. »Wenn die Umstände auch traurig sind.« Ihre Augen füllen sich mit Tränen, und wieder kommen mir Zweifel. Wird sie Artie die Hölle heißmachen, oder wird sie ihn bedauern?

»Ich kann nichts Trauriges an den Umständen finden«, meint die Brünette. »Artie hat doch Glück, dass er so alt geworden ist. Dass er nicht längst im Bett irgendeiner Ehefrau erschossen wurde.« Sie wirft mir einen Blick zu. »Nichts für ungut«, sagt sie, aber ich bin nicht sicher, ob ihre Entschuldigung mir als Arties Ehefrau oder als Ehefrau im Allgemeinen gilt. »Wann haben Sie und Artie denn geheiratet?«, will sie wissen.

»Wann haben Sie und Artie angefangen, miteinander ins Bett zu gehen?«, kontere ich.

»Vor zehn Jahren«, antwortet sie. »Aber ich bin immer noch sauer auf ihn.«

»Das kann ich verstehen«, steuert die Blondine bei und fügt hinzu: »Ich bin überzeugt, dass er ein toller Ehemann ist, aber als Freund war er lausig. Zumindest, wenn man nicht seine Favoritin war.«

»Wie heißen Sie?«, frage ich.

»Spring Melanowski.«

»Spring?«, wiederhole ich. Nicht *Springbird?*, liegt mir auf der Zunge.

»Ich wurde im April geboren«, erklärt sie, und dann kommen ihr wieder die Tränen. »Wie sieht er denn aus? Ich möchte vorbereitet sein, falls er sich sehr verändert hat. Wenn er so krank ist, sieht er … ich meine … ist es …« Ihre sichtlich starken Gefühle deuten darauf hin, dass Artie eine frische Wunde ist. Wie frisch?

»Artie ist ein Showman«, beruhige ich sie. »Ich bin sicher, er wird sich Ihnen von der besten Seite zeigen.« Und dann, um die Gesprächspause zu überbrücken, setze ich hinzu: »Sie kennen Artie ja!«

Ein großer Fehler.

Die Blondine nickt heftig, und die Brünette bedenkt mich mit einem *Das-kann-man-wohl-sagen*-Lächeln. Und plötzlich kribbelt mein ganzer Körper vor Eifersucht und Verlegenheit. Diese beiden Frauen kennen Artie, jede von ihnen auf ihre eigene, intime Weise. Auf eine Weise, wie ich ihn *nicht* kenne. All die Frauen, von denen ich inzwischen weiß, besitzen Stücke von Artie …

Und das Spring-Melanowski-Stück hätte zur Zerstörung meiner Ehe führen können. Früher mal hatte ich wenigstens die Illusion, dass er mir allein gehörte, aber jetzt kann ich mir das nicht mehr vormachen.

Die Blondine weint, was die Brünette irritiert und – noch wichtiger – mich ebenfalls. »Hören Sie«, sagt sie, »ich weiß, warum ich hier bin.« Und dann fragt sie die Blondine in anklagendem Ton: »Wissen Sie es auch?«

Die Luft knistert vor Spannung, und ich frage mich, ob die Blondine zusammenbrechen wird. Warum ist sie hier? All diese Frauen sind mit einem X gekennzeichnet, sie alle sind nicht im Guten mit Artie auseinandergegangen. Die Blondine holt ein Taschentuch aus ihrer Handtasche, putzt sich die Nase und wischt sich die Ponyfransen aus den Augen. Die Brünette und ich warten gespannt. Wird sie antworten? Die Blondine sieht mich an und dann die Brünette. »Ich weiß verdammt genau, warum ich hier bin«, sagt sie mit auf einmal stahlharter Stimme.

Erst in diesem Moment, als ich regelrecht zurückschrecke, wird mir bewusst, dass ich mich zu den Frauen vorgebeugt hatte. Ich gerate ins Schwanken, und um nicht nach hinten zu kippen, mache ich einen Schritt nach vorne, wobei ich mir das Schienbein am Couchtisch anschlage, auf dem das Tablett mit dem Kaffeegeschirr steht. Löffel klappern. Ich bücke mich und stütze mich auf den Tisch. »Scheiße, verdammte!«, fluche ich.

Plötzlich wird mir klar, was ich getan habe. Ich habe die Wölfe ins Haus geholt, um sie einen nach dem anderen auf Artie zu hetzen. Verdient er das wirklich? Ich schaue Spring(bird) an. Ja. Das tut er. Artie hat diese beiden Frauen schlecht behandelt. Sie haben Besseres verdient. *Ich* habe Besseres verdient. Schicke ich diese Frauen vor, damit sie mir meine Dreckarbeit abnehmen? Warum setze ich mich nicht mit Artie auseinander? Habe ich Angst, dass mich der Mut verlässt und ich klein beigebe? Aber was wird diese Angst mich kosten? Vielleicht habe ich diese Parade seiner Sweethearts ebenso um meinetwillen inszeniert wie um seinetwillen. Vielleicht habe ich es in der Hoffnung getan, dass der Schmerz, all diese Frauen zu sehen, es mir leichter machen wird, ihn gehen zu lassen.

»Sind Sie okay?«, fragt mich die Blondine.

»Das wird ein blauer Fleck«, konstatiert die Brünette.

»Es geht mir gut«, sage ich. »Danke, dass Sie gekommen sind. Nehmen Sie sich doch Kaffee.«

Wie komme ich formvollendet hier raus? Was soll ich jetzt tun? Glücklicherweise klingelt es. Ich muss Eleanor zuvorkommen. Hastig entschuldige ich mich und laufe zur Tür, aber als ich sie öffnen will, stockt meine Hand mitten in der Bewegung. Alles in mir wehrt sich, so sehr, dass mir übel wird. Ich will nicht noch ein Sweetheart kennenlernen, noch eine Frau, die mir ihr *People*-Magazin ins Haus schleppt und ihre eigene geheime Version von Artie in mein Wohnzimmer.

Aber ich muss aufmachen. Was soll ich sonst tun?

Also mache ich auf, starre aber wie gebannt auf die Schwelle.

Dann höre ich eine Männerstimme. »Ich bin gekommen«, sagt sie.

Ich hebe den Blick, und vor mir steht John Bessom. Er streicht mit der Hand seine blonden Haare glatt und stopft dann sein Hemd hinten in die Hose, und auf einmal wirkt er unglaublich jung, jungenhaft nervös.

»Sie sind gekommen«, sage ich erleichtert.

Er beugt sich vor. »Ja – das sagte ich gerade.«

Mir ist schwindlig. Sein Hemd ist so blau, und das Gras ist so grün.

»Wollen Sie mich nicht hineinbitten?«, fragt er.

»Nein.«

Er fährt buchstäblich zurück.

»Arties Terminkalender ist voll«, erkläre ich. »Warten Sie einen Moment.«

»Ich muss weg«, teile ich den Frauen im Wohnzimmer mit. »Nochmals danke, dass Sie gekommen sind«, sage ich zu der Brünetten und dann zu der blonden Ms Melanowski: »Bis später, *Springbird*.«

Sie reißt die Augen auf, und ich lese darin: *Woher wissen Sie das?*

Ich lasse die beiden allein und kehre zu John zurück. »Machen wir, dass wir hier wegkommen.«

Kapitel 19

John sitzt am Steuer. Er hat sein Fenster aufgemacht, und warme Luft wirbelt durchs Wageninnere. Ich habe ihn gebeten, in die Innenstadt von Philly zu fahren, und so sind wir auf der Route 30 unterwegs. Fast alles, was ich über Artie zu erzählen habe, findet sich in der Innenstadt – seine Kindheit auf der Southside, das Hotel, in dem er seinen ersten Job als Page hatte, die Penn-Uni, wo er gerne behauptet, studiert zu haben, jedoch, wie er mir schon bald nach unserem Kennenlernen gestand, nur ein paar Abendseminare besuchte (eines in Kunstgeschichte und eines in Freier Rede), und die Orte unserer ersten Begegnung und unseres ersten Dates. Ich genieße die Fahrt, lehne mich entspannt zurück.

»Ich sollte allmählich anfangen, stimmt's?«, sage ich. »Immerhin bin ich Ihre Fremdenführerin. Ich sollte sagen: *Zu Ihrer Linken sehen Sie … und zu Ihrer Rechten halten Sie bitte Ausschau nach …* Ich begreife erst jetzt, dass es vieles gibt, was ich über Artie nicht weiß.« Ich denke an die langbeinige Brünette und an das heftige Nicken der Blondine.

»Mir genügt, was Sie *wissen*.«

»Okay. Wir trafen uns auf einer Trauerfeier – in einer irischen Bar mit dem originellen Namen The Irish Pub.«

»Wirklich? Das klingt ein wenig morbide.«

»Ein Mann namens O'Connor war gestorben. Artie

hatte ihn schon als Kind gekannt, und ich kannte die Tochter durch meinen Job. Die Trauerfeier war wunderschön. Die Leute lachten und weinten und tranken und hielten großartige Reden. Artie erzählte eine tolle Geschichte, wie dem Mann das Kaninchen seiner Tochter irgendwie weggelaufen war und er und Artie einen ganzen Nachmittag und Abend in betrunkenem Zustand versuchten, es einzufangen. Arties Erzählung riss alle mit. Biegen Sie hier ab.

Mutig – dank zu viel Alkohol – sprach ich ihn an, gab ihm meine Visitenkarte und erklärte, dass ich ihn für meine Trauerfeier buchen würde. Ich sagte: ›Ihr Nachruf war sensationell. So einen möchte ich auch.‹ Er erwiderte, normalerweise wäre er teuer, aber er würde mir eine Ermäßigung einräumen. Biegen Sie hier ab. Es müsste gleich um die Ecke sein.«

John hält gegenüber der Bar. Das Lokal ist typisch irisch, nichts Großspuriges, und es hängt kein Schild mit der Aufschrift »Hier haben Lucy und Artie sich kennengelernt« draußen dran.

»Wollen Sie reingehen?«, fragt John.

»Nein. Es ist eine irische Kneipe – Sie wissen, wie die innen aussehen.«

»Ich finde, Nachrufe sollten gehalten werden, wenn die damit Gemeinten noch leben und etwas davon haben«, sagt John.

Ich denke darüber nach. »Kein Sarg, keine Lilien …«

»Keine Einbalsamierungsflüssigkeiten«, setzt er hinzu.

»Kein Beerdigungsunternehmer mit Fließbandservice.«

»Nur der Nachruf. Nur Gutes.«

»Ich glaube, Sie haben recht.«

»Hat Artie Ihnen je Ihren Nachruf gehalten?«

»Nein. Den schuldet er mir.«

»Er hat ihn Ihnen versprochen, und die Einhaltung mündlicher Vereinbarungen kann eingeklagt werden.«

»Wenn das Timing keine Rolle spielt …« Ich glaube, John hat recht – Artie schuldet mir einen Nachruf.

»Haben Sie es eingefangen?«

»Eingefangen?«

»Das Kaninchen.«

»Oh, das Kaninchen. Ja, sie haben es erwischt, und sie waren beide so erleichtert und betrunken, dass sie in Tränen ausbrachen. Zwei erwachsene Männer weinten ein kleines, weißes Kaninchen nass.«

»Die Geschichte gefällt mir.« John hält an einer roten Ampel und schaut in beide Richtungen. »Wohin?«

Wohin? Mein erstes Date mit Artie hatte ich im Herzen.

Das begehbare Herz ist so, wie ich es in Erinnerung hatte – einstöckig, riesig, aus rotem und lila Kunststoff und mit Arterien und Venen ausgestattet –, nur dicker. Ist es geschwollen? Wir stehen mit Kindern und ihren Eltern Schlange. Die Stimmen der Kinder klingen im Innern des Plastikorgans gedämpft, dahinter jedoch wieder laut und schrill. Sie ziehen ihre Eltern mit sich, zumeist ans Ende der Schlange, um die Tour noch einmal zu machen.

»Artie war als Junge mit der Schule im Franklin Institute, aber das Herz war geschlossen. Der Lehrer erklärte ihnen, es würde gerade operiert.«

»So lange steht das schon?«

»Seit den Fünfzigern. Ursprünglich war es als vorübergehendes Anschauungsobjekt gedacht und aus Pappmaché gemacht, aber es erwies sich als ein solcher Publikumsmagnet, dass sie es immer wieder ausbesserten. Das war auch damals der Fall, als Artie mit seiner Klasse hier war. Sie konnten es sich von außen anschauen, aber nicht hineingehen. Darum führte er mich bei unserem ersten Date hierher.« Ich erinnere mich, wie er mir die Geschichte erzählte, während wir in der Schlange warteten. Auch damals waren die Kinder laut, aber er stand dicht hinter mir und flüsterte mir ins Ohr. »Artie wusste, dass seine Eltern nicht mit ihm hergehen würden, wenn es wieder offen wäre. Er wusste, dass der Schulausflug seine einzige Chance war, und blieb zurück, tat so, als müsste er sich die Schuhe zuschnüren, und kroch unter den Absperrseilen hindurch.«

»Ist er in das Herz hineingegangen?«

»Nein. So weit reichte seine Courage nicht. Er wollte es nur anfassen, feststellen, ob es schlug. Und so legte er die Hände darauf und presste das Ohr daran wie ein Arzt – aber es war kein echtes Herz.«

Wir sind an der Reihe und treten ein, steigen die schmale Treppe hinauf, die die Hauptschlagader, die Aorta, bildet. Soundeffekte schaffen die Illusion, dass das Herz schlägt, dass das Blut strömt. In den gewundenen Gängen, Vorhöfen und Kammern ist es dunkel. Hier im Dunkeln hat Artie mich zum ersten Mal geküsst. Dieses Detail lasse ich John gegenüber unerwähnt. Ich denke daran, wie Artie meine Wange berührte, mein Gesicht zu sich drehte. An das Innehalten. Den Kuss. Aber selbst diese Erinnerung ist jetzt durch Zweifel verdorben. Hat er sich wirklich auf dem Schulausflug von der Klasse getrennt, um festzustellen, ob das Herz echt war? Und wenn es so gewesen war – wie viele Frauen hat Artie in diesem Herzen verführt, vielleicht sogar in derselben Kammer? War meine kleine Springbird Melanowski mit ihm hier? Mir wird klar, dass dies genau die Art von Information ist, die ich John geben muss. Er kennt die Wahrheit über seinen Vater nicht, und ich bin dazu da, ihn damit zu konfrontieren. Aber ich kann es nicht. Nicht hier. Nicht jetzt.

Eine Horde rüpelhafter Jungen in Schuluniformen drängelt sich in der rechten Kammer an mir vorbei. Es ist zu wenig Platz für so viele Menschen. Ich bin bereit zu gehen. Warum sollte ich noch bleiben? Ich schaue mich um, will John Bescheid sagen. Er ist weg. Also lasse ich mich mit dem Strom durch Kammer und Vorhof und am Ende nach draußen spülen.

Besorgt halte ich Ausschau. Ist Arties Sohn mir weggelaufen? Ich rufe mich zur Ordnung – er ist ein erwachsener Mann, kein Fünfjähriger.

Ich stelle mich wieder an. Diesmal bewegt die Schlange sich schneller vorwärts. Drinnen angelangt, rufe ich seinen Namen, zuerst leise und dann etwas lauter. Wieder komme ich zu der Stelle, an der Artie mich zum ersten Mal geküsst hat. In Gedanken nannte ich sie immer den »Ort unseres ersten Kusses«. Mit wie vielen Frauen habe ich das wohl gemeinsam? Wie kommt es, dass man, wenn jemand unaufrichtig zu einem war, auf einmal alles anzweifelt, was mit ihm zusammenhängt? Schlägt das Herz plötzlich lauter, oder ist es mein eigenes Herz, dessen Schläge in meinen Ohren dröhnen?

»John!«, rufe ich. »John Bessom!« Ich wünschte, ich kennte seinen zweiten Vornamen – dann könnte ich den auch noch rufen.

Ich drehe mich um und beginne, gegen den Besucherstrom zu gehen, indem ich mich an der Kunststoffwand entlangschiebe, von einem Raum in den nächsten, bis ich schließlich auf den dunkelroten Teppich außerhalb des Herzens trete. Ein wenig atemlos bleibe ich stehen und lasse den Blick über die Menge wandern – und da sehe ich ihn. Erleichterung durchflutet mich. Oder ist es Freude? Die Intensität des Gefühls überrascht mich. Es ist, als hätte ich geglaubt, wir würden uns nie wiedersehen.

Er kniet neben einem weinenden Kind, einem Jungen mit Senfsprenkeln auf dem weißen Hemd. »Sie kommt bestimmt gleich«, tröstet er den Kleinen. »Sie hat gesagt, du sollst hier warten, wenn ihr euch verliert, also warten wir. Das Herz ist sehr groß. Es muss einem sehr

großen Menschen gehört haben, meinst du nicht auch?«
Sein Verständnis für das unglückliche Kind rührt etwas
in mir an. Es hat was, wenn ein Mann mit Kindern umgehen kann, stimmt's? Wenn ein Mann sie als menschli-
che Wesen sehen kann, sich in sie hineinversetzen, weil
er sich daran erinnert, wie es war, in ihrer Welt zu leben.
Er spricht nicht mit diesem unecht liebevollen Singsang,
sondern ganz normal, tröstet den Jungen und lenkt ihn
ab, damit er sich beruhigt. Der Junge schaut zu dem Herzen hinauf. Er hat aufgehört zu weinen. Auf einmal wird
mir klar, dass ich mir ganz genau das auch wünsche –
dass sich jemand um mich kümmert. Vielleicht wünschen
wir uns das alle. Können wir uns viel mehr wünschen?

»John Bessom«, sage ich, als spräche ich seinen Namen
zum ersten Mal aus.

Er blickt auf. »Wir hatten uns auch verloren und haben uns wiedergefunden«, sagt er zu dem Jungen. »Und
deine Mutter wird dich auch finden.«

Im nächsten Augenblick ruft der Junge: »Mommy!«,
und im ersten Moment denke ich, dass er auf mich zu-
stürmt, und wappne mich, aber er schießt an mir vorbei.
Eine Frau mit einem zerzausten Pferdeschwanz fängt ihn
auf. Er umklammert ihre Beine. »Ist ja gut«, sagt sie. »Es
ist alles gut. Es ist gut.«

John schaut wieder zu mir hoch, und ich sehe ihm
an, dass meine Züge irgendwie entgleist sein müssen. Er
wirkt ein wenig besorgt, aber dann lächelt er und streckt
mir die Hand hin. »Wollen Sie mich bei der Hand nehmen, damit wir uns nicht wieder verlieren?«

*Ja, oh ja, das ist alles, was ich mir in diesem Augen-
blick wünsche.* Natürlich denke ich das nur. Wortlos
nehme ich seine Hand.

John setzt mich zu Hause ab, und als ich in die Küche
komme, werde ich umgehend auf den Stand der Dinge

gebracht. Elspa, Eleanor und meine Mutter sitzen an der Theke, essen aufgebackenes Pita und trinken dazu Wein aus Gläsern, die Artie und ich zur Hochzeit bekommen haben. Bogie ist offensichtlich nicht mitgekommen.

»Drei Geschiedene, zwei Witwen und eine Alleinstehende«, informiert mich Eleanor anhand ihrer Liste über den Familienstand der Besucherinnen. »Eine tief erschütterte Anwältin, eine ehemalige Stripperin mit leiser Stimme, die derzeit einen Kurs in Zeichensprache macht, eine kopflastige russische Lehrerin …«

»Artie spricht Russisch?«, fragt Elspa, die ständig Besonderheiten an Artie sucht, wie elektrisiert. »Das wusste ich nicht!«

»Also … äh … ich habe ihn einmal das Wort *cigaretta* erwähnen hören, wovon er behauptete, dass es Russisch wäre …«

»Die Russin rauchte«, hakt meine Mutter missbilligend ein und mit einem Anflug von Furcht, der vermuten lässt, dass sie bereut, einer Kommunistin Zutritt zu meinem Haus gewährt zu haben. »Sie verbrachte die meiste Zeit vor der Haustür und drückte ihre Zigaretten in dem Pflanzkübel aus.«

»Hat er die Damen im Smokingjackett empfangen?«, erkundige ich mich.

»Im Smokingjackett?« Eleanor runzelt die Stirn. »Nein – im Schlafanzug.«

»Die Stripperin gefiel mir«, sagt Elspa. »Sie macht im Moment einen Schnupperkurs in einer Taubstummenschule.«

»Mir gefiel auch die Kleine, die ständig weinte«, erklärt meine Mutter. »Sie ist zum Tee geblieben.«

»Spring Melanowski?«, frage ich.

»Melanowski?« Eleanor konsultiert ihr Klemmbrett. »Eine seltsame Person. Sie ging, ehe sie an der Reihe war, murmelte irgendwas von einem anderen Termin.«

»Das ist gut.« Ich möchte alles über Arties Frauen wissen und auch wieder nicht. Es ist wie damals als Kind, wenn ich mir bei einer gruseligen Filmsequenz die Hände vors Gesicht hielt, aber zwischen den Fingern hindurchlinste. Will ich nicht wissen, welche Frauen er sitzen ließ und welche ihn sitzen ließen? Will ich keine Details wissen – das Warum und das Wie und das Was-ging-schief? Nein. Nicht wirklich. Ich dachte, ich könnte mehr vertragen, aber ich habe mich überschätzt. All die vielen Frauen. Ich wünschte, sie wären weniger attraktiv als ich, zickiger und verbitterter, damit ich mir den Luxus des Mitleids leisten könnte, aber ich weiß, dass ich selbst Mitglied in diesem Verein bin, dem Club von Arties Frauen, und darum möchte ich nicht, dass sie allzu unattraktiv, zickig und verbittert sind.

»Ich denke, wir sollten uns nicht zu sehr mit den *einzelnen* Geschichten verzetteln«, sagt Eleanor. »Es ist doch der Masseneffekt, auf den wir setzen. Behalten wir unser Ziel im ...«

»Apropos Ziel«, falle ich ihr ins Wort. »Was ist mit Artie? Lässt er Reue erkennen?«

»Artie schläft«, berichtet Elspa.

»Sieht er zerknirscht aus ... hat er erwähnt ...«, stammle ich, denn ich weiß nicht genau, was ich eigentlich fragen will.

»Heute ist der erste Tag«, gibt Eleanor zu bedenken. »Die Besuche all dieser Verflossenen werden mit Sicherheit nicht ohne Wirkung geblieben sein. Ich habe generell größtes Vertrauen in sitzengelassene Frauen.«

Meine Mutter sieht mich an. Ihr Gesicht ist gramzerfurcht, und wie es ab und zu geschieht, sehe ich mich selbst darin. Es ist, als husche mein Geist durch sie hindurch. Dann ist es vorüber. »Erzähl uns, Lucy – wie war dein Tag mit Arties Sohn?«

»Ich habe seinen Besuch bei Artie für eine halbe Stunde

morgen Vormittag eingeplant«, erklärt Eleanor in sachlichem Ton.

»Artie wird glücklich sein!«, gleicht Elspa Eleanors Gleichgültigkeit durch Überschwang aus.

»Elspa hat am Profil ihrer Eltern weitergearbeitet«, teilt Eleanor mir mit.

»Es ist nicht leicht«, gesteht Elspa.

»Morgen gehen Sie es mit Lucy durch«, sagt meine Mutter zu ihr. Die Frage nach John Bessom ist offenbar vergessen. »Keine Sorge – sie wird es schon machen.«

»Die Besuche beginnen morgen Vormittag mit Arties Sohn, dann kommt eine Frau aus Bethesda rüber ...« Eleanor rattert die Termine herunter.

Ich bin müde. Die vielen Stimmen strengen mich an. Ich murmle, dass ich ins Bett muss, und verlasse die Küche.

In der Diele holt mich meine Mutter ein. »Bist du okay?«, fragt sie besorgt. »Überfordert dich die Situation? Wenn es so ist – wir können alles abblasen.«

»Das *Leben* überfordert mich«, antworte ich. »Arties *Sterben* überfordert mich. Kannst du das auch abblasen?«

Sie lächelt traurig und schüttelt den Kopf.

»Ich gehe rauf und sehe Artie beim Atmen zu.« Ich will wissen, dass seine Lungen noch Luft durchschleusen.

Meine Mutter nickt, und ich steige die Treppe hinauf.

In Arties Zimmer hängt ein schwacher Duft von Rasierwasser. Ich setze mich in den Lehnstuhl an seinem Bett und ziehe die Knie an die Brust. Ich weiß nicht, wer heute schon hier gesessen hat und was diese Frauen ihm zu sagen hatten oder was er ihnen zu sagen hatte. Ich könnte ihn wach rütteln, ihm erzählen, dass ich Springbird kennengelernt habe, und ihn nach der Brünetten ausfragen, aber ich beschließe, für den Moment nicht daran zu denken.

Seine Züge sind entspannt. Er atmet leise. Das Smokingjackett ist nirgends zu sehen. Eines seiner Blumenkärtchen fällt mir ein. Ich weiß nicht, welche Nummer es hatte, aber ich weiß, was draufstand: *Ich liebe dich dafür, wie deine Lippen sich manchmal berühren und blähen, wenn du schläfst.* Ich kann mich nicht erinnern, Artie jemals zuvor beim Schlafen beobachtet zu haben, aber er hat offensichtlich mich beobachtet. Er hat eine scharfe Beobachtungsgabe. Liebt er mich wirklich? Konnte er mich lieben und gleichzeitig betrügen? Ich finde, dass er mir viel Liebe schuldet, um mich für seinen Betrug zu entschädigen. Ja, die schuldet er mir.

Und dann fällt mir meine Unterhaltung mit John Bessom vor dem irischen Pub ein. Artie schuldet mir einen Nachruf. Aber sind seine Blumenkärtchen nicht eine Art Liebeslied – und sind Liebeslieder nicht die besten Nachrufe? Was in aller Welt soll ich über Artie sagen, wenn es so weit ist?

Verwechsle deinen Liebhaber nicht mit einem Retter

KAPITEL 20

Jeder Tag ist anders, aber trotzdem verschwimmen die Tage ineinander. Jede von uns findet zu einem seltsamen Rhythmus. Oft sitzen Frauen im Wohnzimmer, trinken den Kaffee, den Eleanor ihnen serviert, und essen die Kekse, die meine Mutter gebacken hat. Sie liebt es nun einmal, Gäste zu haben.

Und was für Gäste sie hat!

Arties Sweethearts lassen auf den ersten Blick kein gemeinsames Muster erkennen. Es sind alle Typen vertreten. Manche sind burschikos und ohne Geschmack, manche damenhaft und elegant. Es kommen Schüchterne, Lebhafte, Freche. Sie tragen Strickwesten und Laufschuhe. Sie tragen bauchfreie Shirts und Slingpumps.

Anhand der Kekse ausgedrückt: Manche knabbern aus Höflichkeit daran, andere lehnen sie mit dem Hinweis auf eine Diät ab, wieder andere – und das ist die Mehrzahl – essen, so viel sie können, wickeln sich noch welche in ihre Serviette und stopfen sie in die Handtasche.

Bogie mag sie alle. Er watschelt von einer zur anderen, bettelt um Keksstückchen und leckt als Sympathiebekundung nackte Waden ab. Einmal begattet er eine Handtasche, die, lang und zylindrisch geformt, einer Dachshündin ähnelt.

Ich bin erleichtert, dass Springbird schon früh kam – und dass sie gegangen ist. Jetzt muss ich sie nicht mehr suchen. Eine Ungewissheit quält mich aber noch, und ich

muss mich sehr beherrschen, nicht jede der ankommen-
den Frauen zu fragen, wie sie zu Aufzügen steht.

Einige von ihnen werde ich nie vergessen.

MRS DUTTON

Sie ist ältlich. Nein, richtig alt. Ihre Haare sind cremefar-
ben und ihre Hände arthritisch, und ihre Schnürschuhe
haben dicke Gummisohlen. Aber die farblose Erscheinung
umweht ein Hauch verruchten Parfums.

Ich stelle ihr ein paar Fragen. »Woher kennen Sie
Artie?«

»Er hatte auf der Highschool bei mir Mathematik«,
antwortet sie und stellt sich nach Lehrermanier vor:
»Mein Name ist Mrs Dutton.« Fehlt nur noch, dass sie
aufsteht und es in großen, schwungvollen Buchstaben an
die Tafel schreibt.

»Aha. Kannten Sie ihn gut?«

Sie lächelt geduldig und nickt.

»Sind Sie all die Jahre in Verbindung mit ihm geblieben?«

»Nein. Mein Mann mochte ihn nicht.«

Wahrscheinlich war er der Grund für das X neben
Mrs Duttons Namen. Ehemänner können eine Romanze
manchmal ganz schön stressig machen. »Ich verstehe.«

»Das glaube ich nicht«, erwidert sie, »aber das macht
nichts.« Sie tätschelt mein Knie und zwinkert mir zu.

MARZIE MIT DEM MOTORRADHELM

Nachdem Mrs Dutton gegangen ist, klingelt es erneut.
Meine Mutter geht aufmachen, und als in die Küche zu-
rückkommt, flüstert sie Eleanor und mir zu: »Die da als
Nächste zu Artie will, kommt mir etwas *maskulin* vor.
Sie trägt einen *Motorradhelm* und ein *ärmelloses* Män-
nerhemd.« Meine Mutter ist so entsetzt, dass sie sich die
Hände waschen und sich setzen muss, um sich zu erholen.

Ich erbiete mich, die Kekse ins Wohnzimmer zu bringen.

Die Frau ist ausgesprochen freundlich. Ihr Name ist Marzie. Sie ist aus Jersey herübergekommen. Artie hat sie schon länger nicht gesehen. »Ich freue mich darauf, ihn zu überraschen«, sagt sie.

»Nun, er hat Ihren Namen sicherlich auf der Liste gesehen und weiß, dass Sie ihn besuchen.«

»Trotzdem wird er überrascht sein.« Sie lacht. »Als ich Artie kennenlernte, wusste ich nicht, wer ich war. Er hat mir die Augen geöffnet.«

»Artie half Ihnen zu erkennen, wer Sie wirklich sind?«, frage ich. »Würde es Ihnen etwas ausmachen, mir zu erklären, wie er das gemacht hat?«

»Wie soll ich es ausdrücken?« Marzie nimmt sich eine Handvoll Kekse. »Er hat sich als den ultimativen Mann präsentiert. Sie wissen schon, was ich meine.«

Ich nicke. Manchmal übertrifft er sich selbst.

»Und als das bei mir nichts auslöste, dachte ich, wenn ich bei so einem Mann nichts fühle, dann sind Männer vielleicht nicht mein Ding.«

»Vielleicht hat er den Bogen auch nur überspannt. Ich meine – *der ultimative Mann?* Wer ist der ultimative Mann?«

»Wahrscheinlich war es reine Angeberei – aber es war alles, wonach ich gehen konnte. Und er konnte mir nichts geben – Sie wissen schon, im Bett. Nichts! Null!« Marzie berichtet mir all das völlig unbefangen und fröhlich. »Und da zählte ich eins und eins zusammen.«

»Ich wäre Ihnen dankbar, wenn Sie ihm all das sagen würden. Es ist wirklich wichtig für ihn, das zu erfahren – Sie wissen schon, dass er Ihnen im Bett nichts geben konnte … und so weiter.« Diese Offenbarung berauscht mich derart, dass ich am liebsten durchs Zimmer tanzen würde. Artie wird zu hören bekommen, dass er sexuell

versagt hat, eine Frau nicht nur nicht befriedigte, sondern dazu brachte, sich nicht allein von ihm, sondern von
den Männern im Allgemeinen abzuwenden. Eine bessere
Retourkutsche hätte ich mir nicht erträumen können.

»Okay«, sagt sie. »Das mache ich gerne. Ich schulde
ihm das, wissen Sie.«

»Dann ist jetzt der richtige Zeitpunkt, um Ihre Schuld
zu begleichen.«

Eins und zwei

Etwas später an diesem Nachmittag erscheint eine Frau,
die etwa in meinem Alter ist und nach einem Neun-bis-
fünf-Job im Büro aussieht (das sie heute allerdings offensichtlich etwas früher verlassen hat). Ich stelle mich ihr als
Arties Frau vor. Sie schüttelt mir die Hand und sagt: »Es
tut mir so leid«, aber ich weiß nicht, ob es ihr leidtut, dass
Artie im Sterben liegt oder dass ich seine Frau bin oder
dass sie ein Verhältnis mit ihm hatte.

Ich führe sie ins Wohnzimmer, wo bereits eine Besucherin wartet, die sich die Zeit damit vertreibt, ihre Fin-
gernägel zu feilen. Sie ist ungefähr so alt wie Artie, vielleicht sogar etwas älter.

Als wir den Raum betreten, bleibt die junge Frau neben mir wie angewurzelt stehen. »Was zum Teufel tust *du*
denn hier?«, herrscht sie die Ältere an.

Die springt auf, und ihre Handtasche fällt von ihrem
Schoß. »Oh Liebling!«, sagt sie in flehendem Ton. »Lass
es mich dir erklären.«

»Nein!«, schreit die Neun-bis-fünf. »Nein, nein, nein!
Das ist so typisch für dich! Ich dachte, es wäre alles Arties Schuld, aber da lag ich offenbar falsch! Warum bist
du nur immer so neidisch auf mich? Warum kannst
du nicht dein eigenes Leben leben – wie eine normale
Mutter?«

Ich stehe da wie erstarrt.

Die junge Frau macht auf dem Absatz kehrt, stürmt aus dem Haus und knallt die Tür hinter sich zu.

Die Ältere bückt sich und sammelt ein, was aus ihrer Handtasche gefallen ist. »Was soll ich sagen?« Sie schaut zu mir auf und setzt sich wieder. »Sie hatte schon immer einen Hang zur Dramatik.« Müde schüttelt sie den Kopf. »Und es war wirklich größtenteils Arties Schuld.«

Dieses eine Mal bin ich mir da nicht so sicher.

DIE NONNE

Eleanor genießt es, am Fuß der Treppe die lauteren und hitzigeren Gespräche zu belauschen. Manchmal verschwindet sie auch nach oben und bezieht vor der Schlafzimmertür Posten. Hin und wieder sehe ich, wie sie sich Notizen macht, und ab und zu höre ich sie auf Artie gemünzte Verwünschungen murmeln.

Gelegentlich fängt eine Frau oben zu schreien an, dass es durchs ganze Haus schallt. Eine Rothaarige bekam einen solchen Wutanfall, dass wir alle zusammenliefen.

»Ich war eine *Nonne,* als ich dich kennenlernte!«, keifte sie.

»Du spieltest eine Nonne in einer Dilettantenversion von *The Sound of Music*«, korrigierte Artie. »Das ist nicht das Gleiche!«

Es folgte eine Pause, und dann sagte die Frau mit stählerner Stimme: »Wie kannst du es wagen – es war eine Actor's-Equity-Produktion.«

DIE FRAU MIT DER LASAGNE

Diesmal öffnet Eleanor die Tür. Ich sitze in der Küche und bin so vertieft in die Zahlenkolonnen, die Lindsay mir gefaxt hat, dass ich nicht einmal den Kopf hebe, als es klingelt. Aber später wird mir erzählt, was ich versäumt habe.

Die Besucherin hat rosige Wangen, trägt jedoch den

tragischen Umständen gemäß genau die richtige Dosis von Besorgnis zur Schau. Sie reicht Eleanor eine mit Klarsichtfolie abgedeckte Lasagne.

»Ich habe mich zurückgehalten, was die Gewürze angeht, weil ich nicht wusste, ob sie sich irgendwie schädlich auswirken können.«

»Sie hätten sich nicht diese Mühe machen müssen«, sagt Eleanor.

»Das war das Mindeste, was ich tun konnte«, widerspricht die Frau. »Ich komme mir so nutzlos vor.«

»Okay. Wie ist Ihr Name?«

»Jamie Petrie. Ich wohne ein Stück die Straße hinauf.«

»Artie!«, stößt Eleanor mit zusammengebissenen Zähnen hervor. »Nun ja – es sollte mich nicht überraschen. Offenbar machte er vor nichts halt.«

»Wie bitte?« Die Besucherin sieht sie fragend an.

»Ich kann mich gar nicht daran erinnern, dass Ihr Name auf der Liste steht«, sagt Eleanor.

»Auf welcher Liste?«

»Kommen Sie – ich führe Sie ins Wohnzimmer.«

»Ist Lucy da? Ich würde gerne ein paar Worte mit ihr sprechen.«

Eleanor starrt die Frau verdattert an. »Lucy? Wir werden sehen. Nehmen Sie doch erst einmal Platz.«

Sie haben das Wohnzimmer erreicht, und die Frau beugt sich zu Eleanor herüber und flüstert: »Wer sind die denn alle?«

»Andere Verflossene von Artie. Dachten Sie, dass Sie die einzige wären?«

»Die einzige?« Die Frau strafft ihre Schultern. »Ich bin Partykerzen-Vertreterin!«, verkündet sie, als erkläre das alles.

»Bitte warten Sie einen Moment.« Eleanor kommt in die Küche und berichtet mir: »Da will sich eine reinmogeln. Sie hat keinen Termin und als Bestechung eine Lasagne mitgebracht. Und sie will mit Ihnen reden.«

»Mit mir?«, frage ich verdutzt.

»Ja.«

»Ich will mit keiner von denen reden. Zu viel Information, verstehen Sie?«

»Aber die wäre vielleicht interessant. Sie sagt, sie wohnt in der Nachbarschaft und ist *Kerzen-Vertreterin.*«

Abscheu vor Artie Shoreman steigt in mir hoch, und dann glühender Hass. Er hatte eine Affäre mit einer unserer Nachbarinnen! Mein Verstand schaltet sich ein: Nein. Artie hat alles zugegeben. Für meinen Geschmack viel zu viel. Aber eine Nachbarin? Eine Kerzen-Vertreterin?

Es dämmert mir. »Oh nein!«, schreie ich unterdrückt auf. »Was haben Sie ihr erzählt, um Himmels willen? Nein, nein, nein!« Ich springe auf und laufe ins Wohnzimmer, und da ist Jamie Petrie, meine Nachbarin. Die engagierte Kerzen-Vertreterin hat die Gelegenheit genutzt und den versammelten Frauen ihre Visitenkarte überreicht. Offen gestanden konnte ich Jamie Petrie von Anfang an nicht leiden. Sie ist aufdringlich und exaltiert, überrollt einen förmlich mit ihrer Begeisterung für ihre neue Serie von Herbstdüften in der Skala von Amaretto bis Apfelwein. Jedes Mal, wenn ich sie sehe, bittet sie mich nachdrücklich, sie bei *jedem meiner Duftkerzenprobleme* anzurufen. Ich hatte noch nie ein Duftkerzenproblem.

»Bitte wenden Sie sich an mich, falls Sie eine Party geben wollen«, appelliert sie an die Frauen, die sie total entgeistert anstarren.

»Jamie!«, begrüße ich sie. »Wie schön, Sie zu sehen! Ich danke Ihnen sehr, dass Sie gekommen sind!«

»Keine Ursache«, erwidert sie. »Es ist doch selbstverständlich, dass ich Anteil nehme. Hier.« Sie holt eine kleine, weiße Schachtel mit einer lila Schleife aus ihrer Handtasche. »Lavendel. Ist wunderbar beruhigend.«

»Danke.«

»Was wieder einmal beweist, dass es für *jeden* Anlass die richtige Duftkerze gibt.«

»Sogar für den Tod.«

»Genau.« Sie übergeht ihre Taktlosigkeit und ergreift die Chance für einen Großverkauf. Strahlend wendet sie sich an ihre potenziellen Kundinnen. »Ich bin so froh, dass ich diesen Moment für meinen Besuch gewählt habe. Es macht mir immer Freude, mit anderen Frauen zusammenzukommen. Es ist wichtig, dass wir uns Zeit füreinander und uns selbst nehmen!«

»Wie wahr«, sage ich. »Keks?«

Verleumdung, Schacherei und schliesslich Eleanors Interpretation

Jemand kommt die Treppe herunter, und dann steht eine Frau in der Wohnzimmertür. »Er hat geleugnet, mich betrogen zu haben! Können Sie sich das vorstellen? Er sagte, er erinnerte sich einfach nicht!« Sie blickt in die ihr zugewandten Gesichter. »Ich wünsche Ihnen allen viel Glück.« Damit macht sie auf dem Absatz kehrt, und gleich darauf schlägt die Haustür zu.

Eine andere Frau berichtet nach ihrem Besuch bei Artie, dass er versuchte, mit ihr zu handeln. »Wofür wärest du bereit zu vergessen, was für ein Arschloch ich war? Was müsste ich tun?« Sie packt Eleanor beim Ellbogen. »Ich sagte ihm: ›Du kannst nichts tun.‹ Es war ein echter Genuss.«

Eleanor erscheint diese Information offenbar wichtig, denn sie macht sich hektisch Notizen und begleitet die Frau dann zur Tür. Als sie zurückkommt, passe ich sie auf halbem Weg durch die Diele ab. »Was schreiben Sie da eigentlich ständig auf?«, erkundige ich mich.

»Nichts Besonderes«, antwortet sie verlegen.

»Dafür drücken Sie das Klemmbrett aber sehr fest an

Ihre Brust«, meine ich sarkastisch. »Ihre Geheimniskrämerei ist unfair. Also – was soll die ganze Schreiberei?«

»Ich notiere Schlüsselinformationen.«

»Zum Beispiel?«

Sie zögert einen Moment, überlegt offenbar, ob sie mich ins Vertrauen ziehen soll oder nicht, und gibt dann nach. »Okay, ich sag's: Artie durchläuft die sieben Stadien – wie bei der Trauer.«

»Auf dem Weg dazu, seinen Tod zu akzeptieren, meinen Sie?«

Sie schaut mich mit großen Augen an, als könne sie so viel Naivität nicht fassen. »Auf dem Weg dazu, seine *Treulosigkeit* zu akzeptieren! Zu akzeptieren, was für ein *Mistkerl* er ist!«

»Oh. Ich dachte, es ginge darum, dass er seinen Tod akzeptiert.«

»Nun, das wird vielleicht auch passieren, aber das interessiert mich nicht. Mich interessiert, dass er bei der einen geleugnet hat, sie betrogen zu haben, und sich bei der anderen freikaufen wollte. Er war wütend – ganz besonders auf die Schauspielerin, wissen Sie. Die nächste Stufe wird irgendwann Verzweiflung sein und die letzte Akzeptanz.«

»Wollen wir denn, dass er sich akzeptiert?« Ich will nicht, dass Artie sein treuloses Selbst lieben lernt. Auf keinen Fall.

»Nicht als den Menschen, der er ist«, sagt sie. »Er soll zu dem stehen, was er getan hat, und ein *neuer* Mensch werden.«

»Und das alles planen Sie?« Ich bin skeptisch. Wie will sie die Funktionsweise von Arties Gewissen planen?

»Ja«, erwidert sie mit Nachdruck, »das tue ich.«

KAPITEL 21

John Bessom ist zu einer festen Einrichtung geworden. Er ist noch immer ein wenig unsicher, wenn er kommt. Wahrscheinlich ein Überbleibsel aus seiner Kindheit – der Wunsch, seinem Vater Freude zu machen. Er streicht sein Hemd glatt, als wäre es zerknittert, steckt die Hände in die Taschen, aber auf eine Weise, die vermuten lässt, dass er nur versucht, locker zu wirken. Wenn er sich hinsetzt und darauf wartet, dass eines der Sweethearts sein Gastspiel beendet, wippt er mit den Füßen, dass seine Knie hüpfen. Es ist rührend. Herzzerreißend. Trotz seiner gegenteiligen Behauptung ist da durchaus etwas zwischen Artie und ihm – etwas Unerledigtes, etwas, was er möchte und nun zu bekommen versucht.

Die beiden verbringen jeden Nachmittag miteinander. Als John das erste Mal kam, telefonierte ich gerade mit Lindsay. Sie ruft zwar noch immer an, aber nicht mehr in Panik. Die kleine Beförderung und die hübsche Gehaltserhöhung haben ihr Selbstvertrauen gegeben. Sie macht kühne Vorschläge und hört sich nicht mehr an, als habe sie einen Hundert-Meter-Sprint hinter sich.

Ich hörte mit einem Ohr, dass John sich in der Diele mit Eleanor unterhielt, die ihre professionelle Fassade beibehalten hat und alles mit unglaublicher Präzision am Laufen hält. Lindsay geriet ins Plappern.

»Sie sind eben ein Profi«, versuchte ich, sie zu stoppen. »Sie haben es geschafft.« Ich hörte John und Eleanor auf der Treppe und wollte hinterher. Um zu lauschen. Beschämend, aber wahr.

Aber Lindsay war bei den Vorschriften der Börsenaufsicht angelangt und briefte mich gekonnt.

Ich war beeindruckt. »Großartig«, lobte ich. »Können Sie das alles ausdrucken? Ich brauche es für unsere Klienten.«

Endlich konnte ich sie abhängen und schlich auf Zehenspitzen nach oben. Eleanor staubte angelegentlich die Oberkante des Türrahmens des dem Schlafzimmer gegenüberliegenden Arbeitszimmers ab, und Elspa, die sich nicht die Mühe machte, einen anderen Grund für ihre Anwesenheit vorzuschützen, saß im Schneidersitz neben der Schlafzimmertür. Meine Mutter war unterwegs zu einem Gespräch mit einem Bestatter – sie behelligt mich nicht mit diesen delikaten Details –, sonst wäre sie ebenfalls dabei gewesen. Eleanor und Elspa schauten mich verlegen an – ertappt.

Ich schüttelte den Kopf und flüsterte: »Wir müssen ja nicht alle hier sein. Gehen Sie runter. Ich werde Ihnen Bericht erstatten.«

Beide waren offensichtlich enttäuscht. Elspa rappelte sich vom Boden auf und schlich mit hängenden Schultern den Flur hinunter. Eleanor reichte mir das Klemmbrett mit dem Kugelschreiber. »Machen Sie Notizen.«

Als sie weg waren, presste ich mein Ohr an die Schlafzimmertür. Dank Lindsay hatte ich natürlich schon einiges versäumt. Zuerst hörte ich nur mit Gelächter durchsetztes Gemurmel. Es dauerte eine Weile, bis ich etwas verstehen konnte.

»Sie lebt jetzt im Westen«, sagte John.

»Mit einem Cowboy?«, fragte Artie.

»Einem *reichen* Cowboy.«

»Deine Kindheit war gar nicht so schlimm, oder?«

»Ich fuhr Zeitungen aus und hatte einen Hund. Manchmal schnitt sie mir die Rinde von den Sandwiches ab. Sie brachte mir drastische Schimpfwörter bei. Und sie lehrte mich zu fälschen. Nichts Großes, nur Kleinigkeiten.«

»Was man halt so zum Leben braucht«, sagte Artie.

»Das war's mehr oder weniger – Zuneigung und eine Menge Wirbel.«

»Ich habe meine Schimpfwörter auch bei meiner Mutter gelernt«, erzählte Artie. »Also haben wir etwas gemeinsam.«

Es entstand eine Pause, und dann sagte Artie: »Ich wollte immer an deinem Leben teilhaben. Hat sie dir das gesagt?«

»Und warum hast du es nicht *getan?*«

»Sie erlaubte es nicht.«

Ich fragte mich, ob John ihm wohl sagen würde, was er *mir* gesagt hatte – dass ihn und Artie nichts verbände. Es schien mir, als hätte John sich das vorgebetet – wie ein Mantra –, um nicht an der Situation zu zerbrechen. Ich schloss die Augen und hielt den Atem an, denn ich wusste, dass Artie etwas anderes hören wollte, eine Art Versprechen.

»Hast du es denn *versucht?*«, wollte John wissen.

»Sie erklärte mir, dass du mich hasstest, dass ich alles nur noch schlimmer machen und dich durcheinanderbringen würde.«

»Ich war auch *so* durcheinander«, sagte John, »doch das ist jetzt nicht mehr wichtig.«

»Aber ich war trotzdem da.«

»Was?«

»Ich habe dich in dem Stück mit der Prinzessin auf den vielen Matratzen gesehen.«

»Das war in der achten Klasse!«

»Und ich war bei vielen deiner Baseballspiele. Auch bei dem, das du durch den Schnitzer des Shortstops verlorst – bei dem Turnier.«

»Du warst wirklich da?«

»Und bei deiner Abschlussfeier auch – in der letzten Reihe der unüberdachten Tribüne. Einmal entdeckte deine Mutter mich, aber sie ging nicht auf mich los. Sie ließ mich einfach da sitzen.« Noch mehr Geheimnisse von Artie – aber diese waren rührend.

»Ich wünschte mir auch, du würdest an meinem Leben teilnehmen«, sagte John. »Also haben wir noch was gemeinsam.« Ich hatte kaum jemals etwas Liebevolleres gehört. Natürlich wusste ich nicht, ob es wahr war – aber es klang aufrichtig.

Mir wurde klar, dass ich John nicht über den Weg getraut hatte, was seinen Umgang mit Artie betraf, aber nun tat ich es. Sie hatten die ganze Zeit über eine Beziehung gehabt, ohne es zu wissen. John schien zu begreifen, wie unendlich wichtig diese Begegnung für Artie war. Plötzlich kam ich mir wie ein Eindringling vor. Der Ausbau ihrer Beziehung ging nur die beiden allein etwas an. Lautlos entfernte ich mich, gewährte ihnen ihre Intimsphäre.

Eines der Probleme, die das Lauschen mit sich bringt, ist, dass man nicht ungehört machen kann, was man gehört hat, und so ertappe ich mich dabei, John Fragen über seine Kindheit stellen zu wollen. Ich will wissen, ob er all die Jahre wütend auf Artie war. Ich will mehr über seine Mutter erfahren und mit ihm über den Ärger in seiner Stimme reden. Ich will wissen, ob sich etwas für ihn geändert hat, nachdem er nun weiß, dass Artie ihn durch seine Kindheit begleitet hat, wenn auch nur am Spielfeldrand. Wie fühlt es sich an, gänzlich umdenken zu müssen? Wie würde es *mich* verändern, wenn ich etwas Ähnliches über *meinen* Vater gehört hätte? Ich bin ein bisschen neidisch, dass John die Chance bekommen hat, seinen Vater mit anderen Augen zu sehen. Die Chance werde *ich* nie haben.

Aber wir reden auf unserer »Tour d'Artie«, wie John sie nennt, nicht über diese Dinge. Wir fahren gemeinsam durch Philly. Nachdem Artie ihm einiges über seine Kindheit erzählt hat, bittet John mich, gewisse Punkte anzusteuern.

Wir waren schon bei dem Haus, in dem Artie aufgewachsen ist, bei einigen seiner Schulen, und eines Abends ist unser letztes Ziel das Hotel, in dem er als Page gearbeitet hat. Es ist eines dieser Häuser mit Alte-Welt-Charme, mit goldenen Lettern auf der Drehtür und einem Portier in Livree.

»Es war der Reichtum, der ihn herzog«, erzähle ich John. »Er arbeitete hier, um bei den Reichen zu sein, ein Gefühl für ihre Lebensart zu bekommen. Nein – mehr als das. Er wollte ihre Gesten lernen, ihre Art zu sprechen und wie sie die Trinkgelder zusammenfalteten und ihm in die Hand drückten. Eigentlich sollte er sein Geld fürs College sparen, doch er gab es für Unterricht in Tennis und Golf aus, den Sportarten der Reichen.«

»Und es hat sich ausgezahlt.« Johns große Hand spielt mit dem Schaltknüppel.

»Ja.«

»Hier hat er meine Mutter kennengelernt, wissen Sie das?«

Es ist das erste Mal, dass er mir ein Detail aus seinem Leben preisgibt. »Nein, das wusste ich nicht. Wie war sie damals?«

»So wie sie jetzt ist, denke ich, nur eben jünger. Vielleicht nicht ganz so gerissen, obwohl ich das bezweifle.« Er stellt den Schalthebel auf Leerlauf. »Gefiel Ihnen das an Artie?«

»Was?«

»Dass er reich war.« John sieht mir geradewegs in die Augen. Manchmal erwecken seine Brauen den Eindruck, dass er gekränkt ist.

»Nein, das nicht«, antworte ich. »Mir gefiel, dass er sich hochgearbeitet hatte – sein Geld machte es sogar schwerer.«

»Inwiefern?«

Ich habe es noch nie in Worte gefasst und muss überlegen. Das Geld trennte uns in gewisser Weise. Ich wollte nicht, dass er dachte, ich wäre scharf darauf. Immerhin verdiente ich selbst eine Menge. Und so ging auf diesem Gebiet jeder seinen eigenen Weg. Das gewährleistete Artie eine Freiheit, mit der er, wie sich zeigte, nicht umgehen konnte. Wenn wir gemeinsame Konten gehabt hätten, wären mir die Ausgaben für seine Sweethearts aufgefallen, für Zimmer in Hotels und Essen in Restaurants, die ich nicht kannte. Aber all das sind Nebensächlichkeiten, sie bringen mich nicht zum Kern der Sache. »Ich denke, dass er hier gelernt hat zu schauspielern. Indem er den reichen Mann spielte, erlernte er die Kunst des Schauspielerns.« Ich spüre Tränen aufsteigen und wende mich dem Seitenfenster zu. Hätte Artie den treuen Ehemann auch so überzeugend spielen können, wenn er nicht hier gelernt hätte, den reichen Mann zu spielen?

»Oh«, sagt John, und ich merke, dass er zu begreifen beginnt, dass in der Beziehung von Artie und mir einiges unter der Oberfläche brodelt. »Wissen Sie, was wir jetzt brauchen?«

Ich dränge die Tränen zurück und wende mich ihm zu. »Nein – was denn?«

»Eine Käsesteak-Ablenkung. Das Käsesteak ist eine uralte Erfindung und besitzt große Kräfte. Die Inkas setzten es bei Gebärenden als eine Art Betäubungsmittel ein. Buddha benutzte es als Konzentrationshilfe beim Meditieren. Und die Ägypter aßen es, als sie die Pyramiden bauten. Was halten Sie von meinem Vorschlag?«

»Zwei Blocks weiter auf der linken Seite. Ein Spitzenladen. Dort gibt's eine Version mit extra viel Fett.«

»Dann ist es ein heiliger Ort.« Er schiebt den Schalt-knüppel nach vorne und fährt los.

»Ein regelrechter Schrein – für Fett.«

»Mit einem Schutzpatron von extra viel Fett?«

»Natürlich.« Er wippt mit dem Knie wie ein nervöser Schuljunge.

»Saint Al?«, sagt er.

»Waren Sie auf einer katholischen Schule oder so was?«

»Sie war der ideale Ort, um katholische Mädchen ken-nenzulernen.«

Während er den Wagen Hand über Hand um eine Kurve lenkt, male ich mir aus, wie es gewesen wäre, eines dieser katholischen Mädchen zu sein, egal, ob die Geschichte stimmt oder nicht. Ich male mir aus, wie es wäre, ihn auf einem Rücksitz zu küssen oder in der aufgeheizten Atmosphäre eines Highschool-Footballspiels. Wie war er wohl damals? Hoch aufgeschossen mit zu langen Armen und Beinen? War er tadellos frisiert? Trug er eine Jeansja-cke? Ich weiß, dass es unrecht ist. Ich dürfte nicht so den-ken. Was fällt mir ein, in dieser Weise über den erwach-senen Sohn meines Mannes nachzudenken? Was würde Freud dazu sagen?

John hält vor dem Fastfood-Laden an. »Das Heilige Land«, sagt er. »Müssen wir vor dem Essen beichten?«

Ich will nicht darüber nachdenken, was ich zu beich-ten hätte. »Lassen wir es ausfallen«, antworte ich.

Sollten wir die Generation verwirrter Männer bedauern?

Kapitel 22

Jeden Nachmittag setze ich mich eine Weile mit Elspa zusammen. Wir haben versucht, einen Plan auszuarbeiten, um Rose zurückzuholen. Ich habe Elspa als redegewandt kennengelernt und voller verblüffend weiser Einsichten – aber wenn es um ihre Eltern geht, ist es damit aus. Dann stottert sie und stammelt, zaudert und zögert und spricht in Klischees über die Schwierigkeiten der Liebe.

Sie sitzt da und spielt mit dem Reißverschluss ihres Sweatshirts oder der Spirale ihres Notizbuches, und ich gehe auf und ab und stelle Fragen, so behutsam wie ich kann, aber sie bringen mich nicht weiter.

Ich weiß, dass ihre Eltern in Baltimore leben. Elspa beschreibt sie mit harten Worten – ihre Mutter als »schroff und distanziert« und ihren Vater als »die meiste Zeit abwesend«. Sie hat mir auch eine Kurzbeschreibung von Crackhöhlen und ihren Drogenkontakten gegeben. Es steht eine Menge in ihrem Notizbuch, aber sie gibt es mir nicht zu lesen. »Es ist alles so hilflos formuliert«, erklärt sie. »Ich würde mich in Grund und Boden schämen.« Doch sie weigert sich auch, mir ihre Gedanken mündlich wiederzugeben.

Mein letzter Nachmittag als ihre Sozialarbeiterin und Therapeutin endet wie folgt:

»Sie sagten mir, Sie hätten nie etwas unterschrieben. Wie ist das Sorgerecht geregelt?«

»Formell überhaupt nicht. Es waren nie Anwälte im Spiel. Anwälte würden meinen Eltern nur Unbehagen bereiten.«

»Keine Anwälte. Das klingt gut.« Ich starte einen neuen Versuch: »Aber es wäre zusätzlich hilfreich, wenn ich ein bisschen mehr über die beiden wüsste, bevor wir sie bitten, Ihnen Ihre Tochter zurückzugeben.«

Sie nickt, schweigt jedoch.

»Fällt Ihnen denn gar nichts ein? Haben Sie keine speziellen Erinnerungen? Was ist los mit Ihnen?« Ich bin scharf geworden. In meiner Rolle als »Fremdenführerin« war ich randvoll mit Erinnerungen, und ich kann mir einfach nicht vorstellen, dass sie mir keinen einzigen Erinnerungsfetzen bieten kann. Bis jetzt hielt ich mich immer für ziemlich gut darin, Menschen Dinge zu entlocken, aber an Elspa beiße ich mir die Zähne aus.

Sie starrt zum Fenster hinaus. Eine Minute. Zwei Minuten. Als sie sich mir wieder zuwendet, laufen ihr Tränen über die Wangen, und da weiß ich, dass sie sehr wohl Erinnerungen hat. Natürlich hat sie die. Sie erstickt daran. Sie ertrinkt darin. Ich setze mich neben sie.

»Lassen Sie uns einfach hinfahren«, sage ich. »Sie rufen sie an und erklären ihnen, dass Sie sie besuchen wollen. Vielleicht können Sie sich auf der Fahrt dazu durchringen, mir zu helfen, Ihnen zu helfen. Abgemacht?«

Sie nickt.

»Wir tun einfach unser Bestes.«

Sie nickt.

»Okay«, sage ich. »Dann haben wir jetzt einen Plan. Keinen tollen Plan, aber besser als gar keinen.« Ich stehe auf.

»Warten Sie.«

»Was ist?«

»Können wir es bald tun? Ich meine, wirklich *bald*? Ich bin mit meinen Nerven am Ende. Es ist einfach zu viel. Ich muss wissen, ob es klappt ...«

»Okay, okay. Rufen Sie an. Fragen Sie, wann wir kommen dürfen.«

Sie stößt einen tiefen Seufzer aus, fährt sich mit den Zeigefingern über die Lider und mit dem Handrücken über die Nase. »Ja, das mache ich. Ich glaube, ich bin bereit.« Sie sieht mich an. »Ich bin bereit.«

Ich gehe in die dämmrige Küche. *Bin* ich *bereit?* Für all das? Ich fühle mich völlig überfordert. Auf der Suche nach etwas Tröstendem öffne ich den Kühlschrank. Wird es mir gelingen, Elspa zu helfen, ihre Tochter zurückzubekommen? Wer *ist* Elspa? Habe ich für den Sohn meines Mannes eine Führung durch das Leben seines Vaters veranstaltet, weil ich möchte, dass er den Mann kennenlernt, bevor er stirbt – oder tue ich es für mich? Was ist mit meinen Jeansjacken- und Highschool-Football-Phantasien?

Im Kühlschrank stehen nur ein paar Light-Joghurts. Ich mache den Tiefkühler auf und fahre schweres Geschütz auf: einen Liter Triple-Chocolate von Häagan Dazs.

Als ich mich umdrehe, sehe ich meine Mutter an der Theke sitzen, vor sich eine Kompottschale Eiscreme.

»Du auch?«, fragt sie.

»Ja. Ist alles nicht so einfach im Moment.«

»So ist das oft.« Graziös löffelt sie ihr Eis. Sie isst *immer* graziös, lädt sich nie zu viel auf den Löffel und spitzt jedes Mal die Lippen. »Das Leben kommt in Wellen. Wie geht's Elspa?«

»Sie ist bereit, denke ich«, antworte ich vage und lade mir meine Schale voll. »Hast du mir beigebracht, Menschen zu motivieren?«

»Ich habe dir *alles* beigebracht.«

»Aber manche Dinge weigerte ich mich zu lernen.«

»Meinst du?«

»Ich *meine* es nicht – ich *weiß* es.«

»Wir sind gar nicht so verschieden.«

Ich setze mich zu ihr und seufze. »Bitte nicht wieder diese Diskussion.«

»Einen Unterschied gibt es allerdings«, sagt sie.

»Nämlich?«

»Du bist großzügiger als ich.«

»Das finde ich nicht. Immerhin hättest du Artie längst verziehen. Diese Form der Großzügigkeit bringe ich nicht.«

»Das mag sein – aber ich verrate dir ein Geheimnis: Ich hätte Artie verziehen, weil es einfacher wäre.«

»Einfacher?«

»Auf lange Sicht zumindest. Kämpfen ist bedeutend anstrengender als nachgeben. Außerdem bin ich dir gegenüber im Vorteil: Zu *meiner* Zeit *erwarteten* wir von den Männern, schwach zu sein, uns zu betrügen. Und wir erwarteten, ihnen verzeihen zu müssen. So gesehen hatten wir Glück.«

»Glück würde ich das nun wirklich nicht nennen.«

»Ihr heutigen Frauen habt *hohe* Erwartungen. Ihr wollt einen gleichberechtigten Partner. Die Frauen meiner Generation wussten, dass Männer nie gleichberechtigte Partner sein können. In den wichtigsten Dingen sind wir stärker. Geh in irgendein Pflegeheim. Wer arbeitet da? Frauen. Fast nur Frauen. Warum?«

»Wegen des Krieges?«

»Okay – das ist ein Argument. Aber letztendlich sind es Frauen, weil sie mehr aushalten. Wir haben mehr innere Stärke, und all die Jahre, die Männer sich für überlegen hielten, konnten sie das nur tun, weil wir es ihnen erlaubten – weil sie schwach sind. Und dann kam die Woman's Lib daher. Versteh mich nicht falsch, ich bin für die Frauenbewegung – aber sie haben die ganze Scharade ruiniert.«

»Es war eine schlechte Scharade«, finde ich.

»Sie hatte ihre Schwächen, ich weiß. Und Artie – nun, er gehört der Generation zwischen uns an, der Generation verwirrter Männer, für die nichts mehr galt, was sie in ihrer Kindheit gelernt hatten. Auf einmal sollten sie völlig neue Fähigkeiten erwerben. Zuhören. Einfühlsamkeit. Zärtlichkeit. Geduld beim Shoppen, Interesse an Inneneinrichtung. Sie sind wirklich arm dran.«

»Mir tun sie nicht leid.«

»Was ich mit all dem sagen will, ist dies: Wir erwarteten nicht viel von den Männern, und so war es leichter für uns, wenn sie uns enttäuschten. Und es war leichter, ihnen zu verzeihen.«

»Aber sie verdienen nicht, dass ihnen verziehen wird. Nicht immer. Mein Vater verdient es *nicht*.«

»Dein Vater«, sie hebt ihren Eislöffel, wie um ihre Worte zu unterstreichen, »war, wie er war. Wie könnte man ihm das nicht verzeihen?«

»Ich tue es nicht«, erkläre ich entschieden. »Ich nehme ihm noch immer übel, dass er uns verlassen hat.«

Sie lehnt sich zu mir herüber. »Achte darauf, dass du dem richtigen Mann das richtige Verbrechen übel nimmst.«

»Was soll das heißen?«

»Du weißt, was es heißt.«

»Nein, tue ich nicht.«

»Schuld ist nicht übertragbar. Du kannst nicht einen Mann für die Verbrechen eines anderen bezahlen lassen.« Sie kratzt das letzte Eis aus ihrer Schale. »In China machen sie das, wie ich gehört habe, aber wir sind hier in Amerika.«

»In China?«

»Ja.« Sie steht auf und trägt ihre Schale zum Spülbecken. »In China erbt der Sohn die Verbrechen des Vaters. Das ist wahr! Noch ein Grund, warum ich gerne Amerikanerin bin. Hier herrscht Fairness.« Sie spült ihre Schale aus. »Du solltest etwas von meiner Generation lernen. Und versuche, nicht Väter mit Söhnen zu verwechseln.« Sie geht zur Tür. »Heute schlafe ich mal zu Hause.« Als sie in die Hände klatscht, kommt Bogie auf sie zugeschlittert. Sie nimmt ihn auf den Arm.

Ich bin noch bei ihrem Satz: *Versuche, nicht Väter mit Söhnen zu verwechseln.* Will sie mir damit etwas sagen? Das ist auch so was bei den Frauen ihrer Generation – sie sagen Dinge, ohne sie auszusprechen. Zwischen den Zeilen gewissermaßen. Fragt sie sich, wie meine Nachmittage mit John Bessom ablaufen? Meine Mutter misstraut Männern und Frauen, die miteinander allein sind, grundsätzlich. Vielleicht ist auch das generationsbedingt.

Wenn es eine Generation
verwirrter Männer gibt,
gibt es dann auch eine
Generation verwirrter
Frauen?

Kapitel 23

Ein paar Tage später fahre ich mit John zu der Stelle am Schuylkill River, wo Artie mir den Heiratsantrag gemacht hat. Sie ist eine ganz normale Station der Tour d'Artie, aber mir ist ein bisschen unbehaglich zumute. Noch immer verfolgt mich die Ermahnung meiner Mutter, ich solle versuchen, nicht Väter mit Söhnen zu verwechseln, und ebenso nachhaltig hat sich ihre Bemerkung in mir festgesetzt, dass Verbrechen nicht übertragbar sind. Worauf spielte sie da an? Natürlich könnte ich sie fragen, doch ich fühle mich einem weiteren Gespräch mit ihr im Moment nicht gewachsen.

John und ich sehen den Booten zu, die, von ihren Mannschaften mit rhythmischen Ruderschlägen vorangetrieben, durch das Wasser gleiten. Eine warme Brise weht vom Fluss herauf.

Jetzt sollte ich eigentlich die Story des Antrags bringen, aber aus irgendeinem Grund stecke ich fest. »Ich weiß nicht, wie ich anfangen soll«, gestehe ich, als mein Schweigen langsam peinlich wird.

»Zu welcher Jahreszeit war es denn?«, bietet er mir einen Einstieg an.

»Im Winter. Die Ufer waren vereist.«

Offenbar merkt er mir an, wie schwer ich mich tue, denn er sagt: »Sie *müssen* das jetzt nicht erzählen.«

»Wer ist Ihrer Meinung nach emotional gesehen das stärkere Geschlecht – Männer oder Frauen?«

»Frauen«, antwortet er, ohne zu zögern.

»Sagen Sie das, weil Sie denken, dass ich es hören will?«

Er schaut mir geradewegs in die Augen. »Nein.«

»Spüre ich da einen Hauch von Herablassung?«

Er macht schmale Augen. »Stellen Sie Fangfragen? Wie *soll* ich denn antworten?«

»Gehören Sie zu der Generation verwirrter Männer?«, frage ich mit einer fahrigen Handbewegung.

»Ist nicht *jede* Generation von Männern verwirrt? Ist das nicht unser Warenzeichen?«, gibt er mit schief gelegtem Kopf zurück. Er gewinnt dieses Streitgespräch, indem er ihm einen entwaffnend ironischen Tenor verleiht.

»Sie tun es schon wieder«, bemerke ich.

»Was?«

»Mir sagen, was ich Ihrer Ansicht nach hören will.«

Er schaut sinnend vor sich hin, als erforsche er seine Motive. Dann sagt er: »Ich wusste nicht, dass es so was wie die ›Generation verwirrter Männer‹ gibt. Stand das im *New York Times Magazine?*«

»Den Begriff hat meine Mutter erfunden.«

»Oh. Na dann.« Er räuspert sich. »Wenn ich es recht bedenke, gehöre ich der Generation verwirrter Männer wohl an«, meint er. »Ich bin fast immer verwirrt, und ich finde, dass Frauen nicht dazu beitragen, die Verwirrung zu lichten. Ist das eine befriedigende Antwort?«

Ich nicke. »Es war keine faire Frage.«

»Aber hey – Ihre Mutter sollte einen Artikel fürs *New York Times Magazine* schreiben. Ihr Schlagwort ist schon die halbe Miete.«

»Ich werde es ihr ausrichten.« Ich mache eine ausladende Handbewegung. »Wir befinden uns hier an einer Station der Tour d'Artie. Stellen Sie mir Fragen dazu.«

»Keine mehr über den Kampf der Geschlechter?«

»Nein.«

»Okay.« Er steckt die Hände in die Taschen, schaut auf seine Füße hinunter und dann wieder zu mir. »War Arties Antrag geprobt oder spontan?«

Natürlich hatte ich damit gerechnet, dass diese Reise durch Arties und meine gemeinsame Vergangenheit Gefühle in mir auslösen würde, und das tut sie auch – aber anders als erwartet. John hängt regelrecht an meinen Lippen, wenn ich ihm von Artie erzähle, und ich habe den Eindruck, dass einiges von dem, was er über seinen Vater erfährt, sein Herz anrührt. Und ich empfinde es irgendwie als Erleichterung, meine Erinnerungen mit jemandem teilen zu können.

»Er wirkte spontan, aber Artie probte wichtige Auftritte grundsätzlich. Er schaffte den Aufstieg, indem er sich eine gewisse glatte Fassade zulegte. Manchmal konnte ich hinter diese Maske schauen, manchmal nicht.«

»Wenn es bei mir mal so weit ist, möchte ich der Frau meine lebenslange Liebe nicht in einer auf Wirkung abzielenden Weise erklären. Ich möchte kopflos sein, überwältigt.« Er schaut auf den Fluss hinaus. Der Wind spielt mit seinem Hemd.

»Sie haben recht. Ohne Maske. Einfach ehrlich. Artie reihte einen unehrlichen Moment an den anderen, beging zahllose Vergehen.«

John sieht mich verwirrt an.

»Vergehen gegen Herzen.« Ich zucke mit den Schultern. »Und vielleicht kumulierten diese vielen Vergehen am Ende zu einem Verbrechen.«

»Was meinen Sie damit?«, fragt John, aber ich drehe mich wortlos um und gehe zum Wagen zurück.

Wir fahren zu Arties Lieblingsdiner Manilla's, einem schäbigen Imbiss in St. David, und setzen uns in eine Ecknische. »Artie liebte dieses Lokal«, erzähle ich John. »Er kam her, wenn er nachdenken wollte.«

»Er kam *hierher,* um nachzudenken?«

»Er fand es gemütlich.«

Wir bestellen typische Diner-Kost – fettig, süß, sahnig. Unsere Finger und Lippen beginnen zu glänzen.

Ich tunke ein Pommes-Stäbchen in einen Schokoshake und sage: »Erzählen Sie mir etwas von sich.«

»Ich wuchs auf, wie Jungs eben aufwachsen – mit den Pfadfindern, mit verlorenen Spielen in der Little League und mit knausrigen Kunden auf meiner Zeitungsausfahrer-Tour. In Ermangelung brauchbarer Vorbilder schöpfte ich meine Informationen über Frauen und Liebe und Sex aus nicht gerade empfehlenswerten Quellen. Mein Leben war nichts Besonderes.«

Plötzlich wird mir bewusst, dass ich so gut wie nichts über ihn weiß – sowohl aus seiner Vergangenheit als auch aus seiner Gegenwart. Es hat schon viele Momente gegeben, in denen es sich geradezu angeboten hätte, etwas von sich zu erzählen, aber er hat es nie getan. Stattdessen stellt er Fragen über Artie, über mich und über unser gemeinsames Leben.

Vielleicht ist er ja nur bescheiden. Ich starte einen neuen Versuch. »Erzählen Sie mir eine Geschichte aus Ihrer Kindheit.«

»Was für eine?«

»Egal. Irgendeine.«

Er überlegt. »Eine Geschichte aus meiner Kindheit. Irgendeine. Egal. Okay … Hier ist eine kleine Geschichte über einen Mann namens Jed. Er konnte seine Familie nur mit Müh und Not ernähren. Aber eines Tages, eines glücklichen Tages, schoss er auf einen potenziellen Braten …«

»Und aus dem Boden blubberte, lassen Sie mich raten … Öl?«

Er nickt. »Richtig. Schwarzes Gold. Texas-Tee. Sie kennen die Story?«

»Sie kommt mir bekannt vor. Haben Sie mal eine Drei-stundenfahrt auf einem winzigen Schiff namens *Minnow* gemacht?«

»Ja – und Sie sollten wissen, dass ich mich nicht in Ginger verliebte. Mary Ann war meine Favoritin.«

»Ich glaube, man kann Männer in zwei Kategorien einordnen – in diejenigen, die sich in Ginger verlieben, und diejenigen, die sich in Mary Ann verlieben.«

»Und es gibt noch eine dritte Kategorie: diejenigen, die sich in den Kapitän verlieben«, fügt er hinzu. »Das ist eine ganz spezielle Spezies.«

»Allerdings«, stimme ich zu. »Guter Gedanke.« Ich bin enttäuscht, dass er sich nicht geöffnet hat, aber die Hauptsache ist schließlich, dass er bei der Stange bleibt. Er ist hier, um etwas über seinen Vater zu erfahren. Warum sollte er etwas von sich preisgeben? Das ist nicht Teil des Deals. Ich dränge nicht weiter.

Außerdem kann ich ihm seine Schweigsamkeit nicht ernsthaft verübeln. Schließlich überspringe ich noch immer intime Details – wie den ersten Kuss in dem begehbaren Herzen –, wobei ich nicht genau weiß, warum. Empfände ich es als Verrat, zu viel preiszugeben? Oder will ich nicht, dass John erkennt, wie weich mein Kern noch immer ist, was Artie angeht? Falls ja, wieso? Weil ich nicht bereit bin, ihn zu zeigen, weil ich fürchte, dass ich dann nie wieder die harte Schale darum schließen kann? Oder will ich nicht, dass John erfährt, wie sehr ich Artie noch immer liebe oder wie sehr ich fürchtete, nie über ihn hinwegzukommen? Es ist okay, John attraktiv und charmant zu finden. Schließlich *ist* er beides. Aber flirte ich nicht mit ihm (vielleicht auf eine instinktive Weise, die ich nicht kontrollieren kann), wenn ich nicht erkennen lasse, wie tief meine Liebe für Artie geht – flirte, indem ich verschweige?

Ich habe ihm nicht die Wahrheit über Artie gesagt.

Nicht die ganze. Er weiß jetzt von Arties Frauengeschichten – er hat die Sweetheart-Parade mitbekommen –, aber meine Geschichte kennt er nicht. Ebenfalls ein schuldhaftes Verschweigen.

Ich beschließe, reinen Tisch zu machen, und platze heraus: »Artie hat mich betrogen. Ich verließ ihn. Als ich erfuhr, wie krank er ist, kam ich zurück. Ich war sechs Monate weg.«

»Ich dachte mir schon, dass etwas nicht stimmt«, sagt er. »Warum hätten Sie sich sonst im Gästezimmer eingerichtet?«

»Es macht alles komplizierter.«

Er stützt die Ellbogen auf den Tisch und beugt sich weit zu mir vor. »Menschen sind kompliziert«, sagt er leise, als gestehe er mir einen seiner Charakterfehler. In seinen Augenwinkeln zeichnen sich die ersten Fältchen ab, und er kommt mir aus der Nähe größer vor. Muskulöser. Und wieder stelle ich ihn mir als Teenager in einer Jeansjacke vor. Was wäre gewesen, wenn sich unsere Wege damals gekreuzt hätten? Was hätten wir voneinander gehalten? Erschrocken lehne ich mich zurück, gehe auf Distanz. Ich ärgere mich über mich, dass ich ihn im Geist wieder so gesehen habe – als hätte ich einer Schwäche nachgegeben.

»Sie sind noch nicht sesshaft geworden«, wechsle ich das Thema. »Wie alt sind Sie – dreißig? Sie hätten doch längst jemanden finden können und eine Bindung eingehen. Ich meine, es muss doch Frauen gegeben haben …« Ich stammle. Es kommt alles aggressiver heraus als beabsichtigt, aber ich höre nicht auf. »Ich meine, Sie sind ein charmanter Mann, ähnlich wie Artie, und wenn …«

»Wenn was? Wenn der Apfel nicht weit vom Stamm fällt – wollen Sie *darauf* hinaus? Vielleicht habe ich einfach noch nicht die Richtige gefunden. Welcher Aspekt der Tour d'Artie ist das genau?« Er ist verärgert.

»Ich möchte einfach, dass Sie von seinen Fehlern erfahren.«

»Damit ich sie nicht wiederhole.«

Ich nicke.

»Weil ich *ein charmanter Mann* bin …«

Ich wünschte, ich hätte das nicht gesagt, aber da ich es nun einmal getan habe, nicke ich widerstrebend. Ich sehe John als jemanden, der vielleicht Quittungen frisiert und mit Fonds mauschelt, aber nicht als regelrechten Dieb. Ich glaube, dafür hätte er nicht den Mumm.

Nichtsdestoweniger traue ich ihm kleine Betrügereien durchaus zu.

»Ich habe keinerlei Ähnlichkeiten mit Artie Shoreman«, erklärt er nachdrücklich. »Und Sie kennen mich wirklich nicht gut genug, um eine solche Parallele zu ziehen.« Ich habe ihn beleidigt. Eine Weile sitzen wir schweigend da. Er beißt ein paarmal von seinem Sandwich mit gebratenem Speck, Salat und Tomate ab und schiebt es dann weg. »Möchten Sie vielleicht über das sprechen, was im Moment vorgeht? Mit Artie?«

»Wie bitte?«

»Wir haben uns bisher nur in der Vergangenheit bewegt, uns brav an die Tour d'Artie gehalten – aber wenn Sie über die Gegenwart reden wollen, ist das okay. Immerhin machen Sie im Moment allerhand durch. Wir können von der Reiseroute abweichen. Sie können Ihr Fremdenführerabzeichen abnehmen, aufhören, mir die Sehenswürdigkeiten zu zeigen.«

»Ich habe kein Fremdenführerabzeichen«, erwidere ich ablehnend.

»Okay«, sagt er. »Auch gut. Dann halten wir uns an den Plan.« Er lässt den Blick durch den Diner wandern, seufzt und schaut mich an. Eindringlich. Als wolle er sich mein Gesicht einprägen, hier, in diesem Imbiss, in diesem Moment. Ich habe keine Ahnung, wie ich aussehe. Ver-

wirrt, nehme ich an. Gibt es auch eine Generation verwirrter Frauen? Gehöre ich dazu?

»Ich verstehe, dass Artie dieses Lokal mochte.« John
nimmt eine Serviette und tupft mir etwas von der Wange.
Ketchup? Schokoshake? »Dieser Diner ist Kunst – er
weiß es nur nicht.«

»Das ist die beste Art Kunst«, sage ich.

Und er nickt.

Sind alle Männer Mistkerle?

KAPITEL 24

Ich habe mir angewöhnt, mich abends an Arties Bett zu setzen und über seinen Schlaf zu wachen. Und so gehe ich auch heute Abend die Treppe hinauf.

Ich wünschte, ich könnte tagsüber zu ihm kommen wie seine hübsch angezogenen Ex-Sweethearts, um ihn anzuhimmeln oder anzuschreien, doch ich fürchte mich ebenso vor meiner Wut wie vor den plötzlichen Anfällen von Liebe zu Artie (und den plötzlichen Anfällen der Schwäche, die ich für John habe). In beiden Fällen habe ich das beängstigende Gefühl, völlig außer Kontrolle zu sein. Aber wenn Artie schläft, kann ich empfinden, was immer ich will. Ich muss nicht *entscheiden,* was ich empfinde. Ich muss nicht *entscheiden,* ob Artie gerade Wut oder Zärtlichkeit verdient. Ich muss *gar nichts* entscheiden.

Doch als ich nach meinem Tag mit John Bessom und meiner Erkenntnis, dass ich zu der Generation verwirrter Frauen gehöre, die Schlafzimmertür öffne, erschrecke ich. Zwei mit einem Tank, der in der Ecke vor sich hin summt, verbundene Sauerstoffschläuche führen über Arties Ohren zu dem Nasenstück. Sein mir zugewandtes Gesicht sieht grau aus, die Haut schlaff. Ich stürze auf ihn zu, als könne ich ihn aus diesem neuen Zustand erretten, die Schwächung seines Körpers aufhalten. In meiner Hast stolpere ich und fange mich erst direkt vor seinem Bett.

Er schlägt die Augen auf. »Du bist hier«, sagt er.

»Oh, Lucy, Sie sind hier«, höre ich eine Stimme hinter mir. Elspa. Sie tritt neben mich.

»Was ist passiert?«, frage ich.

»Es war schrecklich.« Elspa sieht erschöpft aus. Mit zitternder Hand packt sie mich beim Arm.

»Es war nicht schrecklich«, widerspricht Artie. »Es war gut.«

»Ihre Mutter hat Ihnen Nachrichten auf Ihrem Handy hinterlassen und einen Zettel an die Tür geklebt«, sagt Elspa. »Haben Sie ihn nicht gesehen?«

Ich schüttle den Kopf. »Was ist passiert?« *Während ich unterwegs war, während ich dich allein gelassen habe,* füge ich im Stillen hinzu.

»Das war schon lange fällig«, erklärt Artie sachlich. »Gehört alles zum Prozess.«

»Zum Prozess«, wiederhole ich leise. Artie wird irgendwann an Herzmuskelschwäche sterben. Er hat eine akute Herzmuskelentzündung, hervorgerufen durch den Coxsackie-Virus. Die kalte Medizinersprache ist mir ein Gräuel, und ich habe darauf verzichtet, mir seinen Zustand im Detail erklären zu lassen, aber ich weiß, dass sein Herz geschädigt ist. Seine Förderleistung ist zu gering, es kommt zu Stauungen im Kreislauf, Flüssigkeit sammelt sich an, die die Lunge überschwemmt, und irgendwann wird er nicht mehr atmen können – trotz der Sauerstoffzufuhr.

Er bekommt Morphium gegen die Schmerzen in seiner Brust, aber das schwächt ihn zusätzlich. Irgendwann ertrinkt er innerlich. Das ist die Wahrheit, und ich ertrage sie nicht.

»Ich komme mir vor wie Michael Jackson mit seiner Reine-Luft-Besessenheit, aber ohne seine sonstigen Abartigkeiten und ohne sein Talent«, scherzt Artie.

»Das ist nicht komisch.«

»Oder wie in einer Sauerstoff-Bar.« Er lächelt. »Tu so, als wären wir in einer Bar.«

Ich nicke. »In einer Bar.«

»Ich lasse Sie beide ein Weilchen allein«, sagt Elspa.

»Ist sein Zustand jetzt stabil?«, frage ich ängstlich. »Ist alles okay?«

»Es geht ihm gut«, beruhigt sie mich. »Falls etwas ist – der Pfleger sitzt unten. Er hat einen Summer installiert.« Sie deutet auf ein ans Kopfkissen angeklemmtes Gerät mit einem roten Knopf.

»Danke, Elspa.«

Sie lächelt und verlässt das Zimmer.

»Warum besuchst du mich nie tagsüber?«, fragt Artie. »Wir sollten mehr miteinander reden.«

Ich setze mich in den Lehnstuhl und versuche, gelassener zu wirken. »Du bist ein vielbeschäftigter Mann. Der Warteraum ist immer voll mit Besucherinnen.«

»Nur, weil du es so eingerichtet hast«, gibt er zu bedenken. »Meidest du mich?«

Plötzlich klingt er wieder wie der alte Artie – ohne jede Schwäche in der Stimme.

Auch ich bemühe mich, meine Rolle zu spielen. »Ja, das tue ich wohl.«

Stille.

»Wie ich hörte, wirst du Elspa helfen, ihre Tochter zurückzubekommen«, bricht er das Schweigen schließlich. »Das ist sehr nett, was du da für sie tun willst.«

»Hat *sie* es dir erzählt?«

»Sie besucht mich, wenn ich *wach* bin.«

Ich antworte nichts.

»Sie ist nicht robust«, setzt er hinzu. »Ich hoffe, es klappt.«

»Sie ist robuster, als du glaubst.«

Wieder tritt Stille ein, aber es ist, als spukten die Sweethearts darin, die während des Tages hier ein und aus gingen. Unheimlich. »Was sagen sie zu dir, wenn sie dich besuchen?« Ich ziehe die Knie an die Brust.

»Es ist merkwürdig.«

»Inwiefern?«

»Etwas taucht immer wieder auf, jedes Mal in einem anderen Gewand, aber doch deutlich zu erkennen.« Er überlegt einen Moment. »Wie nennt man das? Variationen eines Themas?«

»Und was *ist* das Thema?«

»Wenn sie mich nicht abgrundtief hassen, dann ist das Thema, dass ich versucht habe, sie zu retten, zu heilen. Und dass ich ihnen half, obwohl ich sie betrog. Mich gekannt zu haben, hat ihr Leben verbessert, auch wenn ich es im Lauf des Prozesses für eine Weile schlechter machte.«

»Und wenn sie dich hassen?«

»Dann sagen sie, dass ich versuchte, sie zu heilen oder zu ändern, und ihnen ein Versprechen gab – und dieses Versprechen habe ihr Leben verbessert. Sie fühlten sich dadurch zum Beispiel sicherer. Und wenn ich sie enttäuschte oder betrog, hatten sie am Ende zwei Probleme anstatt eines Problems, oder ich verschlimmerte das eine Problem. Es ist immer kompliziert.«

»Du verschlimmertest ihr Problem?«

»Du weißt, wovon ich spreche.«

»Nein, weiß ich nicht.«

»Nun, ich habe nicht gerade dazu beigetragen, sie von ihrer Überzeugung abzubringen, dass man Männern nicht vertrauen kann. Die Variation des Themas: Alle Männer sind Mistkerle. Wenn man die Frauen gemeinsam aufnähme, hätte man einen Chor.«

Ich stehe auf. »Hast du das auch gedacht, als du mich heiratetest – dass etwas nicht stimmte mit mir? Dass ich ein Projekt für dich sein könnte – ein lebenslanges? Dass du mich retten könntest?«

Einen Moment lang hört man nur das leise Rauschen des Sauerstofftanks. »Nein«, antwortet er schließlich so leise, dass ich ihn kaum verstehe. »Ich dachte, dass *du* vielleicht *mich* retten könntest.«

Es bricht mir das Herz, das zu hören, aber es verhärtet es auch. Ich habe nirgends unterschrieben, Artie Shoreman vor sich selbst zu retten. Und er hat mir nicht gesagt, dass er gerettet werden *müsste*. Es ist extrem unfair, mir das jetzt an den Kopf zu werfen, nachdem das Kind im Brunnen liegt. »Wie hätte ich auf die Idee kommen sollen, dass du gerettet werden wolltest? Rückblickend gesehen hast du eine Farce aus unserer Ehe gemacht – und mir reichlich Gründe dafür geliefert zu glauben, dass alle Männer Mistkerle sind.«

»Ja, das habe ich. Ich weiß. Es tut mir leid … ich möchte nur …«

Ich hebe die Hand. »Stopp! Sag es *nicht!*« Ich lasse mich wieder in den Lehnstuhl sinken, schlage die Hände vors Gesicht und versuche, meine Fassung zurückzugewinnen.

»Wie ich hörte, wollt ihr euch schon bald auf den Weg machen, Elspas Tochter zu holen.«

Ich richte mich auf. »Ich kann doch jetzt nicht weg.«

»Es muss sein.«

»Es muss *nicht*. Ich war nicht hier, als du mich gebraucht hättest. Also muss ich wenigstens jetzt bei dir sein.«

»Ich kenne dich besser, als du denkst«, flüstert er.

»Was meinst du damit?«

»Ich weiß, wie du tickst. Du möchtest aus einer schlimmen Situation etwas Gutes gewinnen. Etwas Dauerhaftes. *Deshalb* möchtest du Elspa helfen. Habe ich recht?« Er lässt mir keine Zeit zu antworten. »Sag's mir nicht. Ich weiß, dass ich recht habe. Darum hast du auch meinen Sohn hergeholt.«

Er lächelt mich an. »Ich habe recht. Ich weiß es.«

»Elspa wartet schon so lange, da kann sie auch noch etwas länger warten.« Ich will ihm nicht eingestehen, dass er mich durchschaut hat. Was weiß er wohl noch über mich? Vielleicht Dinge, die ich selbst nicht weiß?

»Nein«, erwidert er, und plötzlich schwingt Angst in seiner Stimme mit. »Nein.«

»Was nein?«

»Es ist zu wichtig für sie. Es ist zu wichtig für *dich*. Dein Weg ist der richtige. Gewinne etwas Gutes aus etwas Schlimmem. Etwas Dauerhaftes.«

»Okay.«

Er sieht aus, als würde er jeden Moment in Tränen ausbrechen. »Versprich es.«

»Ich verspreche es.«

»Und jetzt geh schlafen.«

»Ich denke, ich sollte …«

»Ich liege auf dem Totenbett, also hat mein Wort ein gewisses Gewicht. Geh. Schlaf. Du bist erschöpft.«

Ich bin wirklich erschöpft. Mühsam kämpfe ich mich hoch und gehe auf die Tür zu.

»Falls ich schlafen sollte, wenn du das nächste Mal kommst, dann weck mich bitte. Gleich«, sagt er.

»Mach ich.«

»Danke, dass du mir meinen Sohn gebracht hast. Das werde ich dir nie vergelten können.«

Artie steht in meiner Schuld? Artie *steht* in meiner Schuld. Aber ich bringe es nicht über mich, *keine Ursache* zu sagen oder *gern geschehen* , denn ich fürchte, dass ich dann anfangen würde zu weinen und nicht mehr aufhören könnte. Ich verlasse das Zimmer, gehe den Flur entlang und die Treppe hinunter. In der Diele bleibe ich stehen. Auf einmal fühlt sie sich nicht wie meine Diele an. Und das Haus fühlt sich nicht wie mein Haus an. Ich schnappe mir die Autoschlüssel und öffne die Haustür. Da klebt die Nachricht meiner Mutter. Ich lese sie nicht, ich nehme sie nicht herunter. Mit schnellen Schritten steure ich auf meinen Wagen zu. Es ist eine kühle Nacht. Als ich aus der Zufahrt in die Straße einbiege, laufen mir die Tränen herunter. Ich weine – und ich hatte recht mit meiner Vermutung: Wie es scheint, kann ich nicht mehr aufhören.

KAPITEL 25

Ich stehe vor Bessom's Bedding Boutique und sehe John durchs Schaufenster auf einem der Betten liegen. Ohne ihn aus den Augen zu lassen, klopfe ich an die Tür. Er bewegt sich, setzt sich auf, reibt sich den Kopf. Als er mich sieht, erstarrt er für einen Moment. Dann erkennt er mich, springt auf, kommt den Gang heruntergelaufen, öffnet die zahlreichen Schlösser und dann die Tür.

»Sie haben mich erschreckt.« Er sieht mich genauer an – mein Gesicht muss verquollen sein, und es ist tränennass – und fragt besorgt: »Was ist los? Ist etwas passiert?«

»Wir haben es völlig falsch angefangen.« Meine Stimme klingt brüchig. »Er stirbt. *Bald.*«

John zieht mich zu sich heran und nimmt mich in die Arme. Er duftet nach frisch gewaschenen Laken und Schlaf. Behutsam führt er mich in den Ausstellungsraum und setzt mich auf ein Kojenbett mit Baseballmotiven auf dem Bezug.

»Ich kann Ihnen von der Vergangenheit erzählen, so viel Sie wollen, aber sie spielt keine Rolle«, sage ich. »Sie spielt keine Rolle, weil er stirbt – und wenn er stirbt, stirbt all das mit ihm. Ich will nicht, dass das passiert.«

Er setzt sich neben mich, legt den Arm um meine Schultern und wiegt sich leicht mit mir hin und her. »Erzählen Sie's mir trotzdem«, bittet er mich. »Erzählen Sie mir von der Vergangenheit.«

Ich schau zu ihm auf. »Aber sie spielt keine Rolle.«

»Und wenn doch?«

Ich rücke in seinem Arm etwas von ihm ab, hole tief Luft und puste sie langsam an seinem Gesicht vorbei.

»Erzählen Sie mir noch *eine* Sache.«

Ich überlege, und plötzlich sehe ich Artie in seinem Smoking am Altar stehen und mich anstrahlen. »Unsere Hochzeit«, sage ich.

»Sehr gut.«

»Artie fing zu weinen an, und prompt weinte ich auch, aber dann lachte ich plötzlich gleichzeitig, und er auch.« Wieder hole ich Luft. »Es war so ansteckend, dass schließlich alle Leute in der Kirche gleichzeitig lachten und weinten. Es fühlte sich merkwürdig an, dass einem gleichzeitig nach Lachen und Weinen zumute war.«

»Das passiert oft, wenn einen etwas tief berührt.«

Als mir gerade auffällt, wie lang und dicht seine Wimpern sind, zieht er mich wieder zu sich heran. Es tut gut, so sanft und doch so fest gehalten zu werden. Es ist lange her, dass ein Mann mich so gehalten hat. John küsst mich auf die Stirn, und ehe ich begreife, was ich tue, küsse ich ihn auf den Mund. Es ist kein langer Kuss. Kein leidenschaftlicher oder berauschender. Aber John hat einen wundervollen Mund, und er weicht nicht zurück. Und der Kuss erscheint mir nicht unrecht – nicht in diesem Moment.

Als er endet und ich die Augen öffne. Irgendwann werden die Schuldgefühle einsetzen, aber jetzt bin ich völlig ruhig.

»Wir müssen so tun, als hätten wir uns nicht geküsst«, sage ich.

»Ich hasse es, so zu tun, als ob.«

Ich stehe auf. »Aber Sie werden es tun. Mir zuliebe. Ich brauche das im Moment.«

»Okay«, sagt er. »Ich tue es – aber es wird nicht leicht.«

»Es war ja gar kein richtiger Kuss.« Genau betrachtet, ist das beinahe wahr.

»Von welchem Kuss reden Sie?«, fragt John seinem Versprechen gemäß.

Ich bedanke mich mit einem schwachen Lächeln. »Ich fahre nach Hause.«

»Meinen Sie denn, Sie schaffen das?«

»Es geht mir gut.« Und das ist nicht gelogen. Ich bin noch immer völlig ruhig. Seltsam. Ich drehe mich um und gehe zum Ausgang. Wenn ich nach Hause komme, werde ich mich zu Artie ans Bett setzen und über seinen Schlaf wachen. Vielleicht werde ich wieder weinen, vielleicht auch nicht.

Bevor ich den Laden verlasse, frage ich John: »Haben Sie auf der Highschool eine Jeansjacke getragen?«

»Ja. Ständig. Stonewashed Denim.«

»Das dachte ich mir.«

KAPITEL 26

Der Kuss läuft immer wieder in meinem Kopf ab wie eine Filmsequenz auf einer Endlosschleife, aber mit all seiner Körperlichkeit. Ich spüre Johns Lippen auf meinen, und jedes Mal flammt Hitze in meiner Brust auf und strahlt in meine Wangen aus. Ich spüle Geschirr, ich putze mir die Zähne, ich hole die Post aus dem Briefkasten – und plötzlich glüht mein Gesicht. Aber wenn ich an John als Arties Sohn denke, wird mir auf eine andere Weise heiß. War dieser Kuss vielleicht nur eine Form der Bestrafung für Artie – auch wenn er nichts davon weiß und es vielleicht nie erfährt? Wenn ich bei Artie bin – auch wenn er schläft –, fühle ich mich wie ein Verräter. Aber dann sage ich mir, dass er schließlich mit dem Verrat angefangen hat, und dann male ich mir aus, dass er dahinterkommt und mir eine Szene macht und ich ganz ruhig zu ihm sage: »Ich weiß, wie du dich fühlst.«

Die Schuldgefühle sind natürlich nicht alles. Es herrscht auch reichlich Verwirrung in mir. Was bedeutete dieser Kuss? Entstand er nicht nur aus einem Augenblick der Traurigkeit und Hilflosigkeit? Muss man ihn mit all dem ausschmücken, was ein Kuss mit sich bringt? War es ein richtiger Kuss? Ich beschließe, mich nicht länger damit zu befassen, und verbanne ihn in einen entlegenen Winkel meines Kopfes.

Am nächsten Morgen speise ich John mit Ausreden ab, um die Tour d'Artie nicht machen zu müssen, wobei ein Argument fadenscheiniger ist als das andere. Als ich schließlich damit komme, mir Schuhe kaufen zu müssen, stellt John mich. »Das denken Sie sich doch nur aus. Sie kneifen. Brechen Sie die Tour d'Artie ab?«

Hat er überhaupt keine Schuldgefühle? Fehlt Männern das Schuldgefühl-Gen? »Warum nennen Sie ihn eigentlich Artie?«, frage ich. »Wann werden Sie Vater zu ihm sagen?«

»Sie beantworten meine Frage nicht«, insistiert er. »Sie weichen aus.«

»Sie beantworten *meine* Frage nicht«, gebe ich zurück. »*Sie* weichen aus.« Wir weichen *beide* aus.

»Es ist okay, wenn Sie die Tour abbrechen. Ich möchte nur Bescheid wissen.«

»Okay. Dann wissen Sie jetzt Bescheid.«

»Okay.«

»Okay, okay.«

Wie jeden Nachmittag, wenn wir nicht gemeinsam unterwegs sind, ist er auch heute zu Artie gekommen, und ich war lange beim Einkaufen, um ihm nicht mehr zu begegnen, aber als ich mit Tüten beladen zur Küche will, stoße ich im Flur fast mit ihm zusammen.

»Sie sind ja noch hier«, sage ich.

»Ihre Mutter hatte mich eingeladen, zum Abendessen zu bleiben.« Er nimmt mir eine Tüte ab. »Lassen Sie mich das tragen.« Er nimmt noch eine und noch eine, bis meine Hände leer sind. Durch die offene Tür sehe ich Elspa, Eleanor und meine Mutter in der Küche herumwirtschaften.

Ich packe ihn beim Arm. »Ich habe Sie nicht gemieden«, flüstere ich. »Ich meine, ich freue mich, Sie zu sehen. Ich war nur ...«

»Unterwegs, um mich nicht sehen zu müssen«, sagt er. »Das ist okay. Ich verstehe das.«

Er geht in die Küche, und ich folge ihm. Die Frauen

spannen Frischhaltefolie über Schüsseln mit Essensresten, spülen Geschirr und reden alle gleichzeitig. John und die Einkaufstüten gehen in der Szenerie auf. Ich stehe in der Tür und beobachte die Menschen in meiner Küche mit einer seltsamen inneren Ruhe – Elspa, Eleanor, meine Mutter und John. Und dann entdecke ich Bogie. Er liegt bäuchlings in einer Ecke und schläft tief und fest. Und auch was John angeht, der mich jetzt immerhin schon zweimal bei Ausweichmanövern ertappt hat, bin ich merkwürdig ruhig – jedenfalls soweit das möglich ist mit dem in der hintersten Ecke meines Kopfes lauernden Kuss.

Ich beschließe, mich zu ihnen zu gesellen, hole mir ein Glas aus dem Schrank und schenke mir Wein ein.

Eleanor will über Arties Verhalten sprechen. »Glauben Sie, dass es funktioniert?«, fragt sie. »Diese Frauen übermitteln ihm eine Botschaft, oder? Er war ein Serienseitenspringer. Wie lange kann er das noch leugnen?«

»Wie war Ihre Geschichte mit Artie noch mal?«, fragt John. »Ich weiß nicht mehr, ob ich sie schon kenne.«

Sie winkt ab. »Ich war nur eine von vielen für ihn.«

In meiner Abwesenheit war der Arzt da und hat eine langsame Verschlechterung festgestellt. Meine Mutter ist noch immer ganz aufgeregt von dem Gespräch mit ihm, in dessen Verlauf sie ohne ersichtlichen Grund seine Hand berührte. Als John ein Glas aus der Geschirrspülmaschine holt, läuft sie hektisch hin und fängt an, sie auszuräumen. »Der Doktor hat eine wundervolle Art, mit Patienten umzugehen«, schwärmt sie. »Sehr beruhigend.«

Ihre Begeisterung für den Arzt gehört nicht zu dem Plan, den ich für sie habe. »Weißt du noch – du sollst versuchen, mehr du selbst zu sein«, erinnere ich sie.

»Sprich nicht in Rätseln, Liebes«, sagt sie zu mir. »Niemand versteht, wovon du redest.«

»Ich schon«, meldet sich Elspa zu Wort.

Meine Mutter seufzt. »Es muss generationsbedingt sein.«

Elspa wendet sich John zu. »Sie haben Artie heute Abend für die Nacht zugedeckt. War das merkwürdig für Sie, Ihren Vater zuzudecken?«

»Ja, ein wenig schon. Ich stellte mir vor, wie er es bei mir getan hätte, als ich noch ein Kind war.«

»Interessant, wie die Rollen manchmal vertauscht werden.« Meine Mutter sieht mich an. »Irgendwann kann das Kind die eines Elternteils übernehmen, wenn man nicht aufpasst.«

»Und der Lover kann zum Feind werden«, setzt Eleanor leise hinzu.

»Ich blicke noch immer nicht durch.« John hat sich einen Scotch eingeschenkt und setzt sich hin. »Wann waren Sie mit Artie zusammen? Vor Jahrzehnten oder erst kürzlich?«

»Nun, die Situation war anders als bei Elspa«, antwortet Eleanor, womit sie, wie ich vermute, sagen will, dass sie keine der Frauen war, die Artie während unserer Ehe hatte. Plötzlich wird mir bewusst, dass ich Eleanor nie als einen seiner Seitensprünge gesehen habe, und auf eine seltsame Art finde ich das nicht fair. Liegt es daran, dass sie älter ist? Oder an ihrem Bein? Nein, so ein Mensch bin ich nicht! »Bitte nicht beleidigt sein, Elspa und Lucy.«

»Bin ich nicht«, sagt Elspa, und sie meint es so. Sie sitzt mit übereinandergeschlagenen Beinen auf einem Hocker an der Frühstückstheke und isst Eis.

»Ich auch nicht«, schließe ich mich mit etwas weniger Nachdruck an.

Ich beschließe, mir auch ein Eis zu holen, und gehe auf dem Weg zum Tiefkühler an meiner Mutter vorbei. »Spiel nicht die Dumme«, flüstere ich ihr zu, womit ich auf meine Bemerkung anspiele, sie solle versuchen, mehr sie selbst zu sein. »Du weißt genau, was ich meine.«

Sie schaut mich einen Moment verdattert an, dann lächelt sie und zuckt mit den Schultern. »Ich nix sprecken Ihre Sprecke«, quakt sie und bewegt ihre Finger dazu wie einen Entenschnabel.

John ist noch nicht fertig mit Eleanor. »Waren Sie auch bei ihm und haben ein Grundsatzgespräch mit ihm geführt wie die anderen Frauen?«, fragt er.

»Diese Genugtuung würde ich ihm nie geben.« Ihr Ton ist schroff, und sie verschränkt die Arme.

»Aber wenn Sie es täten – was würden Sie ihm dann sagen?«

Wir alle drehen uns zu Eleanor, und während ich mit meiner Schale und dem Häagen-Dazs-Becher in den Händen dastehe, dämmert mir, dass ich Eleanor keinen Augenblick als Bedrohung empfunden habe. Artie kann sie offensichtlich nicht ausstehen. Aber jetzt frage ich mich, warum sie überhaupt gekommen ist. Was steckt dahinter? Wann ist ihr Mann, der Kieferorthopäde, gestorben? Wann hat sie Artie gut genug kennengelernt, um ihn derart zu hassen? Offen gestanden habe ich ihren Hass bewundert.

Er erschien mir so rein und aufrichtig, während meiner kompliziert ist wie ein Heckenlabyrinth.

Eleanor schaut uns defensiv an, als hätten wir sie angeklagt, und dann antwortet sie: »Ich bin die Frau – die Witwe –, die Artie sitzen ließ, als er Lucy traf.« Ihr Blick huscht zu mir und gleich wieder weg. Sie setzt sich an die Frühstückstheke.

In der nachfolgenden Stille überlege ich, wie ich reagieren soll. Ich hatte keine Ahnung, dass Artie mit jemandem zusammen war, als wir uns kennenlernten. Ich hatte keine Ahnung, dass er meinetwegen einer Frau den Laufpass gegeben hat. »Eleanor«, sage ich unbeholfen, »es tut mir so leid.«

»Sorry«, murmelt John. »Ich wollte nicht ...« Zerknirscht wirft er mir einen Blick zu. Vielleicht gilt seine Entschuldigung ebenso mir wie Eleanor. Im nächsten Moment vergesse ich diese Überlegung, denn als unsere Augen sich begegnen, ist plötzlich der Kuss da. Er ist hartnäckig. Aber gleichzeitig sehe ich Eleanor und Artie als Paar vor mir, und ich begreife: Das intensive Gefühl der beiden füreinander, das sich jetzt als Wut äußert, war früher einmal etwas anderes.

»Ist schon okay«, winkt Eleanor ab. »Ich gebe Ihnen nicht die Schuld.« Sie wischt mit einem Geschirrtuch die Arbeitsfläche ab, und wieder weiß ich nicht, wen sie da freigesprochen hat. John Bessom, der das Thema angeschnitten hat? Oder mich, die ihr Artie weggenommen hat? »Es ist lange her. Ich sollte inzwischen darüber hinweg sein.«

»Es muss ernst gewesen sein«, sagt meine Mutter, und ich wünschte, sie hätte es *nicht* getan.

»Wir sprachen von Hochzeit«, bestätigt Eleanor. »Er nannte mich seinen Antrieb. Er sagte, ich wäre ideal für ihn – eine Frau in seinem Alter, die ihn verstünde.« Sie zuckt mit den Schultern. »Aber dann änderte er seine Meinung.«

Ich bin wie vor den Kopf geschlagen – und ich fühle mich schrecklich. Es ist nicht meine Schuld, das weiß ich, aber trotzdem bin ich die Diebin, das junge Ding, um dessentwillen Artie sie sitzenließ. Ich schüttle den Kopf. »Eleanor …« Mehr bringe ich nicht heraus.

Und dann sagt Elspa plötzlich: »Es ist so schön!«

Wir fahren zu ihr herum und starren sie an, als sei sie übergeschnappt.

»Ich meine, wir sitzen alle in einem Boot, sind irgendwie verbunden. Wie eine richtige Familie. Ich habe mir immer so eine Familie gewünscht.« Im nächsten Moment fügt sie wie einen unerwarteten Bonus hinzu: »Mit all den Macken.« Sie sieht uns ernst an. »Vielleicht hat

sich jeder von uns schon lange eine richtige Familie gewünscht – auch Artie.«

Wieder wird es still, so still, als hielten alle den
Atem an.

Schließlich verblüfft uns Elspa aufs Neue. »Ich möchte,
dass Sie alle Lucy und mich begleiten und mir helfen,
meine Tochter zurückzuholen«, sagt sie. »Ich möchte,
dass Sie alle mitkommen, damit meine Eltern sehen, dass
ich eine Familie habe.«

»Ist das Ihr Ernst?« Panik schwingt in meiner Stimme
mit.

»Artie kann natürlich nicht, das weiß ich, aber alle anderen sollen mit. Es würde mir Mut machen. Tun Sie's?«
Flehend schaut sie in die Runde.

»Natürlich«, sagt Eleanor. »Ich muss dafür zwar ein
paar von Arties Sweethearts vertrösten, aber Arties
Sweethearts sind es gewohnt, vertröstet zu werden.«

»Also, ich weiß nicht recht«, melde ich Bedenken an.
»Sie haben alles so sorgfältig geplant.«

Sie ignoriert meinen Einwand.

»Wollen Sie mich etwa auch dabeihaben?«, fragt John
mit einem Seitenblick zu mir.

Elspa nickt heftig. »Ja, natürlich!«

»Moment mal«, bremse ich, als ich meine Mut-
ter strahlen sehe, aber sie lässt sich nicht beirren. »Ihr
braucht mich, Liebes«, erklärt sie mir. »Selbstverständlich komme ich mit.« Sie geht zu Elspa und nimmt sie bei
den Schultern. »Das lasse ich mir nicht nehmen.«

»Aber wird Ihnen das nicht zu viel?«, frage ich Elspa.
»Sind Sie sicher, dass Sie das wollen?« Ich hoffe instän-
dig, dass sie ihre Meinung ändert.

»Ja«, antwortet sie stattdessen überzeugt und schiebt
lächelnd einen Löffel Eiscreme in den Mund. »Jetzt fühle
ich mich besser. Viel besser.«

Man kann nicht endlos planen — Irgendwann muss man handeln

KAPITEL 27

Ich für meinen Teil fühle mich *nicht* besser. Meine Nerven schleifen am Boden, und ich kann mir beim besten Willen nicht vorstellen, dass es etwas bringen wird, wenn wir bei Elspas Eltern als Pseudofamilie auftreten. Aber es ist nicht wichtig, wie ich mich fühle. Elspa ruft, von einer neuen Selbstsicherheit beflügelt, bei ihren Eltern an und erreicht, dass wir alle zu dem wöchentlichen Sonntagsbrunch in Baltimore eingeladen werden. In zwei Tagen fahren wir los.

Am Morgen des besagten Sonntags gehe ich mit meiner Reisetasche in die Küche. Ich hoffe, dass es mit einer Übernachtung getan sein wird, wobei ich mich frage, wie die ablaufen soll. Werden wir Frauen gemeinsam in einem Zimmer schlafen, oder werde ich mir eines mit meiner Mutter teilen – und mit Bogie, den sie, wie sie erklärt hat, auf jeden Fall mitnehmen wird? Werden wir alle ins Auto passen? Diese Frage schießt mir durch den Kopf, als ich meine Mutter mit einem Riesenhut auf dem Kopf sehe, als wolle sie zum Pferderennen, und zu Eleanors Füßen, die an der Frühstückstheke Kaffee trinkt, einen großen Koffer und eine Monstertasche entdecke.

John kommt herein und schenkt sich Kaffee ein.

»Nun, meine Damen«, wendet er sich an uns, »kann's losgehen?«

Meine Mutter rückt ihren Hut zurecht. »Von mir aus schon.«

In diesem Moment taucht Elspa auf. Sie trägt, was sie immer trägt – Jeans und ein schwarzes T-Shirt, das ihr Tattoo sehen lässt. Allerdings ist der Ring in der Lippe heute ein wenig größer und der schwarze Eyeliner dicker aufgetragen – als hätte sie sich für den besonderen Anlass feingemacht. Mein Blick schießt zu John. Er sieht mich an und dann wieder sie. Meine Mutter seufzt, und Eleanor hüstelt – der Code für: *Wir haben ein Problem.* Wir haben nicht eigens darüber gesprochen, bei Elspas Eltern seriös auftreten zu wollen, denn immerhin möchten wir das Kind dort wegholen, aber Elspa ist die Einzige, die diese Notwendigkeit offenbar nicht sieht.

»Was ist?«, fragt sie herausfordernd in die Runde.

»So geht das nicht«, sage ich.

Sie sieht mich an. »Was?«

»Sie müssen Ihrer Rolle entsprechend aussehen.« Ich nehme sie bei der Hand. In dem Gästezimmer angekommen, das mir als Quartier dient, mache ich den Kleiderschrank auf und wähle eine Bluse mit Button-down-Kragen, eine Strickjacke und Khakihosen aus.

»Das soll ich anziehen?«, fragt Elspa zweifelnd.

»Was spricht dagegen?«

»Ich werde aussehen wie verkleidet. Und meine Mutter wird es sofort durchschauen. Die lässt sich nicht an der Nase rumführen.«

Ich entschärfe die schwarzen Balken um ihre Augen, glätte ihre Stachelfrisur und gebe ihr eine Sonnenbrille mit rechteckigen Gläsern. Dann ordne ich an, dass sie den Lippenring herausnimmt.

Sie protestiert, gehorcht jedoch und steckt ihn in die Tasche.

Ich trete einen Schritt zurück und begutachte mein Werk. »Nicht schlecht.«

Elspa mustert sich im Spiegel. Sie teilt meine Meinung nicht. »Ich hatte recht – ich sehe aus wie verkleidet.«

»Sie sehen seriös aus. Verantwortungsbewusst. Erwachsen. Und darauf kommt es an.«

Als wir in die Küche zurückkehren, bleiben die von mir erwarteten Ahs und Ohs aus. Meine Mutter und Eleanor bekunden lediglich mit einem Nicken ihr Einverständnis. Nur John ist etwas verwirrt. Er starrt Elspa an und fragt: »Wo ist Elspa?«

»Da drin«, antworte ich und zeige auf ihre Brust. »Wenn wir uns nicht beeilen, kommen wir zu spät.«

Auf dem Weg zur Haustür kämpft Eleanor mit ihrem Gepäck.

»Ich glaube, sie hat GAP leer gekauft«, sagt Elspa sarkastisch und dann zu mir: »Sehe ich nicht wie verkleidet aus?«

Elspa steigt ein und setzt sich auf die Rückbank – in die Mitte. Bogie klettert hinterher und lässt sich auf ihrem Schoß nieder. Er trägt heute ein grünes Suspensorium mit Häkelspitzenzier auf dem Rückengurt. Den Hund zu streicheln gibt Elspa etwas zu tun. John verstaut unser Gepäck im Kofferraum. Als ich ihm gestand, keinen Orientierungssinn zu besitzen, erbot er sich zu fahren, und ich habe ihm die Autoschlüssel schon gegeben.

Zwischen Eleanor und meiner Mutter entbrennt eine hitzige Diskussion darüber, wer vorne sitzen darf, wobei meine Mutter in ihrer passiv-aggressiven Art das Sitzarrangement mit keinem Wort erwähnt und stattdessen ein Blasenproblem ins Feld führt.

Ich bin die Einzige, die nicht noch bei Artie vorbeigeschaut hat. Er will, dass ich Elspa helfe, hat mir sogar das Versprechen abgenommen, aber ich konnte es nicht über mich bringen, mich persönlich von ihm zu verabschieden.

Für alle Fälle wird rund um die Uhr ein Pfleger im Haus sein. Ich schaue zum Schlafzimmer hinauf. Hätte ich nicht einfach den Kopf zur Tür hineinstrecken und ein fröhliches »Bis dann« sagen können? Nein. Jedes Mal, wenn ich ihn sehe, kann ich kaum atmen. Aber ich *muss* mit ihm reden, bevor wir losfahren. Ich klappe mein Handy auf und tippe die Nummer unseres Festanschlusses ein.

Der Pfleger meldet sich. »Hier bei Shoreman.«

»Ich möchte Artie sprechen. Ich bin's. Lucy.«

»Sind Sie denn schon weg?« Der Pfleger erscheint am Fenster, schaut herunter und winkt mir zu.

Ich winke zurück. »Geben Sie mir bitte Artie.«

Ich höre ihn erklären, wer am Telefon ist.

»Du konntest nicht fahren, ohne dich zu verabschieden«, sagt Artie gleich darauf.

»Bitte stirb nicht in den nächsten zwei Tagen«, flehe ich.

»Werde ich nicht. Hand auf mein schlechtes Herz.« Jetzt ist auch er am Fenster. »Ich bin ein zu schlimmer Mensch, um an diesem Punkt zu sterben.«

»Ein zu schlimmer Mensch?«

»Hast du nicht den geballten Hass bemerkt, der in der letzten Zeit über mich ausgeschüttet wurde?«

»Hast du Eleanor sitzenlassen, als das mit uns anfing?«

»Das war nur fair!«, verteidigt er sich. »Ich hatte mich bis über beide Ohren in dich verliebt. Es wäre doch nicht anständig gewesen, mich weiter mit ihr zu treffen, oder?«

Ich fühle mit Eleanor, obwohl ich in diesem Fall »die andere Frau« war. Es tut mir in der Seele leid, dass er ihr wehgetan hat. Aber so wie er *ihr* wehtat, tat er später *mir* weh. »Kehren wir lieber dazu zurück, dass du dir schlimm vorkommst.«

»Es ist wahr – aber ich will nicht darüber reden«, sagt er. Es folgt eine lange Pause. Schließlich sagt er: »Ich fühle mich ziemlich wertlos.«

Eleanors Klemmbrett fällt mir ein, ihr Protokoll von Arties sieben Stadien der Trauer über seine Seitensprünge. »Bist du verzweifelt?«

Ich sehe Artie die Hand über die Augen legen. Weint er? Plötzlich ein Schluchzen. »Ja, ich bin am Verzweifeln – und ich kann nicht damit umgehen. Es läuft meiner Natur zuwider.«

Ich ertrage es nicht, ihn anzusehen, drehe mich weg und starre auf die makellos gestutzte Hecke unseres Nachbarn. »Ich glaube, es wird dir guttun.«

Er räuspert sich. »Ich weiß. Vielleicht hast du recht.«

»Und vielleicht klappt es am Telefon besser.«

»Was?«

»Zu reden. Von Angesicht zu Angesicht bereitet es mir Probleme – aber wir *müssen* reden. Vielleicht schaffe ich es so eher.«

»Wie du meinst.«

»Ich ruf dich an.«

»Klingt gut.«

Mir wird bewusst, dass ich Artie wieder verlasse. Auf andere Art, aber die Tatsache bleibt bestehen, und es fühlt sich merkwürdig gut an – als besäße ich einen genetisch verankerten Wunsch zu gehen. *Natürlich* besitze ich den. »Vielleicht bin ich mein Vater«, sage ich.

»Ich kann mir nicht vorstellen, dass ich deinen Vater geheiratet hätte«, erwidert Artie. Er ist meine gelegentlich abrupten Themenwechsel gewohnt.

»Ich gehe wieder.« Vielleicht ist es in Wahrheit gar nicht Artie, der meinem Vater so ähnelt. Vielleicht bin ich einer Selbsttäuschung erlegen. »Ich gehe wie mein Vater.«

»Nein«, widerspricht mir Artie. »Nicht wie dein Vater. Denn du kommst zurück. Oder?« In seiner Stimme schwingt eine Angst mit, die ich seit meiner Rückkehr schon öfter gehört habe. Sie ist neu, hat sich mit seiner Krankheit eingeschlichen.

»Ja«, bestätige ich ihm, »ich komme zurück. Schon bald.«

Wieder folgt eine Pause – und dann: »Ich liebe dich.«

»Warum *ich dich* noch immer liebe, weiß ich nicht. Wahrscheinlich habe ich einen Hang zur Absurdität.« Geschockt darüber, dass ich so viel gesagt habe, klappe ich das Handy zu, steige ins Auto und schließe die Tür. Eleanor, meine Mutter und John tun es mir nach.

»Sind Sie bereit?«, fragt John.

Ich bin noch in Gedanken. »Wofür?«, frage ich verwirrt.

»Um zu starten.«

»Wir *müssen* das nicht machen«, sagt Elspa leise. Hat sie plötzlich Bedenken?

»Oh doch, das müssen wir«, erkläre ich entschieden. »Also los.«

KAPITEL 28

Normalerweise fährt man von Philly nach Baltimore höchstens zwei Stunden, aber wir geraten in zähflüssigen Verkehr, wie es so schön heißt. Ohne das Singen der Reifen ist es totenstill im Wagen. Verstohlen betrachte ich John. Ob er wohl an den Kuss denkt? Fragt er sich auch, was er bedeutet? Hat er ihn auch wie eine Kehrschaufel in die Ecke gestellt?

»Das Auto ist voller Artie-ologen«, bricht er das Schweigen schließlich. »Wie wär's mit einem Crashkurs für mich?«

Eleanor stößt einen undefinierbaren Laut aus. Sie hat den Beifahrersitz erobert, ein Zeugnis ihrer Willenskraft und meisterlichen Beherrschung der meiner Mutter angeborenen Sprache – der Sprache der passiven Aggression. Ich sitze mit Elspa und meiner schmollenden Mutter auf der Rückbank.

Ich beschließe, Johns Idee als spielerische Herausforderung zu interpretieren. »Dann wollen wir mal sehen, wer die beste Artie-Story erzählen kann. John wird als Preisrichter fungieren.«

»Okay«, stimmt Elspa dem Wettstreit zu.

»Drehen Sie die Klimaanlage hoch«, bittet meine Mutter. Sie hat ihren Hut abgenommen und fächelt ihrem puppenhaft geschminkten Gesicht Kühlung zu.

Ich mache den Anfang, erzähle die Geschichte von Arties Urururgroßvater, der in seiner Heimat England

Schnapsfässer gestohlen hatte, erwischt und festgenommen worden war, fliehen konnte und in dieses Land kam, um nicht zu Hause gehängt zu werden. »Väterlicherseits ist Ihre Herkunft nicht lupenrein, John«, ende ich.

»Da kann ich ja froh sein, dass ich mütterlicherseits von Puritanern abstamme«, meint er sarkastisch.

»Wie ist Ihre Mutter denn so?«, will meine Mutter wissen.

»Sie ist etwas Besonderes«, antwortet er, aber aus seinem resignierten Seufzer lässt sich schließen, dass er es nicht als Lob meint.

»Kennen Sie die Geschichte, wie Artie als Junge von einem Hund in den Hintern gebissen wurde?«, fragt Elspa mich.

»Ja.« Es sollte mir inzwischen nichts mehr ausmachen, dass Artie Elspa Geschichten erzählt hat, dass sie sich nahe waren, sogar, dass sie miteinander schliefen. Artie erzählte ihr diese Geschichte bestimmt, weil sie ihn – wie ich – auf die Narbe angesprochen hat. Es *macht* mir was aus, und wie es scheint, spürt Elspa es, denn sie sagt: »Erzählen *Sie* sie.«

»Nein, nein«, wehre ich scheinbar locker ab. »Machen Sie nur.«

»Also, da war dieser Terrier, und er verbiss sich in seinen Hintern. Artie drehte sich und drehte sich, um ihn loszuwerden, aber der Hund schwang hinter seinem Rücken mit ihm im Kreis herum. Seit damals hat Artie Angst vor Hunden.«

»Ich stamme also nicht nur von einem Dieb ab, sondern auch von einem Tierquäler«, sagt John. »Das muss ich mir merken.«

»Eleanor?« Ich fürchte mich ein wenig, was für eine Story *sie* wohl bringen wird, aber ich will sie trotzdem hören. »Sie sind dran. Was haben Sie für eine Geschichte zu erzählen?«

»Keine, die er wird hören wollen.« Sie fummelt an der Silberspange herum, die ihr Haar am Hinterkopf zusammenhält.

»Er muss die guten und die schlechten erfahren«, sage ich.

Sie zögert, aber dann platzt sie heraus: »Er ging mit mir zum Tanzen.«

Das kann ja wohl nicht die ganze Story sein. Gespannte Erwartung liegt in der Luft.

»Ich kann nicht tanzen«, fährt sie fort. »Ich habe es nie gelernt.«

Die Spannung steigt. Sie öffnet die Silberspange, als hätte sie sie gezwickt, reibt sich den Nacken und spricht weiter. »Wegen meines Beins, wissen Sie. Ich wurde so geboren. Deshalb gab es nie Ballettstunden für mich, und bei allen Schulbällen saß ich nur herum. Natürlich hätte ich tanzen können, aber meine Mutter hatte es von vornherein ausgeschlossen, und so kam ich nie auf die Idee. Bis Artie mit mir zum Tanzen ging.« Sie schaut zum Fenster hinaus. »Es war phantastisch.«

»Das ist eine wunderschöne Geschichte.« Ich bin froh, dass Elspa es gesagt hat, denn meine Kehle ist wie zugeschnürt.

»So schön es auch war«, setzt Eleanor hinzu, »im Nachhinein tut es weh.« Sie strafft sich. »Jetzt sind Sie an der Reihe, Joan«, sagt sie zu meiner Mutter.

»Ich versuchte, Artie zu bestechen, damit er Lucy nicht heiratete.«

Ich traue meinen Ohren nicht. »*Was?*«

John, der in der Autoschlange dahingeschlichen ist, tritt die Bremse durch. Ob als Reaktion auf meinen Aufschrei oder aufgrund einer verkehrstechnischen Notwendigkeit, das kann ich nicht sagen. Wir werden durch den Ruck nach vorn und hinten geschleudert.

»Sorry, mein Fehler«, entschuldigt John sich.

»Er ließ sich nicht bestechen«, sagt meine Mutter, als verkünde sie eine Freudenbotschaft.

»Ich kann mir nicht vorstellen, dass Artie sich *überhaupt* bestechen lässt.« Das ist Elspa.

»Ich war damals mit einem recht vermögenden Mann verheiratet«, erklärt meine Mutter, »und es war ein sehr großzügiges Bestechungsgeld.« Wir starren sie an – sogar John, der sie im Rückspiegel sieht. »Was schaut ihr denn so?«, fragt sie defensiv. »Das ist doch eine *nette* Artie-Story.«

»Sie mag eine *nette* Artie-Story sein, aber sie ist keine *nette* Mutter-Story.« Ich habe einige Mühe, ruhig zu bleiben.

»Ich dachte, es geht hier nur um Artie«, erwidert meine Mutter aufgebracht.

Einen Moment herrscht Stille. Dann fängt Eleanor an zu lachen, anfangs leise und dann regelrecht hysterisch, dass es ihren ganzen Körper durchschüttelt. »... großzügiges Bestechungsgeld!« Elspa stimmt ein und als Nächster John. Meine Mutter lächelt, als hätte sie einen Witz erzählt, den ihr Publikum erst jetzt verstanden hat. Meine Mutter wollte Artie mit Geld bestechen, einen steinreichen Mann. Zu guter Letzt erwischt es mich auch. Der Wagen vibriert förmlich vor Gelächter.

Nachdem wir die Delaware Memorial Bridge hinter uns haben, lichtet sich der Verkehr, und wir können etwas Zeit aufholen. Aber dann verkündet meine Mutter, sie müsse auf die Toilette. Wir halten abseits des Highways an einer Tankstelle. Meine Mutter steigt aus und klappt ihr Handy auf. »Ich rufe schnell mal den Pfleger an, um zu hören, ob alles in Ordnung ist.«

Als ich gerade sagen will, dass *ich* das tun möchte, tippt sie bereits die Nummer ein. Vielleicht ist es ganz gut so. Ich habe Artie ein richtiges Gespräch versprochen. Während meine Mutter und Eleanor auf der Toilette sind, decke ich uns mit Reiseproviant ein – Chips, Kaugummi, Gatorade –, und als ich zum Wagen zurückkomme, steht John am Zapfhahn. Er trägt eine Red-Sox-Baseballkappe, die er weit nach hinten geschoben hat. Ich suche nach Ähnlichkeiten mit Artie, in seiner Körperhaltung, seinem Gesicht, aber ich sehe nur ihn, mit einer Hand in der Tasche, leicht zerknitterten Hosen und dem sanften Blick, mit dem er seine Umgebung registriert. Seine Nase ist etwas schief, aber das macht ihn nur noch authentischer.

Plötzlich sagt Elspa neben mir: »Er ist nicht Artie, wissen Sie.«

Ihre Bemerkung hat nichts Anzügliches, und ich frage mich, was sie dazu veranlasst hat. »Ich weiß«, erwidere ich leicht defensiv.

»Sie können ihn nicht zu Artie ummodeln.«

»Das hatte ich auch nicht vor. Wie kommen Sie überhaupt darauf?«

»Ich habe nachgedacht. Artie war in mancher Hinsicht eine Vaterfigur für mich. Vielleicht ja auch für *Sie*.«

»Allerdings«, bestätige ich ihr, »aber eine schlechte. Zuerst wurde ich von meinem richtigen Vater verraten und dann von einer Vaterfigur meiner eigenen Wahl!« Das habe ich noch nie zuvor in Worte gefasst. Es ist einer der Gründe dafür, dass Arties Verrat mich derart schmerzt – und dass der Schmerz mir so vertraut ist. »Mein Vater entschied sich für eine andere Familie. Wie in dem Brettspiel ›Life‹: Er setzte sein kleines, blaues Plastik-Selbst einfach in ein anderes Plastikauto.« Ich bemühe mich um einen scherzhaften Ton, aber es schwingt ein Zorn darin mit, der mich überrascht. Manchmal erschreckt es mich, wie Elspa einen dazu bringt, sich zu öffnen.

»Und was machte Joan?«, will Elspa wissen.

»Sie ersetzte ihn durch eine andere kleine, blaue Plastikfigur und dann wieder eine andere und noch eine andere. Ich werde ihre Fehler nicht wiederholen.«

Elspa schaut John zu, der mit einem Schwamm die Windschutzscheibe putzt. »Für mich war Artie eine gute Vaterfigur. John ist anders. Er besitzt den Zauber eines Kindes.«

»Ist das gut oder schlecht?«

»Beides, denke ich. Unsere schlechten Seiten sind doch nur die Kehrseiten unserer guten. Bei Ihnen auch.«

»Bei mir?«

»Sie sind sensibel. Sie empfinden zu viel. Das ist Ihre Stärke und Ihre Schwäche. Sie liebten auch diesen Vogel.«

»Welchen Vogel?«, frage ich verdutzt.

»Den, für den Sie das Fenster aufmachten. Sie liebten den Vogel, und Sie liebten Artie dafür, dass er sich vor ihm fürchtete. Das machte ihn sterblich.«

»Was sind Arties Kehrseiten?«

»Er liebt zu viel. Er kann nicht anders.« Elspa steigt ein. Aus irgendeinem Grund habe ich das Bedürfnis, sie darauf hinzuweisen, dass ich noch immer Arties Frau bin – aber das würde nur den Eindruck vermitteln, dass ich *mich* davon überzeugen will.

Die Damen kommen von der Toilette.

»Artie geht's gut«, berichtet meine Mutter. Sie sieht mich scharf an. »Stimmt was nicht?«

»Es ist alles okay.« Ich weiß nicht, ob ich wütend auf Elspa sein soll oder nicht.

John hat vollgetankt und steckt den Stutzen in die Halterung, aber wir steigen nicht ein, weil Elspa bei offener Tür mit ihren Eltern telefoniert. »Gut. Das wird nett«, sagt sie. »Ich weiß nicht. Bald. Es ist wichtig. Wir werden im Radisson wohnen. Ich rufe an, wenn wir in der Nähe sind.« Sie sitzt vornübergebeugt, doch auch, als sie sich aufrichtet und zurücklehnt, wirkt sie nicht entspannt.

»Ja, sie sind clean und nüchtern – das habe ich euch doch schon gesagt.« Sie schaut zu mir hoch und verdreht die Augen, aber dann erscheint ein weiches Lächeln auf ihrem Gesicht, und ihre Augen werden feucht. Doch die Stimme, mit der sie ins Telefon spricht, ist anders. Unsicher, kindlich. »Es sind liebe Menschen. Seit langer Zeit die besten.« Das sagt sie so laut, dass wir alle es hören können. Natürlich erwähnt es keiner, aber nach dem Telefonat besteht eine neue Kameraderie zwischen uns. Anstatt wieder mit Klimaanlage fahren wir mit geöffneten Fenstern weiter. Bogie, der auf dem Schoß meiner Mutter sitzt, schnuppert in den Wind, der mit unseren Haaren spielt. Dies sind vielleicht auch für *mich* die besten Menschen seit langer Zeit – und vielleicht bin auch *ich* meine beste Version seit langer Zeit. Und ich möchte so bleiben.

Vorstadtnester haben ihre
Tücken — Nehmen
Sie sich vor den
Killerwespen
in Acht

KAPITEL 29

Auf dem Weg zu ihrem Elternhaus dirigiert Elspa John durch einen trostlosen Teil von Baltimore. Viele der Reihenhäuser sind mit Brettern vernagelt, die Eingangstüren mit »Betreten verboten«-Schildern bepflastert, die Verandastufen zu einem blassen Grau verwittert. Ein paar Kinder laufen den Bürgersteig entlang und verschwinden in dem schmalen Durchgang zwischen zwei Häusern. Vor einem Schnapsladen lungern drei junge Männer herum. Am Straßenrand kramt eine Frau mit wütendem Gesicht in den Taschen ihrer Kittelschürze. Meine Mutter macht ihr Fenster zu und verriegelt ihre Tür. John und Eleanor tun es ihr nach.

»Langsamer!«, kommandiert Elspa aufgeregt. »Früher war ich oft in dieser Gegend.«

Eleanor hebt ihre Handtasche vom Boden auf und nimmt sie auf den Schoß – wahrscheinlich eine unwillkürliche Vorsichtsmaßnahme –, meine Mutter zieht ihren Hut ins Gesicht, um sich gegen Blicke von außen zu schützen, als wäre sie eine prominente Persönlichkeit.

Als rechter Hand ein ausgebranntes Haus mit vernagelten Fensterhöhlen in Sicht kommt, verrenkt Elspa sich den Hals und betrachtet es wie eine Sehenswürdigkeit.

»Wissen Ihre Eltern, warum Sie kommen?«, fragt Eleanor sie.

»Nein. Sie nehmen das Schlimmste an – dass ich sie um Geld für Drogen anhauen will.«

»Wir werden Ihnen beistehen, Liebes«, sagt meine Mutter. »Ich hoffe, dass wir eine Hilfe sein können.«

»Du könntest ihnen vielleicht ein großzügiges Bestechungsgeld anbieten«, meine ich sarkastisch.

Baltimores verschiedene Gesichter liegen näher beieinander als in den meisten anderen Großstädten, Armenviertel neben Millionen-Dollar-Anwesen, manchmal nur durch eine Straßenkreuzung voneinander getrennt.

Elspa dirigiert John weiter. »Hier rechts. An der nächsten Ampel links. Jetzt ist es nicht mehr weit.«

Wir kommen in eine noble Gegend, und meine Mutter und Eleanor unterhalten sich über den geschmackvoll angelegten Vorgarten eines Hauses, als befänden sie sich auf einer Heim-und-Garten-Besichtigungstour.

»Da ist es.« Elspa deutet über die Straße auf ein blendend weißes herrschaftliches Haus mit einer weitläufigen, sattgrünen Rasenfläche davor. Gepflegt und teuer. In der Zufahrt stehen zwei Volvos, am Straßenrand parkt ein Minivan und dahinter ein Saab-Cabrio.

»Findet hier eine Party statt oder so was?«, fragt John.

»Sonntagsbrunch mit der ganzen Familie«, erklärt Elspa. »Ich hoffe, Sie mögen Krabben-Crêpes!«

»Gibt es jemanden, der Krabben-Crêpes *nicht* mag?« Meine Mutter tätschelt Bogies hageren Kopf.

»Mir wird übel davon«, sagt Elspa.

Ich weiß nicht, was ich sagen soll, also sage ich gar nichts. John parkt hinter dem Saab. Wir steigen aus und machen uns präsentabel, streichen Falten aus der Kleidung, rücken Gürtel zurecht. Nur Elspa nicht.

Ich beuge mich hinunter und schaue ins Wageninnere. Elspa holt tief Luft. Rutscht zur Tür. Stellt einen Fuß auf den Boden. Starrt zum Haus hinüber.

»Es sind Sterbliche«, sagt John. »Nur Menschen.«

»Mit einem exquisiten Geschmack«, höre ich meine Mutter murmeln, was nicht hilfreich ist.

Ich bürste mit den Händen Fusseln von der Strickjacke, die ich Elspa geliehen habe, und schiebe die Sonnenbrille auf ihrer Nase nach oben. »Ich verrate Ihnen einen Trick. Nachdem ich Artie verlassen hatte, habe ich ihn perfektioniert. Hier ist er: Um das durchzustehen, müssen Sie Ihre Gefühle abschalten. Nur vorübergehend. Wenn Sie Ihren Eltern den Eindruck vermitteln, sie nicht zu brauchen, kommen sie eher auf die Idee, *Sie* zu brauchen.« Ich versetze Elspas Oberarm einen Boxhieb.

»Autsch!«, sagt sie.

»Falsch.« Ich boxe wieder.

Sie zuckt zusammen.

»Noch immer nicht gut«, erkläre ich ihr. »Sie dürfen sich nichts anmerken lassen.« Ich boxe erneut.

»Das tut echt weh.« Sie reibt sich den Arm.

»Wie wär's, wenn Sie damit aufhören?«, mischt John sich ein.

»Okay. Vergessen Sie's«, gebe ich nach. »Tun Sie einfach Ihr Bestes.«

Gemeinsam gehen wir auf das Haus zu. Elspa schiebt die Brille auf ihren Kopf, wodurch ihre Haare zum Teil wieder wie Stacheln stehen. John tritt vor und klingelt. »Sie sind nur Menschen«, wiederholt er.

Eine hochgewachsene, sportliche Frau mit einem grauen Bob öffnet, mustert uns fünf, bedenkt Bogie in seinem festlichen Outfit mit einem feindseligen Blick, dann Elspa mit einem prüfenden, und richtet das Wort an uns alle. »Die Crêpes sind inzwischen kalt, das Tonic ist warm – aber kommen Sie trotzdem herein.« Bevor sie beiseitetritt, damit wir ihrer Aufforderung folgen können, nimmt sie Elspa bei den Oberarmen und sagt, nach einem neuerlich prüfenden Blick, zu mir: »Sie haben ihr etwas zum Anziehen geborgt. Das war umsichtig.« Jetzt besteht kein Zweifel mehr, dass sie Elspas Mutter ist. »Wer sind deine Freunde?«, fragt sie ihre Tochter. »Mach uns bekannt.«

»Lucy, John, Eleanor und Joan – meine Mutter Gail.«

»Willkommen.« Mit einer Geste bittet sie uns in die Empfangshalle. »Wie ich schon sagte – die Crêpes sind kalt geworden, das Tonic warm.«

»Also, ich *mag* kalte Crêpes«, erklärt John.

Die Küche ist funktionell mit Chrom-Armaturen, wie man sie in einem Mehr-Sterne-Restaurant findet. In einer Ecke schläft ein riesiger Benhardiner. Er liegt da wie das berühmte Bärenfell vor dem Kamin. Mir fällt eines von Arties Lieblingszitaten meiner Mutter ein: *Ein Haushund sollte nie größer sein als eine Handtasche.*

Gail schenkt in hohe Gläser Drinks ein. Elspa und ich schauen aus dem Fenster. Auf dem Rasen hinterm Haus sind Männer, Frauen und Kinder versammelt. Ein Mann – dem Alter nach Elspas Vater – sitzt in einem Liegestuhl mit Fußstütze. Ganz hinten steht ein Pavillon. Blumen umrahmen die Grasfläche. Kinder spielen Fangen. Und mittendrin im Getümmel entdecke ich ein kleines Mädchen. Ich sehe Elspa sie beobachten. Rose ist wunderhübsch. Ich leide, wie immer, wenn ich ein Kind sehe. Ich habe mir so lange eines gewünscht. Aber ich leide auch mit Elspa. Ihre Miene drückt eine solche Sehnsucht aus.

Gail reicht jedem einen Teller mit Crêpes und Garnitur. »Tut mir leid«, sagt sie und dann: »Eigentlich muss ich mich nicht entschuldigen. Schließlich bin nicht *ich* schuld an Ihrer Verspätung.«

»Es war schrecklich viel Verkehr«, erklärt meine Mutter, »und dann mussten wir auch noch meinetwegen anhalten – Sie kennen das ja.«

Gail ist nicht bereit, diese Gemeinsamkeit mit meiner Mutter zu bestätigen. Sie lächelt höflich. »Gehen wir nach draußen.«

Als wir ihr in den Garten folgen, kommt ein junger Mann angelaufen und umarmt Elspa. Sie erwidert die Umarmung. »Du siehst toll aus!«, sagt er und wendet

sich dann an uns. »Muss ich mich schon für etwas entschuldigen, was Gail gesagt hat? Ich gebe Ihnen eine
Blanko-Entschuldigung.«

»Danke, Billy.« Sie stellt uns ihren Bruder vor, behält
jedoch immer Rose im Auge, die aus der Nähe noch hübscher ist. Ihre Augen leuchten, und sie trägt einen Hosenanzug mit Blumenmuster.

»Sie entwickelt sich großartig«, schwärmt Billy, »hat
bereits einen ausgeprägten Gerechtigkeitssinn. Wie ihre
Mutter.«

Ich sage Elspa, wie schön ihre Tochter ist, und alle
bestätigen es. John setzt noch eins drauf: »Und stellen
Sie sich vor – das ist Ihr Werk.«

Elspa lächelt. »Das Outfit nicht.«

Später schaue ich von weitem zu, wie Elspa mit ihrer
Tochter spielt, sie aufhebt, weil sie über einen Ball gestol-
pert ist. Meine Mutter wandert an den Rabatten entlang
und macht sich zweifellos in Gedanken Notizen. Sie setzt
Bogie auf den Boden, und er schnüffelt am Gras.

Nicht weit von mir unterhält John sich mit Rudy, Elspas Vater, einem Golfertyp in einem schicken limonen-
farbenen Polohemd. »Und womit verdienen Sie Ihren
Lebensunterhalt, John?«

»Ich bin Unternehmer.«

»Aha. Elspas letzter Freund war ebenfalls Unternehmer.
Dann hat sie sich also wieder einen Dealer angelacht. Ihrem Vorgänger hätte ich um ein Haar eine Ladung Schrot
in seinen Junkiearsch gejagt.« Der *Junkiearsch* überrascht
mich. Falls es John ebenso geht, lässt er es sich nicht anmerken. Im nächsten Moment klärt Rudy es auf: »Wir haben uns die Terminologie angeeignet.«

»Ich bin nicht ihr Freund. Und auch kein Dealer. Ich
habe ein Bettengeschäft.«

»Mmmm«, macht Rudy. »Mmmm. Soso.«

Ich gehe in die Küche zurück. Es ist niemand da, worüber ich sehr glücklich bin. Als ich gerade Teller ins Spülbecken stelle, kommt Gail mit weiteren herein. »Ich kann Ihnen nur sagen, dass Ihre Bemühungen anderswo mehr belohnt würden«, nutzt sie den Moment der Ungestörtheit, um Klartext mit mir zu reden. »Wir haben Rose seit anderthalb Jahren bei uns, aber wir hätten sie gleich nach ihrer Geburt zu uns nehmen sollen.« Mit einer Kopfbewegung nach draußen, wo Elspa mit ihrer Tochter spielt, fährt sie fort: »Normale Babys lernen den Kopf hochzuheben, aber Rose hatte mit Kokain zu kämpfen.«

»Elspa ist ein anderer Mensch geworden.«

»Sie ist beinahe in einer Crackhöhle verbrannt. Da war sie im siebten Monat.«

Plötzlich brandet im Garten Jubel auf. Irgendjemand muss ein Tor geschossen haben. Ich überlasse Gail ihrem schmutzigen Geschirr und gehe nach draußen.

Es dauert nicht lange, und der Brunch geht zu Ende. Die Gäste verabschieden sich. Billy umarmt Elspa liebevoll und nimmt dann seinen Sohn auf den Arm. Seine Frau winkt nur von weitem.

Gail wendet sich an meine Mutter. »Haben Sie das Outfit für Ihren Hund selbst gemacht? Es ist ziemlich … ziemlich … ungewöhnlich.«

»Ja, das habe ich«, strahlt sie, und ich winde mich innerlich, als sie Bogies Misere mit seiner übermäßigen »Ausstattung« zu schildern beginnt, im Lauf derer mehrmals laut geflüstert das Wort *Penis* fällt. In meiner Verlegenheit ziehe ich mich unauffällig zurück und bewundere angelegentlich die hohen Bäume.

Plötzlich steht John neben mir. Er riecht gut – nach Cocktail und irgendwas mit Zimt. »Wollen Sie mir etwas sagen?«, fragt er.

»Ihnen etwas sagen?«

»Ich habe das Gefühl, dass Sie etwas auf dem Herzen haben, und möchte Ihnen die Chance geben, es loszuwerden. Aber wenn Sie nicht wollen …«

»Oder wenn ich Ihnen nichts zu sagen *habe* …«

»Genau. Dann ist das okay.«

»Okay.«

»Okay, Sie *haben* mir etwas zu sagen? Oder okay, Sie haben mir *nichts* zu sagen?«

Ich bin völlig durcheinander. »Ja.«

»Was ja?«

»Ich weiß nicht.«

»Wir könnten es als Zwiegespräch versuchen«, schlägt er vor. »Ich sage etwas. Sie sagen etwas. Immer abwechselnd.«

»Der Kuss ist eine Kehrschaufel«, flüstere ich ihm zu. »Nur das und nicht mehr. Er bedeutet mir nichts. Wirklich. Damit kann ich leben. Und Sie?«

»Eine Kehrschaufel?«

»Ja.«

Er starrt mich schweigend an.

»Ich denke, wir führen hier ein Zwiegespräch. Ich sage etwas. Sie sagen etwas.«

»Eine *Kehrschaufel*?«, wiederholt er.

»Immer abwechselnd. Ein Zwiegespräch.«

»Also schön – es hat den Kuss nie gegeben. Das wollten Sie so, und ich habe zugestimmt.«

»Aber denken Sie an dieses Ding, das es nicht gibt?« Ich will, dass er daran denkt. Ich will, dass er sich damit auseinandersetzt, wie ich es getan habe. Aber kaum wird mir klar, dass ich glücklich darüber wäre, wenn er daran dächte, wird mir klar, dass ich nicht glücklich darüber sein sollte. Ich sollte es nicht einmal wissen wollen.

»Ja«, sagt er.

»Okay. Das wollte ich nur wissen.«

»Aber ich möchte hinzufügen, dass der nicht existente

Kuss, der irgendwie doch existiert, in meiner Vorstellung keine Kehrschaufel ist.«

»Okay«, sage ich. »Ich habe es probiert, aber es hat nicht wirklich funktioniert.« Ich drehe mich zu meiner Mutter um, die noch immer über Bogie und seine Bürde jammert.

Gails anfängliche Verwirrung hat sich zu säuerlichem Befremden gewandelt. In diesem Moment ruft Rose, die sich vergeblich nach einer Kuchenplatte streckt, hilfesuchend: »Mommy! Mommy!«

Elspa will zu ihr, aber Gail fährt bereits herum – und Rose hat auch *sie* gemeint.

»*Ich* kann ihr doch Kuchen geben«, sagt Elspa.

Gail nimmt die Kleine auf den Arm. »Es ist Zeit für ihr Mittagsschläfchen.«

Rose legt den Kopf in den Nacken. »Ich will kein Mittagsschläfchen machen!«

»Ich bringe sie nach oben«, startet Elspa einen neuen Versuch.

»Lassen wir es bei dem Gewohnten«, sagt Gail und geht mit dem Kind davon.

Elspa bemüht sich, ihre Enttäuschung zu überspielen. »Ich denke, wir sollten jetzt auch gehen.«

Rudy geleitet uns zum Ausgang.

Auf dem Weg durch das luxuriös ausgestattete Haus sage ich leise zu Elspa: »Vereinbaren Sie ein zweites Treffen – an einem neutralen Ort.«

Ich höre, wie John ihr zuflüstert: »Sie schaffen das.«

Zweifelnd schaut Elspa von ihm zu mir, dann nickt sie.

Bei der Verabschiedung im Vorgarten fragt Rudy sie: »Kommst du morgen vorbei? Wir würden dich gerne sehen.«

»Ich muss mit euch beiden reden.«

»Du weißt, dass wir einen Kurs für Eltern von drogenabhängigen Kindern gemacht haben. Es war verdammt demütigend. Wir dürfen dir kein Geld mehr geben.«

»Ich will gar kein Geld.« Langsam geht sie rückwärts. Ich schüttle den Kopf, will sie bei der Stange halten. Sie bleibt stehen und schaut zum Haus hinauf, verschränkt die Arme und umklammert sie. Ich bemerke, dass sie die Stelle berührt, wo ich sie geboxt habe, und sich wappnet. »Treffen wir uns lieber in einem Restaurant. Und ich will morgen mit Rose zusammen sein.«

»Okay – ich denke, das wird gehen«, stimmt er zu.

»Ich möchte mit ihr in den Park oder in den Zoo – irgendwas unternehmen.«

»Das haben wir noch nie ausprobiert. Du willst *allein* mit ihr dorthin?«

»Vielleicht mit meinen Freunden.«

»In den Zoo?«

»Ich bin seit langem clean, und ich möchte mit meiner Tochter in den Zoo gehen.«

Rudy nickt. »Okay.« Er tritt vor, als wolle er sie umarmen.

Sie dreht sich um und geht mit schnellen Schritten zum Auto.

Als wir alle eingestiegen sind, atmen wir zum ersten Mal seit unserer Ankunft wieder normal.

»Das ist ein Nest von Killerwespen«, sagt John.

»Mit einem exquisiten Geschmack«, wiederholt meine Mutter.

»Aber das zweite Treffen findet woanders statt«, sage ich.

»Sie waren ganz erstaunlich!«, lobt Eleanor Elspa. »Hart wie Stahl.« Für ihre Verhältnisse klingt es geradezu überschwänglich.

»Wirklich?«, fragt Elspa.

»Wirklich«, sagt Eleanor.

Was uns ausmacht, sind die Geschichten, die wir erzählen — und die, die wir nicht erzählen

KAPITEL 30

An der Rezeption des Radisson in der Innenstadt von Baltimore – in einer schicken Lobby mit Löwenstatuen – können wir uns nicht über die Aufteilung einigen. Zum sichtbaren Befremden der Empfangschefin, einer stark geschminkten jungen Frau, die meine Mutter als »auf Hochglanz poliert« beschreiben würde, spielen wir die verschiedenen Möglichkeiten durch.

»Mutter und Tochter«, sagt meine Mutter. Sie ist nervös, und ihre Augen schießen in der Halle herum. Dies ist kein hundefreundliches Hotel.

Bogie wartet im Wagen darauf, hereingeschmuggelt zu werden, und meine Mutter sondiert das Terrain, während sie spricht.

»Aber ich möchte Elspa helfen, sich auf morgen vorzubereiten, und deshalb ...«

»Wenn das die Sache vereinfacht, nehme ich mir ein Einzelzimmer«, bietet Eleanor an.

»Seien Sie nicht albern.« Das Gesicht meiner Mutter glänzt verschwitzt.

»Ich nehme mir ja ohnehin ein Einzelzimmer«, sagt John.

»Aber Sie müssen es nicht bezahlen«, erkläre ich ihm. Immerhin habe ich ihn in das ganze Durcheinander hineingezogen, und außerdem weiß ich, dass er im Moment klamm ist.

»Natürlich bezahle ich es«, wehrt er ab.

Am Ende nehmen Elspa und ich zusammen ein Zimmer und Eleanor und meine Mutter. Nachdem auch noch geklärt ist, welche Kreditkarten belastet werden – John weigert sich standhaft, mein Angebot anzunehmen –, steigen wir in den Aufzug.

Als er sich mit einem leichten Ruck in Bewegung setzt, sagt Eleanor: »Ich habe Aufzüge immer geliebt. Schon als kleines Mädchen.«

Ich starre sie feindselig an. Mit *ihr* hat Artie mich also in einer seiner kleinen Liebesbotschaften verwechselt, die in den mächtigen Bouquets steckten!

Sie bemerkt meinen Blick und fragt: »Was ist?«

»Nichts.« Es sollte mir nichts mehr ausmachen, und doch verletzt mich dieser kleine Hinweis auf Arties Untreue.

Wir steigen alle im selben Stockwerk aus – darauf hat meine Mutter »sicherheitshalber« bestanden.

Nachdem Elspa und ich uns in unserem Zimmer eingerichtet haben, mache ich mich daran, auf einem Radisson-Briefbogen Stichworte zur Kunst der Überredung für sie aufzulisten. Sie liegt mit auf der Brust verschränkten Händen auf einem der französischen Betten und starrt an die Decke.

»Denken Sie daran, dass Sie offiziell auf keines Ihrer Rechte verzichtet haben«, ermahne ich sie. »Das Kind gehört Ihnen. Natürlich wollen wir diese Art der Argumentation nach Möglichkeit vermeiden. Wir müssen Sie ihnen als Mutter ›verkaufen‹. Hören Sie mir zu?«

»Ich bete.«

»Ich wusste nicht, dass Sie religiös sind.«

»Bin ich nicht.« Elspa kneift die Augen zu und verkrampft ihre Hände ineinander, dass die Knöchel weiß hervortreten.

Ich stehe auf und nehme meine Handtasche. »Ich habe

Hunger. Mal sehen, ob die anderen auch etwas essen wollen. Kommen Sie mit?«

Sie schüttelt den Kopf.

»Soll ich Ihnen was mitbringen?«

»Einen Salat.«

Ich klopfe bei meiner Mutter und Eleanor. Keine Reaktion. Wo sind sie? Ich gehe weiter zu John. Vielleicht weiß er es. Ich klopfe. Schlurfende Schritte. John ist zerzaust und sieht verschlafen aus. Er trägt kein Hemd, nur eine Jeans, die er offenbar schnell angezogen hat, um die Tür nicht in Unterwäsche zu öffnen.

»Haben Sie schon geschlafen?«

»Nein«, spielt er den Hellwachen.

»Vielleicht nur den Schlafenden *gespielt?*«

»Sehr witzig.«

»Ich habe bei meiner Mutter angeklopft, weil ich fragen wollte, ob sie vielleicht essen gehen wollten, aber da rührte sich niemand.«

»Sie waren vorhin bei mir, um mir die gleiche Frage zu stellen, aber da hatte ich noch keinen Hunger, und so gingen sie allein. Sie und Elspa wollten sie nicht stören. Aber inzwischen könnte ich schon einen Bissen vertragen.«

»Oh.« Mir wird bewusst, dass ich *ihn* nicht gefragt habe, ob er mit mir essen will. »Wir können uns ja vom Roomservice etwas bringen lassen.«

»Nein. Gehen wir lieber aus und essen was Richtiges. Kommen Sie doch rein. Ich ziehe mir bloß schnell ein Hemd an.«

Ich trete über die Schwelle, und er schließt die Tür hinter mir. Dann zieht er ein T-Shirt an und ein Hemd darüber. Es sollte mich nicht verlegen machen – schließlich zieht er sich *an* und nicht *aus* –, aber immerhin sind wir allein in einem Hotelzimmer, und eine gewisse Intimität lässt sich nicht leugnen. Ich fange an zu plappern. »Dann müssen wir wohl oder übel zu zweit gehen. Elspa möchte, dass ich ihr einen Salat mitbringe. Sie liegt auf ihrem Bett und betet.«

»Ich wusste nicht, dass sie religiös ist.« Er steckt seine Brieftasche ein.

»Ist sie nicht.«

Wir sitzen in einem Fischrestaurant. Die Wände sind mit Netzen, Rudern und Angelruten dekoriert, die Speisekarten sind steif, die Tischdecken sind aus Papier. Ein Kellner kommt und zückt seinen Kugelschreiber.

»Ich bin Jim, Ihr Kellner«, sagt er, beugt sich herunter und schreibt J-I-M auf das Tischtuch.

John streckt die Hand aus, und Jim gibt ihm ganz selbstverständlich seinen Kugelschreiber. »Ich bin John«, sagt John. Er schreibt seinen Namen vor sich auf das Tischtuch und reicht mir den Kugelschreiber herüber.

»Und ich bin Lucy.« Auch ich schreibe meinen Namen hin und gebe dem leicht verwirrten Kellner seinen Kugelschreiber zurück.

»Was darf ich Ihnen bringen?«

Wir bestellen die Tagesspezialitäten und Wein. Und dann sitzen wir schweigend da, verkrampft und verlegen.

»Haben Sie einen Kugelschreiber dabei?«, fragt John schließlich.

»Klar.« Ich krame einen aus meiner Handtasche. »Wofür?«

»Ich will Ihnen eine Geschichte aus meiner Kindheit erzählen – und dazu werde ich etwas zeichnen.«

»Ich wusste nicht, dass Sie Künstler sind.«

»In der dritten Klasse war ich der Beste im Zeichnen. Aber als die New Yorker Kunstszene mich nicht zu würdigen wusste, verlor ich das Interesse.«

»Die können so zickig sein.«

Er beginnt zu zeichnen, eine kleine Frau mit einer riesigen Haarkuppel. »Meine Lehrerin in der dritten Klasse ist schuld – Mrs McMurray hat mich nicht angemessen gefördert«, sagt er.

Ich deute auf die Zeichnung. »Ist das Mrs McMurray?«

»Nein. Das ist Rita Bessom. Meine Mutter.«

»Sie hat eine mächtige Frisur.«

»Sie liebt mächtige Frisuren. Ich glaube, sie versteckt ihre Wertsachen darin. Vielleicht auch ihr Herz.«

»Eine irritierende Vorstellung.«

»Ist mir gerade eingefallen«, sagt er. »Ich bin ein spontaner Künstler. Inzwischen muss sie die Haare stärker toupieren, weil sie dünner geworden sind. So wie hier sah sie in ihrer Jugend aus. Sie war fast noch ein Kind, als sie mich bekam.« Jetzt zeichnet er einen Mann neben die Frau.

»Ist es eine Liebesgeschichte?«, frage ich.

»Teils, teils.«

Der Kellner hat inzwischen den Wein gebracht, und ich trinke einen Schluck. »Ist der Mann da der junge Artie Shoreman?«

»Nein. Das ist Richard Dent.«

»Wer ist Richard Dent?«

Er zeichnet auf die andere Seite von Richard Dent einen zweiten Mann, diesen mit Epauletten und einem Koffer. »*Das* ist Artie Shoreman – als Hotelpage.«

»Ah«, sage ich. »Ich verstehe.« Aber ich verstehe es *nicht*. »Wer ist Richard Dent?«, frage ich noch einmal.

Er zeichnet Dent einen Matschsack und ein Käppi. »Ein Soldat.«

»Was für eine Art Soldat? Army? Navy?«

Jim, der Kellner, kommt mit unseren Salaten. »Soll ich Ihnen die Pfeffermühle bringen?«

»Nein«, sagt John und sieht mich fragend an.

Ich schüttle den Kopf.

Der Kellner verschwindet.

Der Unterbrechung wegen wiederhole ich meine Frage: »Was für eine Art Soldat ist Richard Dent?«

»Die Art, die stirbt. Ob zu Hause eine Frau auf ihn wartet, die ihn liebt, oder nicht.«

Er zeichnet seiner Mutter einen Ballonbauch und streicht Richard Dent aus. »Die Art Soldat, die ein Kind zeugt und dann stirbt.« Er zeichnet einen Kreis um seine Mutter und um Artie und verbindet die beiden Kreise anschließend.

Ich glaube zu verstehen. »Ist Richard Dent Ihr Vater? Soll die Zeichnung *das* besagen?«

John nickt. »Ja.«

»Nicht Artie Shoreman.«

»Nicht Artie Shoreman.«

»Ihre Mutter hat ihn also angelogen, um Unterhalt für das Kind zu bekommen. Für *Sie?*«

»Ja. Der älteste Trick der Welt.«

»Sagen Sie deshalb nie ›Vater‹ zu Artie?« Ich schiebe meinen Stuhl nach hinten und stehe auf. Meine Serviette fällt auf den Boden, meine Knie zittern. »Ihre Mutter hat Artie die ganzen Jahre belogen und bei ihm abkassiert, und jetzt … jetzt … wollen *Sie* bei ihm abkassieren?«

»Nein. Ich nicht. Niemals.«

Aber ich drehe mich um und laufe auf unsicheren Beinen davon. Mir ist schlecht. Ich weiß nicht, ob John mir folgt – ich kann mich nicht umsehen. Ich renne an Tischen vorbei und an der verdutzten Empfangsdame, und bei dem »Bitte warten Sie, bis Sie an einen Tisch geführt werden«-Schild holt John mich ein und packt mich beim Ellbogen.

»Lucy!«, sagt er beschwörend.

Ich reiße mich los, hole aus und schlage ihn ins Gesicht.

Ich habe noch nie jemanden geschlagen, und ich bin erschrocken über das Geräusch und das Gefühl auf meiner Handfläche. Sie brennt und kribbelt. Ich sehe John an, aber Tränen erschweren mir die Sicht. Wieder drehe ich mich um und laufe davon, hinaus in die Nacht.

Der Unterschied zwischen Zusammenbrechen und Aufbrechen ist manchmal so gering, dass man ihn nicht wahrnimmt

KAPITEL 31

Vor unserem Hotelzimmer angekommen, bleibe ich
stehen. Ich will Elspa nicht mit meiner ganzen Wut und
Verwirrung konfrontieren. Also versuche ich, mich zu
fassen. Ich hole meine Puderdose aus der Handtasche.
In dem kleinen, ovalen Spiegel sehe ich, dass mein Gesicht fleckig ist, die Schminke verschmiert. Mit einem Pa-
piertuch wische ich an dem nassen Mascara herum, womit ich alles noch schlimmer mache. Meine Hand zittert.
Meine Schlaghand. Obwohl ich weiß, dass es unrecht ist,
wünschte ich, ich hätte mehr Menschen in meinem Leben geschlagen. Ich sehe meinen Vater vor mir, wie er uns
einen Monat nach meinem Geburtstag einfach verlässt
und mir zum Abschied eine Tüte mit einem Geschenk
überreicht. Ich sehe Artie vor mir, wie er mit einem Handtuch um die Hüften auf der Bettkante sitzt und mir mehr
gesteht, als ich wissen will. Ich stelle mir vor, die beiden
zu ohrfeigen, spüre das Brennen und das Kribbeln.

Wie konnte John Bessom mich die ganze Zeit belügen?
Wie konnte er Artie belügen? Eleanor und meine Mutter? Elspa?

Elspa. Ich rufe mir ins Gedächtnis, dass es auf dieser
Reise nicht um mich geht. Es geht auch nicht darum, dass
Artie als junger Hotelpage reingelegt und anschließend
jahrzehntelang ausgenommen wurde. Es geht um Elspa
und Rose. Diesen beiden allein muss mein Interesse gelten.

Ich stecke die Schlüsselkarte in den Schlitz, es klickt,

und das grüne Lämpchen blinkt. Ich trete ein und schließe die Tür.

Elspa liegt nicht auf dem Bett, und sie ist auch nicht im Bad.

»Elspa?«, rufe ich überflüssigerweise.

Ihr Matchsack steht neben dem Bett, aber sie ist weg.

Es klopft. »Elspa?« Ich laufe zur Tür, aber als ich sie gerade öffnen will, kommt von draußen Johns Stimme.

»Lucy!«, ruft er. »Ich bin's – John. Bitte lassen Sie es mich erklären!« Er klingt atemlos.

Ich überlege. Zwar will ich seine Erklärung nicht hören, aber Elspa ist weg, und ich habe ein ungutes Gefühl. Vielleicht brauche ich Johns Hilfe.

Also mache ich ihm auf. Die eine Wange ist leuchtend rot, und unter dem Auge blutet ein Kratzer. Offenbar habe ich ihn mit einem Fingernagel erwischt, aber ich habe nicht die geringsten Gewissensbisse. Im ersten Moment ist er erleichtert, dass ich die Tür geöffnet habe, aber seine Erleichterung ist nicht von Dauer.

»Elspa ist verschwunden«, sage ich.

»Was meinen Sie damit?«

»Sie ist *nicht hier!*«

Ich dränge mich an ihm vorbei, laufe vier Türen weiter zum Zimmer meiner Mutter und klopfe. Eleanor erscheint als Erste und dann meine Mutter mit einem gelblichen Klumpen nassem Toilettenpapier in der Hand. »Bogie hat gepinkelt«, beantwortet sie meinen verwunderten Blick. »Es ist alles neu für ihn. Er wusste nicht wohin, der arme, kleine Kerl.«

»Ist Elspa bei euch?«, frage ich.

»Nein«, antworten sie wie aus einem Munde.

Und dann bemerken beide Frauen gleichzeitig John mit seiner roten Wange und dem Kratzer unter dem Auge.

»Wie ist denn das passiert?«, fragt meine Mutter alarmiert.

Eleanor schaut mich misstrauisch an. Ich habe noch immer keine Gewissensbisse.

»Ich bin gegen eine Tür gelaufen«, beruhigt er meine Mutter. »Es ist nichts.« Er dreht sich mir zu. »Ich habe Ihnen vorhin unten in der Lobby die Autoschlüssel gegeben. Liegen sie in Ihrem Zimmer?«

Ich laufe zurück und sehe nach. Sie sind nicht da. »Elspa hat den Wagen genommen«, berichte ich außer Atem, als ich wiederkomme.

Meine Mutter und Eleanor stehen aufbruchbereit vor ihrem Zimmer. Wir laufen zum Aufzug.

Meine Mutter erklärt, sie und Eleanor würden in der Lobby warten. »In einer solchen Situation muss immer jemand vor Ort bleiben – falls der Vermisste auftaucht.«

»Ich bitte den Portier, uns ein Taxi zu rufen«, sage ich, obwohl ich keine Ahnung habe, welches Ziel ich dem Fahrer nennen soll.

»Ich sehe mal auf dem Parkplatz nach dem Wagen«, verkündet John. »Nur für alle Fälle.«

Als die Aufzugtür sich öffnet, eilt John voraus und schaut vom Ende der Markise vor dem Eingang aus nach meinem Auto, meldet per Kopfschütteln, dass es weg ist. Als wir bei ihm ankommen, hält gerade ein Taxi vor dem Hotel, und ein Paar steigt aus, das von einer Hochzeit zu kommen scheint.

Meine Mutter fragt: »Sollen wir vielleicht ihre Eltern anrufen?«

»Um Himmels willen!«, protestiere ich entsetzt. »Bloß nicht!«

»Wo wollen Sie sie denn suchen?«, fragt Eleanor. »Die Stadt ist groß. Passen Sie auf sich auf!«

»Wir sollten ihr vertrauen«, meint meine Mutter. »Sie macht bestimmt keine Dummheiten.«

John und ich steigen in den Fond des Taxis, und er bittet den Fahrer, Richtung Charles Village zu fahren, wo wir das ausgebrannte Haus gesehen haben. Das Taxi fädelt sich in den Verkehr ein.

John fängt meinen Blick ein. »Ich wusste nicht, wie ich es Ihnen sagen sollte. Wenn Sie es mich erklären lassen, werden Sie verstehen, warum.«

»Nicht jetzt. Im Augenblick habe ich keinen Kopf dafür.« Was gibt es da zu erklären? Er hat sich als Arties Sohn ausgegeben, er hat Elspa belogen, meine Mutter, Eleanor und mich, um abkassieren zu können. Das will ich nicht hören. Arties Geständnisse haben mich gelehrt, dass man nicht zu viele Fragen stellen sollte. Betrug ist Betrug. Man will die Details gar nicht wissen. »Wenn wir Elspa gefunden haben, können Sie gehen.«

»Gehen?«

»Sie sind nicht Arties Sohn. Es gibt kein Geld. Basta.«

»Es geht nicht um Geld«, sagt er.

»Wissen Sie, wie Sie mir wirklich helfen können?«

»Nein.«

»Indem Sie morgen früh nicht mehr da sind.«

»Habe ich eine Wahl?«

»Nein. Ich will mich auf Elspa konzentrieren, und Sie lenken mich ab. Tun Sie mir den Gefallen und verschwinden einfach.«

Er seufzt und lehnt sich mit den Händen auf den Knien zurück. »Sie sagten ja, ich habe keine Wahl.«

»Danke.«

Er beugt sich vor und erklärt dem Fahrer, was wir wollen. »Kreuzen Sie einfach ein wenig hier herum.«

»Ich befördere keine zugedröhnten Nutten.«

»Darum geht es nicht. Wir suchen eine verschwundene Freundin.«

Ist sie abgehauen? Hat sie ihre Tochter zum zweiten Mal im Stich gelassen? Aufgegeben?

Langsam umrunden wir mehrere Wohnblocks. Meine Augen huschen von einem Wagen zum nächsten, von einer Schattengestalt zur nächsten, und dann sagt John plötzlich: »Ist das da nicht Ihr Auto?«

Es *ist* mein Auto. Und es ist auf dem Weg zum Highway-Zubringer. Ich erkenne Elspas Stachelhaare. John bittet den Fahrer, dem Wagen zu folgen. Elspa fährt zum Hotel zurück. Sie biegt in den Parkplatz ein.

Als das Taxi hält, springe ich hinaus und will losrennen, aber dann bleibe ich stehen. Was soll ich ihr sagen? Bin ich wütend? Oder nur erleichtert?

Am Hoteleingang wird sie von Eleanor und meiner Mutter in Empfang genommen, die sich offensichtlich dort postiert hatten.

Als ich dazustoße, gibt Elspa mir meine Autoschlüssel. »Entschuldigen Sie, dass ich den Wagen genommen habe, ohne Sie zu fragen«, sagt sie, als sei das das Einzige, wofür sie sich entschuldigen müsste.

Wir anderen wechseln einen verwirrten Blick und folgen ihr dann zum Aufzug. Sie drückt auf den Knopf, und wir warten.

»Wo waren Sie denn, Liebes?«, fragt meine Mutter.

»Ich musste dicht dran«, antwortet sie.

Ich weiß, dass sie damit meint, dass sie ihre Sucht testen musste, um sicher zu sein, dass sie stark genug ist, um zu widerstehen. Das Gleiche habe ich ein paarmal bei Artie gemacht, musste aber feststellen, dass ich nicht stark genug war, und so ging ich auf Abstand.

Als die Aufzugtür sich öffnet, steigen wir ein.

»Wir waren besorgt.« Kaum ist es heraus, möchte ich es zurücknehmen, weil ich Angst habe, dass es zu mütterlich und tadelnd klang.

»Ich war auch besorgt«, gesteht sie.

Wir steigen aus dem Aufzug und gehen den Flur hinunter. Vor unserem Zimmer sagt sie: »Wie kann ich meine Eltern von meinen Mutterqualitäten überzeugen, wenn ich selbst nicht von meinen Mutterqualitäten überzeugt bin? Ich kann nicht mit ihnen darüber reden. Ich bin nicht tough.«

Als Elspa zu schluchzen anfängt, nimmt meine Mutter sie in die Arme. Ich stecke die Schlüsselkarte in den Schlitz, und wir betreten das Zimmer. John steht unschlüssig herum. Soll er bleiben? Soll er gehen?

Und ich frage mich, wohin mein tough sein mich gebracht hat. In die Isolation. Elspa ist viel stärker als ich. »Vergessen Sie meine Strategien«, sage ich mit erstickter Stimme, denn mein Hals ist wie zugeschnürt. »Vergessen Sie alles, was ich Ihnen geraten habe. Lassen Sie Ihr Herz sprechen. Sagen Sie ihnen, was Sie wollen. Wovor Sie Angst haben. Sagen Sie ihnen alles. Ehrlich. Verschließen Sie sich nicht. Lassen Sie Ihre Gefühle zu!« Aus irgendeinem Grund bin ich plötzlich unheimlich wütend. Mir ist danach, den Fernseher aus dem Fenster zu schmeißen und Möbelstücke umzuwerfen. »Menschen belügen einen, enttäuschen einen«, schreie ich mit fest zugekniffenen Augen. »Man findet heraus, dass der Mistkerl von Ehemann einen am laufenden Band betrogen hat, und erfährt als Nächstes, dass er einen im Stich lassen wird – einfach sterben. Und es tut einem nicht gut, bei all dem nichts zu empfinden! Es bringt einen um! Also fühlen Sie, verdammt – das Gute wie das Schlechte. Alles!«

Als ich die Augen öffne, wird mir bewusst, dass ich an der Wand hinuntergerutscht bin, denn ich sitze auf dem Boden. Alle starren mich an. Verblüfft. Schweigend.

»Okay«, bricht John den Bann. »Plan B: Alles fühlen.«

Ich putze mir die Nase und muss beinahe lächeln. Elspa lacht nervös.

»Werden Sie ihnen morgen gegenübertreten können?«, frage ich.

Sie nickt.

»Okay«, sagt meine Mutter.

»Okay«, sagt Eleanor.

Nachdem ich alles auf einmal gefühlt habe – Hass und Liebe und Enttäuschung –, sage ich: »Plan B.«

Als Elspa eingeschlafen ist, gehe ich zum Fenster und schaue auf die flackernden Hafenlichter hinaus. Ich war ein paarmal beruflich hier, aber nur einmal mit Artie – vor zwei Jahren, zu einem Kurztrip. Wir trieben uns den größten Teil des Tages im Zoo herum, betrachteten die blauen Pfeilgiftfrösche und den scheuen Ibis. Artie führte ein politisches Streitgespräch mit einer Gelbstirnamazone, die seiner Aussage nach trotz ihrer Anpassung an die Umgebung eine eingefleischte Republikanerin war. Das winzige Krallenäffchen erinnerte ihn an seinen Onkel Victor. Es starrte uns mit schief gelegtem Kopf an, bis es uns vorkam, als wären *wir* exotische Tiere und *er* betrachtete *uns*. Später mieteten wir ein Paddelboot und erkundeten den Hafen. Es war so eng, dass wir schon bald einen Krampf in den Schenkeln bekamen, aber wir alberten so übermütig herum, dass wir beinahe kenterten.

Ich rufe zu Hause an. Wider Erwarten meldet sich nicht der Pfleger, sondern Artie.

»Hast du auf meinen Anruf gewartet?«, frage ich mit gedämpfter Stimme.

»Ja.«

»Ich habe mich verändert«, sage ich, ohne einen Schimmer zu haben, wie ich es ihm erklären soll.

»Verändert?«

»Ich lag völlig falsch.« *In so vieler Hinsicht*, füge ich im Stillen hinzu. Ich denke daran, wie ich John Bessom ohrfeigte, aber ich kann Artie unmöglich von Johns Lügen erzählen. Das steht mir nicht zu.

»Inwiefern? Was ist los?«

»Die ganze Zeit habe ich meine Gefühle unterdrückt so gut es ging, weil sie mir im Weg waren, aber plötzlich merkte ich, wenn ich so weitermache, gehe ich zugrunde.

Und darum habe ich beschlossen, sie in voller Stärke zu-zulassen.«

»Moment mal«, wirft er ein. »Wenn du in Zukunft in-tensiv empfindest, heißt das, dass du mich auch mehr *hassen* wirst?«

»Vielleicht. Aber vielleicht werde ich dich auch mehr *lieben.*«

Stille. Ich habe ihn kalt erwischt. Schließlich sagt er: »Als ich dir erzählte, dass ich am Verzweifeln wäre, ver-zweifelte ich in erster Linie deinetwegen. Alle anderen Formen der Verzweiflung sind im Vergleich damit lächer-lich. Und wenn ich irgendetwas dazu beitragen kann, dass du mich wieder liebst, dann lass es mich wissen.«

»Eines möchte ich wissen: Akzeptierst du die Tatsache, dass du in deinem Leben vielen Frauen wehgetan hast?«

»Dass ich *dir* wehgetan habe, dass ich das *fertigge-bracht habe,* werde ich *nie* akzeptieren.«

Es hört sich gut an, aber ich weiß, dass alle Männer Lügner sind. John Bessom hat dafür gesorgt, dass ich es nicht vergesse.

Trotzdem möchte ich Artie glauben. Ich fange an zu weinen, auf die leise Art, bei der einem nur die Tränen hinunterlaufen – und unglücklicherweise glaube ich ihm tatsächlich in gewisser Weise. Ich weiß, dass er mich liebt, dass er mich immer geliebt hat. Eine seltsame Erleichte-rung erfüllt mich. Plötzlich bin ich in der Lage, Artie zu akzeptieren, die männliche Spezies an sich. »Erinnerst du dich an das Krallenäffchen im Zoo?«, frage ich.

»Natürlich. Warum?«

»Es ist mir eingefallen, weil der Trip hierher mich an unseren Ausflug damals erinnert hat und an das Äffchen, von dem du sagtest, es ähnle deinem Onkel so auffällig.«

»Wenn man im Sterben liegt, denkt man ganz anders als sonst, und ich habe beschlossen, an Reinkarnation zu glauben«, erwidert Artie. »Vielleicht *war* das Krallenäffchen mein Onkel Victor. *Ich* möchte als dein Schoßhündchen zurückkommen.«

»Die meisten von denen sind Kläffer.«

»Ich werde keiner. Versprochen. Ich werde als einer von wenigen Chihuahuas ein Schweigegelübde ablegen. Ich werde ein mönchischer Chihuahua sein – oder vielleicht ein stummer. Und ich werde nicht einmal die Waden von Dinnergästen vergewaltigen.«

Ich muss lachen. »Jetzt machst du Versprechungen, die du nicht halten können wirst.«

»Erzähl mir noch was. Irgendwas. Ich möchte einfach noch ein Weilchen deine Stimme hören.«

»Ich habe alles gesagt, was ich zu sagen hatte – dass ich jetzt mehr fühle.«

»Bitte leg nicht auf. Erzähl mir eine Geschichte. Eine Gutenachtgeschichte für einen Chihuahua. Denk dir was aus.«

Aus irgendeinem Grund fällt mir der Beginn des Titelsongs von *The Beverly Hillbillies* ein: *Come and listen to a story 'bout a man named Jed*. Plötzlich packt mich das Gefühl, dass ich unendlich viel verloren habe und drauf und dran bin, noch mehr zu verlieren. Meine Kehle zieht sich schmerzhaft zusammen.

»Oder sing mir ein Wiegenlied«, sagt er. »Das ginge auch.«

»Ich habe dich die ganze Zeit so vermisst«, gestehe ich.

»Ist das der Anfang deiner Phantasiegeschichte?«

»Nein – das ist die Wahrheit.«

»Ich habe dich auch die ganze Zeit vermisst.«

»Gute Nacht«, verabschiede ich mich.

»Gute Nacht.«

Wachträume können weniger real erscheinen als echte Träume

KAPITEL 32

Elspa und ich stehen in der Einfahrt und sehen zu, wie Gail sich damit abmüht, den Kindersitz auf der Rückbank meines Autos zu installieren. Rudy hat Rose und ihre Utensilientasche auf dem Arm.

Eleanor und meine Mutter werden nicht mit in den Zoo gehen. Meine Mutter nahm mich beiseite und erklärte mir, sie wollte sich mit Eleanor zusammensetzen und ihr ihre Erfahrungen als Witwe zugutekommen lassen. »Schließlich weiß ich, wie es ist, einen Toten zu lieben«, sagte sie. »Und sie liebt Artie noch immer. Es wird ihr entsetzlich wehtun, wenn er nicht mehr da ist.« Es gibt Dinge, da vertraue ich meiner Mutter voll und ganz. Sie wird Eleanor guttun.

John ist weg.

Als Elspa und ich das Hotelzimmer verlassen wollten, entdeckten wir einen Zettel auf dem Teppich, den er offenbar unter der Tür durchgeschoben hatte. Der Text war an uns alle gerichtet. Es hätte sich überraschend ein Problem im Geschäft ergeben. Er nähme den Zug. Es täte ihm sehr leid.

Im ersten Moment war ich erleichtert, doch dann sah ich ihn mit seinem zerkratzten Gesicht im Zug sitzen und fragte mich, was für eine Erklärung er wohl für mich hatte. Aber ich will sie gar nicht hören. Nicht wirklich. Ich habe beschlossen, meine Gefühle zuzulassen, doch ich kann nur ein Gefühl auf einmal handeln. Und ich kann es nicht ändern – ich habe die Nase voll von Lügnern.

Dann fällt mir plötzlich etwas auf: Artie hat zwar gelogen, aber er ist ebenfalls belogen worden. Ein belogener Lügner. Was für eine Ironie. All die Jahre, während er eine Frau nach der anderen hinterging, wurde er selbst hintergangen, schleppte den Kummer darüber mit sich herum, seinen Sohn nicht sehen zu dürfen, der gar nicht sein Sohn *war*, zahlte Unterhalt für das Kind eines anderen Mannes.

Warum hatte John Bessom Stunden an Arties Bett zugebracht, um ihn kennenzulernen? War es ein Akt der Menschlichkeit, oder wollte er sich nur das Geld sichern? Log er, als er sagte, er hätte sich immer gewünscht, dass Artie ein Teil seines Lebens wäre?

Gail sagt zu Elspa: »In der Tasche sind Cheerios und geschälte Apfelschnitze als Imbiss, eine Deckeltasse und Sachen zum Wechseln, falls sie in ihre Großmädchenhose macht.« Das Wort »Großmädchenhose« hat etwas so Anrührendes, dass ich zum ersten Mal Sympathie für Gail empfinde. Aber dann nimmt sie Rudy Rose vom Arm und sagt: »Hast du Lust, mit Tante Elspa und ihren Freundinnen in den Zoo zu gehen? Es wird dir schon gefallen. Du wirst sehen.« Ich seufze in mich hinein. Warum muss sie Elspa als *Tante* apostrophieren? Und warum muss sie der Kleinen beteuern, dass es ihr gefallen wird, als hätte Rose seit dem Aufwachen die größten Bedenken gehabt?

Rose ist ein Schatz. Sie lächelt schüchtern und windet sich, um auf den Boden zu kommen. Schnell wie der Wind ist sie im Auto und in ihrem Sitz.

Gail ist entsetzt. »Sieh sich das einer an! Ich habe alles versucht, um ihr Vorsicht beizubringen, aber sie steigt abenteuerlustig einfach in ein fremdes Auto. Kein Gefühl für Gefahr – wie ihre Mutter.«

Gail will Elspa offenbar provozieren, doch die scheint es nicht zu merken. Sie ist so glücklich, einen Ausflug mit ihrer Tochter machen zu dürfen, beinahe übermütig. »Wir treffen uns um sechs im Chez Nous zum Dinner«, sagt sie. »Das ist wirklich nicht zu lang.«

Elspa setzt sich hinten zu Rose. Als wir in die Straße einbiegen, hebt Elspa die Hand, um ihrer Mutter zuzuwinken, doch die ist bereits auf dem Weg ins Haus.

Es ist ein herrlicher Sonnentag. Elspa bindet Rose einen Luftballon ans Handgelenk. Wir besuchen die Pinguine, gehen vor dem Löwengehege in die Hocke, um die scheinbar ziellos dort herumwuselnden Ameisen zu beobachten, essen Erdnüsse. Bei den Giraffen macht Rose in ihre Großmädchenhose. In einer frischen lässt sie sich von ihrer Mutter die Vögel in der Voliere erklären.

Ich bleibe bei den Lamas stehen, und auf einmal kommen die Gewissensbisse. Nicht wegen der Ohrfeige – oh nein. Weil er diesen Ausflug versäumt, obwohl er sich in dieses Projekt eingebracht hatte. Hatte er doch, oder? In gewisser Weise? Und was ist mit den vielen Stunden, die er mit Artie verbracht hat? Alles nur Getue? Er hat Eleanor aus ihrem Schneckenhaus geholt, indem er ihr Fragen über ihre Beziehung zu Artie stellte. Ich erinnere mich, wie aufmerksam er sich all meine Storys über Artie und mich anhörte – und an den Moment, als er in dem begehbaren Herzen den kleinen Jungen tröstete, der seine Mutter verloren hatte. War das alles nur gespielt? Konnte das sein?

Rose kommt angelaufen, Elspa fängt sie mit ausgebreiteten Armen auf und schwenkt sie im Kreis. Die Kleine lacht glucksend. Dann stellt sie sie wieder auf den Boden. Rose läuft ein paar Schritte voraus und beschäftigt sich mit dem Ballon an ihrem Handgelenk.

»Wenn ich müsste, wäre ich auch *damit* zufrieden«,

sagt Elspa. »Vielleicht ist das alles, was ich bekomme – ab und zu Momente wie diesen.« Das erinnert mich an Artie und daran, dass mir mit ihm nur noch Momente *bleiben*. Ich will nach Hause.

Rose läuft auf Elspa zu und ruft: »Heb mich hoch!« Elspa tut es und drückt sie an ihre Brust, geht mit ihr zu einer Bank und setzt sich hin.

Dann holt sie die Cheerios aus der Tasche, und Mutter und Kind füttern einander.

Als wir in den Parkplatz des Chez Nous einbiegen, blinken Autoscheinwerfer.

»Das ist ihr Wagen«, erklärt Elspa leise. Rose schläft tief und fest in ihrem Kindersitz, das Köpfchen ist zur Seite gesunken. Wir warten ab. Schweigend. Angespannt.

Plötzlich steigt Angst in mir auf. Was, wenn es nicht glattgeht? Was, wenn sie nicht durchhält? Und was, *wenn* es glattgeht? Habe ich wirklich durchdacht, wie mein Leben mit Rose darin aussehen wird? Bin ich vorbereitet? Ist Elspa wirklich fähig, eine gute Mutter zu sein – nicht nur an einem unbeschwerten Tag im Zoo, sondern *jeden* Tag? Wird sie die Zwänge und Verzichte ertragen, die es mit sich bringt, ein Kind aufzuziehen?

Der Mercedes rollt auf uns zu, hält neben uns an. Das Fenster gleitet herunter. Rudy sitzt am Steuer, Gail als Schatten neben ihm. »Guten Abend«, begrüßt Rudy uns leutselig. »Wie war's?«

»Was ist los?« Elspa ist beunruhigt, was ich nicht nachvollziehen kann.

»Wir müssen das Dinner absagen. Deine Mutter hat Migräne.«

Gail wendet sich uns zu und presst die Finger an die Schläfen, als wolle sie es uns damit beweisen.

Rudy steigt aus, lässt den Motor jedoch laufen.

»Was willst du?« Elspas Stimme zittert.

Rudy öffnet die Tür zum Fond meines Wagens.

»Sie schläft«, sagt Elspa. »Kann sie nicht ausnahmsweise bei mir übernachten? Es ist doch unnötig, sie jetzt aus dem Schlaf zu reißen und dann noch einmal, wenn ihr mit ihr nach Hause kommt.«

Ich hüstle in der Hoffnung, dass Elspa den Hinweis versteht, dass wir auf mehr aus sind als auf eine Übernachtung.

»Rose schläft?«, fragt Gail alarmiert. Sie kommt herüber, um sich selbst zu überzeugen. »Das bringt ihren Tagesrhythmus völlig durcheinander.«

Elspa geht nicht darauf ein. »Ich muss mit euch beiden reden.«

»Wir können morgen reden«, erwidert Rudy. »Jetzt wollen wir das Kind ins Bett bringen. Das arme Ding.«

Elspa sieht mich mit großen Augen an. Panik steht darin.

Ich packe sie beim Arm. »Geben Sie jetzt nicht nach«, flüstere ich ihr beschwörend zu. »Machen Sie weiter.«

Sie starrt mich einen Moment lang an und nickt dann, steigt aus und baut sich so vor Gail und Rudy auf, dass sie zwischen den Autos ein Dreieck bilden. »Ich will *jetzt* reden.«

Ich senke den Blick, damit Elspa sich nicht beobachtet fühlt, schaue jedoch immer wieder kurz hin, denn ich möchte andererseits, dass sie weiß, dass ich für sie da bin, als moralische Unterstützung.

»Wir müssen sie nach Hause bringen«, sagt Gail.

»Ich bin ihre Mutter. Sie ist *bei mir* zu Hause.«

Gail wendet sich Rudy zu. »Ich habe dir *gesagt,* dass sie etwas im Schilde führt!«

»Tu das nicht«, sagt er zu Elspa.

Sie richtet sich zu ihrer vollen Größe auf und steht kerzengerade da. »Soll ich so tun, als wäre ich nicht ihre Mutter? *Tante* Elspa! Wer hat sich das ausgedacht?«

»Lass es nicht hässlich werden«, bittet ihre Mutter frostig.

»Ich fahre morgen zurück, und ich nehme Rose mit.«

»Du bist dieser Aufgabe doch nicht gewachsen, Elspa«, kontert Gail. »Das wissen wir schließlich aus Erfahrung!«

»Jetzt *bin* ich ihr gewachsen. Ich habe mich geändert. Ich bin ein neuer Mensch.«

Gail beugt sich zu ihr vor. »Lies es mir von den Lippen ab: Ich werde dir das Kind nicht überlassen. Ich werde dir keine Gelegenheit geben, ein zweites Mal zu versagen.«

Elspa hebt angriffslustig das Kinn. »Du hältst mich für eine Versagerin?«

»Es ist eine Tatsache, dass du unfähig bist, ein Kind großzuziehen«, erwidert Gail. »Wir haben uns bei Fachleuten informiert und wissen, wie es sich abspielen würde – in allen Variationen.«

Rudy legt die Hand auf ihren Arm. »Nicht, Gail.«

»Fass mich nicht an!«, keift sie. »Ich weiß genau, was ich tue. Sie wird das Kind nicht mitnehmen!«

Elspa schwankt, als würde sie jeden Moment ohnmächtig, und ehe ich mich's versehe, stehe ich neben ihr und sage: »Es geht nicht darum, was Sie von Elspa halten. Es geht um Elspas Rechte. Sie haben nicht das Sorgerecht, und wenn Sie Rose aus dem Auto holen und mit ihr davonfahren, erfüllt das den Tatbestand der Kindesentführung.«

»Wagen Sie nicht, uns zu drohen«, faucht Gail.

»Beruhigen wir uns doch«, versucht Rudy mit einem nervösen Lächeln, die Wogen zu glätten.

»Ich brauche mein kleines Mädchen«, sagt Elspa, und plötzlich wirkt sie weicher, als erinnere sie sich an Plan B, der besagt, alle Gefühle zuzulassen. »Ich brauche sie genauso, wie sie mich braucht. Natürlich habe ich Angst, aber ich bin clean und habe mein Leben im Griff, und jetzt will ich einen Grund dafür haben, mich von meiner besten Seite zu zeigen. Und dieser Grund ist Rose. Als ihre Mutter werde ich mich jeden Tag von meiner besten Seite zeigen.« Sie hält inne. Niemand sagt etwas. »Ich werde es nicht perfekt hinkriegen, nicht wie ihr, ich werde Fehler machen, aber das müsst ihr mir schon gestatten.«

Gail ist aschfahl geworden. Sie packt Rudy Halt suchend bei der Schulter und lässt den Blick ziellos über den Parkplatz gleiten. »Ich habe versucht, meinen Kindern die perfekte Kindheit zu schaffen«, ihre Stimme klingt brüchig, »aber bei dir habe ich versagt.«

»Nein, das hast du nicht«, widerspricht Elspa ihr.

»Warum sonst wärest du in allem uneins mit mir gewesen?« Ihre Augen füllen sich mit Tränen.

Elspa tritt auf ihre Mutter zu, um sie zu umarmen, doch die hebt abwehrend die Hände.

»Nein«, sagt Gail. »Ich ertrage das nicht.« Sie dreht sich ihrem Mann zu. »Es ist also so weit. Du hast ja schon immer gesagt, dass es irgendwann passieren wird, dass ich sie gehen lassen muss. Und du hattest recht. Freut es dich, das zu hören?«

Sie geht zum Wagen zurück. »Machen wir einen sauberen Schnitt.«

»Es muss kein sauberer Schnitt sein«, sagt Elspa. »Wir müssen nur unseren Weg gehen. Ich erwarte nicht, dass er ›sauber‹ ist.«

Gail bleibt stehen und wendet sich ihr zu. »Mehr kann ich dir nicht anbieten.« Sie steigt ein. Die Beifahrertür schließt sich mit einem satten Geräusch.

Rudy sieht Elspa eine Weile schweigend an. Seine Augen werden feucht. Er blinzelt, ringt um Fassung, schafft es nicht, dreht sich weg. Seine Schultern beben. Als er sich Elspa wieder zuwendet, streicht er ihr übers Haar und küsst sie dann liebevoll auf die Wange. »Ich habe so lange auf diesen Moment gewartet. Ich wusste, du würdest sie holen kommen, sobald du bereit wärest.«

»Wirklich?«, fragt sie schüchtern.

Er nickt. »Ich werde das mit deiner Mutter schon regeln.« Wieder kommen ihm die Tränen, und er räuspert sich. »Wir müssen Rose sehen dürfen. Oft. Sie ist auch *unser* kleines Mädchen. Wir lieben sie.«

»Das weiß ich doch. Ich werde euch nie vergelten können, was ihr für mich und für sie getan habt. Mir ist klar, dass sie ihre Großeltern braucht. Das hier ist kein Abschied. Sag Mom das. Sag ihr, dass es der Beginn einer neuen Beziehung sein könnte. Einer guten.«

Als er lächelt, rollen die Tränen über seine Wangen. Er dreht sich um und steigt in den Wagen. Einen Moment lang verharrt der Mercedes, als halte er den Atem an, dann gleitet er langsam davon.

Elspa und ich sehen uns an.

»Sie haben es geschafft«, sage ich. »Sie waren phantastisch.«

»Ja, ich glaube, das war ich.« Elspa ist sichtlich verblüfft.

Wie auf Kommando wenden wir uns Rose zu. Sie hat von allem nichts mitbekommen.

Im Hotelzimmer legt Elspa ihre schlafende Tochter behutsam auf ihr Bett und zieht ihr die Schuhe aus. Ich hole meine Mutter, die sich Bogie unter den Arm klemmt, und Eleanor.

»Ich kann kaum glauben, dass sie tatsächlich hier ist«, flüstere ich.

»Sie haben es geschafft«, sagt Eleanor zu Elspa. »Sie haben es wirklich geschafft.«

Meine Mutter strahlt. »Sie ist hinreißend.«

Ich setze mich auf mein Bett. Plötzlich fühle ich mich

bleischwer und völlig ausgelaugt. Der Tag war stürmisch und anstrengend. Ich weiß nicht, ob ich es tue, weil ich nicht die Kraft habe, länger damit hinterm Berg zu halten, oder weil es mir angebracht erscheint, absolut ehrlich zu sein – jedenfalls höre ich mich plötzlich sagen: »John ist nicht Arties Sohn.«

Elspa macht große Augen, und dann lächelt sie. »Also hat er diese Fahrt mitgemacht, weil er in Sie verliebt ist.«

Ich habe keine Ahnung, wie sie zu dieser seltsamen Schlussfolgerung kommt. »Er hat mich angelogen, Elspa. Uns alle.«

»Ja – aber nur, weil er in Sie verliebt ist.«

»Das ist lächerlich«, verwahre ich mich dagegen. Hilfe suchend schaue ich Eleanor und meine Mutter an, aber die schütteln leicht den Kopf und lächeln mich an. »Soll das heißen, dass ihr ihr zustimmt?«

»Mmmm«, bestätigt Eleanor. »Ich tue es.«

»Sie hat recht, Schätzchen«, sagt meine Mutter. »Warst du übrigens die Tür, an der er sich den Kratzer geholt hat?«

Sogar Bogie beäugt mich misstrauisch.

»Ich verweigere die Aussage.«

»Er *muss* in Sie verliebt sein.« Elspa streicht Rose die verschwitzten Ponyfransen aus der Stirn. »Es ist die einzig logische Erklärung. Lieben Sie ihn auch?«

»Nein«, antworte ich entschieden. »Er ist ein Lügner. Und er liebt mich *nicht*.« Zu meiner Verblüffung wird mir klar, dass ich nicht weiß, ob das die Wahrheit ist. Ist es möglich, dass er mich liebt? Liebe *ich ihn*? Natürlich nicht. Um ein Haar setze ich hinzu: *Er ist Arties Sohn – wie könnte ich ihn da lieben?* Aber das ist nun definitiv nicht die Wahrheit. »Ich möchte diesen Moment genießen«, sage ich und deute auf Rose, die wie ein kleiner Engel aussieht.

Elspa deckt sie zu und legt sich ihr zugewandt daneben. »Ich kann noch gar nicht ganz glauben, dass ich sie wirklich bei mir habe.« Zärtlich zeichnet sie die Konturen des Kindergesichts nach, während sie ihrer Tochter beim Schlafen zusieht.

Manchmal findet man in einem Stück zu sich zurück

KAPITEL 33

$\mathcal{B}$evor wir uns auf die Heimfahrt machen, frühstücken wir noch im Hotel. Rose genießt ihr Essen, nicht nur den Geschmack, sondern auch die Schwammartigkeit ihres French Toasts, die Gummiartigkeit ihres Rühreis, die Fettigkeit ihres Bacons, weshalb es sich lohnt, ihr nach der Mahlzeit Gesicht und Hände zu waschen.

Später im Auto unterhält Elspa ihre Tochter mit Vorlesen, Singen und Fingerspielen. Auch Bogie dient zur Unterhaltung. Rose ahmt mit Begeisterung sein Hecheln nach, und man gewinnt den Eindruck, dass die beiden eine eigene Kind-Hund-Sprache entwickeln – so viele Hechler für Ja, so viele für Nein. Rose wird das Haus mit der Unbeschwertheit erfüllen, die wir brauchen werden, um die nächste Phase mit Artie durchzustehen. Das Kind wird uns dabei helfen.

Diesmal ist kaum Verkehr, und so dauert die Fahrt wirklich nur zwei Stunden.

Als ich ins Haus komme, winkt Arties Pfleger mir von der Küche aus zu. »Er hat Besuch«, erklärt er mir.

Wer kann das sein? Eine seiner Verflossenen? Ich beschließe, sie hinauszukomplimentieren. Ich muss mit Artie reden. Ungestört.

»Danke.« Ich gehe nach oben. Natürlich könnte ich irgendwelche Erklärungen für das Verschwinden John Bessoms aus seinem Leben erfinden, aber ich bin zu dem Schluss gekommen, dass ich Artie alles erzählen muss, was ich erfahren habe. Das steht ihm zu, auch wenn es ihm wehtun wird. Er würde es nicht anders wollen. Aber wie wird er es aufnehmen?

Die Schlafzimmertür ist zu. Ich klopfe leise an und öffne sie dann einen Spaltbreit. Artie sitzt im Bett. Er kommt mir dünner vor, und mir wird klar, dass ich das Bild in meinem Kopf nicht aktualisiert habe, wonach er kräftiger, nicht gesund, aber doch bedeutend wohler aussieht – ein Artie auf dem Wege der Besserung. Dementsprechend ist es ein Schock, ihn so hager und blass und klein zu sehen. Auch die Sauerstoffschläuche fehlen auf meinem Bild.

»Ich kenne jetzt die ganze Geschichte«, sagt er.

»Wie das?« Wer in aller Welt kann sie ihm hinterbracht haben?

»Du musst ihn anhören«, unterbricht Artie meine Überlegung.

»Wen?«

Ich mache die Tür ganz auf – und sehe John Bessom am Fenster sitzen. Er sieht erschöpft aus, als habe er nicht geschlafen. Die Augen sind müde, der Kratzer leuchtet regelrecht.

»Was machen Sie hier?«, frage ich.

»Reinen Tisch.«

»Was?«

»Ich werde die Regie übernehmen, Lucy«, verkündet Artie. »Du setzt dich in den Sessel und hörst dir an, was der Junge zu sagen hat. Verstanden?«

»Aber …«

»Keine Widerrede. Du setzt dich jetzt da hin und hörst zu.«

Mit zögernden Schritten gehe ich zu dem Sessel und setze mich.

»Fang an«, sagt Artie.

John räuspert sich. Er ist nervös, spielt mit dem Rand

des Vorhangs. »Als Kind glaubte ich, Artie wäre mein Vater«, beginnt er. »Meine Mutter erzählte mir, er wohnte weit weg und könnte mich nicht besuchen, weil er ein extrem beschäftigter und wichtiger Mann wäre.«

»Ich *bin* extrem wichtig«, scherzt Artie, um die gespannte Atmosphäre zu lockern. Er merkt mir sicher an, dass ich völlig durch den Wind bin. »Dieser Teil ihrer Geschichte stimmte also.«

»Als ich zwölf war«, fährt John fort, »fand ich in einer Schublade alte Umschläge der monatlichen Schecks an meine Mutter und erkannte am Absender, dass Artie ganz in der Nähe wohnte. Also brachte ich den Sommer damit zu, ihn auszuspionieren. Wann immer ich konnte, fuhr ich mit dem Bus in sein Viertel, versteckte mich im Gebüsch und beobachtete, wie er den Rasen mähte, sich mit Nachbarn unterhielt, Grillfeste feierte. Ich hatte ein Notizbuch dabei und schrieb mir alles auf, was er tat und was ich ihn sagen hörte. Wenn ich nach Hause kam, übte ich zu sprechen wie er und zu gehen wie er.« Ich versuche, mir John Bessom als Zwölfjährigen vorzustellen, wie er sich im Gebüsch versteckte und sich bemühte, seinen vermeintlichen Vater zu kopieren. Es hat etwas Rührendes – das muss ich zugeben, obwohl ich im Moment eigentlich nicht bereit bin, mich von etwas rühren zu lassen, was John betrifft. Er schaut Artie an. »Natürlich wusste ich damals nicht, dass er mich seinerseits all die Jahre zwischendurch auch beobachtete.«

Artie nickt. »Ja, das habe ich getan.«

»Teilweise tat mir ungeheuer weh, was ich sah«, spricht John weiter. »Zum Beispiel, wenn ich ihn mit anderen Frauen ins Haus gehen oder herauskommen sah.« Ich werfe Artie einen Blick zu, und er zuckt verlegen mit den Schultern. »Ich war todtraurig, dass er nicht bei mir und meiner Mom sein wollte. Ich bewunderte ihn glühend. Als meine Mutter irgendwann dahinterkam, wohin ich mit dem Bus fuhr, erklärte sie mir ohne Umschweife, dass er nicht mein Vater war, dass mein Vater tot war. Sie sagte: ›Hör auf, den armen Kerl zu beobachten. Er ist ein Fremder.‹« Ich sehe John an, dass er die Szene im Geist noch einmal erlebt, und plötzlich hasse ich Rita Bessom, nicht nur, weil sie Artie belogen hat – auch wenn er es rückblickend verdiente, es eine Art ausgleichende Gerechtigkeit darstellte –, sondern auch, weil sie ihrem Sohn auf so brutale Weise den vermeintlichen Vater nahm.

Wieder wandert mein Blick zu Artie und dann zurück zu John. Ich weiß nicht, was ich davon halten soll. Diese Neuigkeiten machen die Situation nicht besser. John Bessom war viele Jahre ein Komplize seiner Mutter und, noch schlimmer, belog Artie auf dessen Totenbett. »Das tut mir leid«, sage ich, »aber es ändert nichts an der Tatsache, dass Sie mich angelogen haben – und Artie, jeden verdammten Nachmittag, den Sie hier an seinem Bett saßen! Und das nur, um an sein Geld zu kommen!«

»Ich habe es nicht wegen des Geldes getan«, widerspricht John. »Ich hatte zwei Gründe.« Er sieht Artie an, als bitte er ihn um Erlaubnis.

Artie nickt.

»Der erste ist, dass ich nie einen Vater hatte und mir dachte, warum soll es nicht Artie sein? Warum soll ich mir in dieser üblen Phase meines Lebens keinen väterlichen Rat holen? Ich hatte ja nie einen bekommen.« Er bricht ab.

Artie lächelt ihn an. »Und als ich erfuhr, dass ich in Wahrheit nie einen Sohn hatte, dachte ich mir, warum soll es in dieser üblen Phase *meines* Lebens nicht *er* sein?«

»Und so einigten wir uns«, sagt John.

»Wir schlossen einen Pakt«, ergänzt Artie. »Er ist mein Sohn.«

»Und er ist mein Vater.«

Diese Vereinbarung hat etwas unsäglich Trauriges und

gleichzeitig etwas unendlich Liebevolles. Mir wird bewusst, dass John es endlich getan hat – er hat Artie seinen Vater genannt. Natürlich konnte ich nicht ahnen, dass die Zusammenführung in dieser Form stattfinden würde, aber ich bin trotzdem froh, dass ich dafür gesorgt habe. Dieses Erlebnis hatte ich mir gewünscht – für Artie und für John.

Mein Blick schweift über das Foto in dem zerbrochenen Rahmen von Artie und mir auf Martha's Vineyard, den brummenden Sauerstofftank in der Ecke. Ich will Johns zweiten Grund wissen. Ich will wissen, ob Elspa recht hatte. Wird er es in Arties Gegenwart gestehen? »Was ist der zweite Grund?«, frage ich.

Wieder sieht John Artie Erlaubnis heischend an, und der nickt auch diesmal.

»Ich habe mich in dich verliebt!«, platzt John heraus.

Mir stockt der Atem. Als ich Artie anschaue, entdecke ich einen Schmerz in seinen Augen, der mir fast das Herz zerreißt. Ich sehe ihm an, dass er auf dem Weg zur Akzeptanz seines Todes einen neuen Meilenstein erreicht hat, begriffen, dass mein Leben weitergehen wird und er es zulassen muss, auch wenn es ihm wehtut.

»Ich fühlte mich gleich zu dir hingezogen, als du mich im Laden auf dem Bett ertapptest, und während unserer Tour d'Artie verliebte ich mich in dich«, sagt John.

»Nein.« Ich schließe die Augen.

»Doch.«

Ich schüttle den Kopf. »Ich weiß nicht mehr, wann Männer lügen und wann sie die Wahrheit sagen.«

»Das ist zum Teil meine Schuld«, gibt Artie zu.

»Ich habe ebenfalls dazu beigetragen«, bekennt John.

»Und was ist mit dem Geld?«, frage ich.

»Ich will das Geld nicht«, antwortet er. Im nächsten Augenblick verzieht er das Gesicht. »Ich könnte es natürlich gut brauchen – es wäre gelogen, wenn ich das abstreiten würde –, doch ich bin nicht des Geldes wegen *hier*.«

»Sie müssen sich aber mit dem Geld begnügen«, erkläre ich steif. »Ich gebe Ihnen alles, was Artie in dem Fonds für Sie angelegt hat. Damit werden Sie zurechtkommen.«

»Ich will nicht *zurechtkommen*. Damit würde ich mich nicht an Plan B halten. Ich soll doch meine Gefühle zulassen.«

»Artie.« Hilfe suchend wende ich mich ihm zu. »Was soll ich tun?«

»Gar nichts. Er bittet dich um nichts.«

John sieht mich an. »Nein, ich bitte dich um nichts. Ich kann es nicht erklären …« Er sucht nach Worten. »Es ist, als hättest du mich aus einem Traum geweckt und ich hätte begriffen, dass *du* der Traum warst, den ich geträumt hatte.«

Ich sitze regungslos da und versuche, die Liebe zu unterdrücken, die da in mir an die Oberfläche drängt, aber es klappt nicht. Unaufhaltsam steigt sie hoch, nicht zu bändigen, und ich spüre, dass ich zu einem wichtigen Faktor meines Lebens zurückgefunden habe – der Liebe. Ich könnte John Bessom lieben. Kann ich es zulassen, wieder so viel zu empfinden?

»Artie«, sage ich. »Was ist mit *dir*? Was soll ich tun?«

»Auch ich bitte dich um nichts.«

Nun, da ich Liebe für John empfinden kann, ist mir, als könne ich endlich wieder frei atmen. Und ich weiß, dass ich jetzt auch Artie wieder Liebe geben kann. Wir müssen einander lieben, mit allem, was dazugehört, wie Verzeihen und Akzeptanz, auch wenn es noch so schwer ist. Ich glaube nicht, dass es logisch gesehen einen Sinn macht, dass eine Liebe eine andere wiedererwecken kann – aber es ist wahr.

*Eine Familie
kann durch die seltsamsten
Bande
verbunden sein*

KAPITEL 34

Im Haus herrscht das unglaubliche, herrliche Chaos, das nur eine Dreijährige anrichten kann. Den Kühlschrank schmücken Buntstiftzeichnungen, die Arbeitsflächen sind klebrig von verschüttetem Saft, die Mohnblumenchaiselongue ist zur Weide für eine Herde Ponys mit rosafarbenen Mähnen umfunktioniert worden. Im unteren Badezimmer steht ein Nachttopf und vor dem Waschbecken ein Tritthocker. Überall sind Puppen verstreut, die scheinbar von selbst singen und blinzeln. Bogie liegt vorzugsweise ganz hinten unter der Chaiselongue, oder er bettelt an der Treppe, dass ihn jemand hinaufträgt. Das zweite Gästezimmer, in dem Elspa jetzt mit ihrer Tochter wohnt, ist mit einem Himmelbett aus Bessom's Bedding Boutique ausgestattet, und das Thema der Einrichtung sind Frösche. Roses Idee. Frosch-Bettwäsche, Plüschfrösche und ein Frosch-Nachtlicht – und mittendrin Rose, zwitschernd, singend, tanzend, stampfend, schmollend, lachend, weinend. Dieses kleine Geschöpf ist ganz und gar sie selbst, überbordend lebendig.

Und zur gleichen Zeit liegt oben im Schlafzimmer ein Mann im Sterben.

Während Artie in den folgenden Tagen zusehends schwächer wird, sind wir alle für ihn da, versuchen, ihm mit kleinen Dingen Erleichterung zu verschaffen, indem wir seine Handgelenke mit feuchten Waschlappen kühlen, seine Kissen aufschütteln und ihn mit gestoßenem

Eis füttern. Der Sauerstofftank gibt Hitze ab, und so drehen wir die Klimaanlage höher.

John und ich sind uns einig. Was in diesem Raum gesprochen wurde, ist nicht vergessen, aber im Augenblick geben wir alle Liebe, die in uns ist, an Artie weiter. Es ist keine übrig. Nicht jetzt. Noch nicht.

Dennoch ertappe ich mich manchmal dabei, mich zu fragen, wie ein Leben mit John Bessom wohl aussehen würde – genauso, wie ich es mich früher bei Artie fragte. Inzwischen bin ich nicht mehr so naiv, mir nur die schönen Dinge auszumalen – Ferien am Strand und Kindergeburtstage –, ich stelle mir auch alle möglichen anderen Situationen vor. Ich denke an den Beginn, damals in seinem Laden, als John auf dem Ausstellungsbett schlief, und an die Mitte, in der es vielleicht Ferien am Strand und Kindergeburtstage geben könnte, und ich denke auch an das Ende. Ein Ende – zumindest Arties Ende – beinhaltet so intensive Emotionen, dass es bei all der Traurigkeit und dem Verlustgefühl eine üppige Schönheit besitzt. In der Vorstellung meines Lebens mit John ist Artie präsent. Er ist der komplizierte Mechanismus, der die Möglichkeit unserer gemeinsamen Zukunft möglich gemacht hat. Einen Moment fühlt mein Herz sich an, als würde es mir aus der Brust gerissen, und im nächsten fühlt es sich an wie von Liebe überflutet – von so viel Liebe, dass sie einer unbändigen Strömung gleicht, einer Springflut.

Ich behalte meine Nachtwachen bei, singe Artie alle Schlaflieder vor, die ich kenne, und wenn mir die Schlaflieder ausgehen, singe ich leise Joan-Jett-Songs für ihn.

Jeder dieser letzten Tage ist eine Art Nachruf für sich. Das verdanke ich John. Ich erzähle Artie die Geschichte von dem Vogel in dem Zimmer mit den verschlossenen Fenstern im Gästehaus unserer Freunde. Ich erzähle ihm von seinem Heiratsantrag, während die Ruderboote auf dem Schuylkill dahinglitten, und von dem winzigen Krallenäffchen im Zoo. Ich erzähle ihm, wie er in der Old Whaling Church in Edgartown tränenreich für unsere gemeinsame Zukunft betete. Und manchmal, wenn er zu müde ist, um sich Geschichten anzuhören, nehme ich seine Hände in meine und bete. Wenn ich das tue, bete ich um Reichtum – nicht an Geld, sondern an Glück.

Um mehr Zeit zu beten, gebe ich schon bald auf. Es wird keine Zeit mehr zugeteilt.

Artie fragt mich, ob es zum Thema Seele irgendwelche Sinnsprüche gibt, die meine Mutter noch auf kein Kissen gestickt hat.

Im Erdgeschoss redet Rose mit dem Fernseher. Sie sieht sich einen Katzentrickfilm an. »Ich glaube nicht«, sage ich. Laut zu sprechen strengt ihn zunehmend an, und so flüstert er: »Vielleicht: ›Eine Seele sollte nie größer sein als eine Handtasche‹?« Er schaut auf Bogie hinunter, der vor seinem Bett schläft.

»›Lass deine Seele nie ein Opfer der Schwerkraft werden‹?«, schlage ich meinerseits vor. »Man will schließlich nicht mit einer schlaffen Seele am Himmelstor vorsprechen.«

Ob Artie etwas gelernt hat über sich selbst oder seine Seele? Ich habe eine Zeit schwindelerregenden Wandels erlebt. Er auch? »Und?«, frage ich. »Wie steht's?«

»Wie steht's womit?«

»Willst du mit einer schlaffen Seele am Himmelstor vorsprechen?«

»Wirkt meine Seele fett in diesem Körper?« Das soll komisch sein, aber es ist absolut nichts mehr fett an Artie. Er ist hager. Seine Wangenknochen treten messerscharf hervor. Unten klatscht Rose in die Hände, und Elspa stimmt in den Katzenchor mit ein.

»Ich möchte ... ich möchte ... also, ich wüsste gerne, ob du etwas gelernt hast.«

Mitten in meinem Satz kommt Eleanor herein. Sie bringt ein Tablett mit Essen, in dem Artie wieder nur herumstochern wird. »Das wüsste ich auch gerne«, sagt sie.

»Hast *du* etwas gelernt?«, fragt er.

Als sie das Tablett auf den Nachttisch stellt, klappert es. »Ich bin nicht hier, um etwas zu lernen – ich bin hier, um dich etwas zu *lehren*.«

»Wirklich? Dann verschwendest du deine Zeit.«

»Hör zu, du bist derjenige …«

»Was willst du von mir, Eleanor?«

Ich stehe auf. »Ich glaube, ich …«

»Nein, nein, bleiben Sie nur, Lucy«, sagt sie. »Ich weiß, was ich will. Ich will eine andere Welt. Ich will, dass Männer liebevoller sind. Ich will Ernsthaftigkeit, Ehrlichkeit. Ich will Menschen glauben können. Ein bisschen Vertrauen könnte nicht schaden.«

»Nun«, sagt Artie in sachlichem Ton, »ich liebe dich, Eleanor.«

»Sei kein Arsch.«

»Ich liebe dich, Eleanor«, wiederholt er, bemüht, laut zu sprechen.

Und plötzlich, im Zauber des Augenblicks gefangen, höre ich mich sagen: »Ich liebe Sie auch, Eleanor.«

Sie starrt uns entsetzt an. »Was in aller Welt tut ihr da?«

Ich weiß nicht, wie ich diese Frage beantworten soll, aber glücklicherweise weiß Artie es: »Ob du willst oder nicht – wir geben dir die Chance, Menschen wieder zu glauben.«

Ich spinne seinen Faden weiter. »Wir können zwar nicht viel ausrichten, was die Welt und die Männer an sich betrifft und den Mangel an Ernsthaftigkeit und Ehrlichkeit im Allgemeinen, aber im Besonderen …«

»Das ist idiotisch!« Sie schwingt ihr steifes Bein vor, marschiert auf die Tür zu. Bleibt stehen. Schlägt mit der

Faust an den Türrahmen. »Gottverdammt! Ich liebe euch beide auch. Okay? Gut.«

Damit verlässt sie das Zimmer.

»Das war wirklich ziemlich ernsthaft«, sage ich.

Artie nickt.

Eines Nachts schreckt Artie aus dem Schlaf hoch. Das Atmen fällt ihm jetzt so schwer, dass er jeden Atemzug aus dem Bauch hochholen muss. Um die starken Schmerzen in seiner Brust erträglich zu machen, bekommt er hoch dosiertes Morphium. Der Sauerstofftank in der Ecke verströmt Hitze, und ich habe auf Arties Bitte hin das Fenster einen Spaltbreit geöffnet, wodurch die Feuchtigkeit in der Luft wie Nebelschwaden durch den Raum wabert. Ich sitze auf der Kante des Bettes, in dem Artie mir damals mit einem Handtuch um die Hüften und Shampoo im Haar seine Seitensprünge gestand.

Inzwischen haben Hospiz-Pfleger das Kommando übernommen. Sie spritzen ihm das Morphium und überwachen seine Tabletteneinnahme. Aber sie tun noch sehr viel mehr als das. Sie sind vielleicht die edelste Form menschlicher Wesen, die ich kenne. Sie haben mir gesagt, dass es nicht mehr lange dauern wird.

Zwischen krampfhaften Atemzügen bittet Artie: »Hör mir zu.« Er streckt seine Hand aus, und ich nehme sie. »Ich fürchte, ich hätte dir wieder das Herz gebrochen«, sagt er.

Und mir wird klar, dass ich das weiß, dass ich es vielleicht schon lange wusste. Er hätte mich wieder betrogen. Da ist etwas in ihm, was er nie wirklich bezähmen könnte. Aber hätte ich mir tatsächlich eine so gravierende Wandlung gewünscht, jetzt, am Ende von Arties Leben? Eine, die nie im wirklichen Leben auf ihre Tauglichkeit getestet werden könnte? Ist es das, worauf ich gewartet habe?

Nein. Artie hat sich selbst erkannt und mir ein für ihn sicher nicht einfaches Geständnis gemacht – dass er fürchtet, er würde mir wieder das Herz brechen, wenn er am Leben bliebe. »Ich weiß«, erwidere ich, »aber das spielt jetzt keine Rolle.«

Leise sagt er meinen Namen.

Und ich sage seinen Namen.

Es ist wie ein Gelöbnis.

Dann schließt er die Augen.

Mein Entschluss, die Organisation der Beerdigung gänzlich in die Hände meiner Mutter zu legen, erweist sich als klug. Es stimmt einfach alles: vom Blumenschmuck über die Urne – Artie hat gebeten, verbrannt zu werden – bis zu dem Foto von ihm am Strand, auf dem er windzerzaust und leicht sonnenverbrannt aussieht. Trotzdem erscheint mir das Ganze ein wenig irreal. Artie ist tot. Das verstehe ich. Ich habe es akzeptiert – mehr oder weniger. (Die Akzeptanz kommt und geht in Wellen.) Aber das Begräbnis kommt mir unangebracht vor – als sollte diese Zeremonie den wirklich Toten vorbehalten sein. Artie wird nie wirklich tot sein – nicht für mich.

Den Beweis dafür, dass Artie auch für andere noch sehr lebendig ist, liefern seine Verflossenen. Immer mehr von ihnen finden sich ein, mischen sich unter die Angestellten seiner italienischen Restaurantkette, und schon bald gibt es nur noch Stehplätze.

Marzie, mit ihrem unvermeidlichen Motorradhelm unter dem Arm, trägt einen Hosenanzug mit kastiger Jacke und ist in Begleitung einer gleichaltrigen Frau mit langen, blonden Haaren. Die beiden halten Händchen, schmachten sich an. Offensichtlich sind sie frisch verliebt. Die rothaarige Schauspielerin, die in einer Actor's-Equity-Produktion von *The Sound of Music* eine Nonne gab, schluchzt dramatisch und klammert sich Halt suchend an die Lehne des vor ihr stehenden Stuhls. Mrs Dutton, Arties ehemalige Mathelehrerin, erscheint in einem zerknitterten Hemdblusenkleid Arm in Arm mit einem finster dreinblickenden Mann – Mr Dutton, nehme ich an. Mutter und Tochter, die sich zu ihrer beider Überraschung in meinem Wohnzimmer begegneten, sind getrennt gekommen und sitzen weit voneinander entfernt. Die spöttisch lächelnde Brünette vom ersten Tag sitzt neben dem stets nervösen Bill Reyer und wirft ihm immer wieder einen Seitenblick zu.

Springbird Melanowski. Ich warte und warte, aber sie taucht nicht auf. Aus irgendeinem Grund bin ich enttäuscht von ihr.

Außerdem sind noch viele Frauen da, die ich nicht kenne – alte und junge, große und kleine, von verschiedener Hautfarbe und Nationalität. Die dritte Stuhlreihe sieht aus wie eine rein weibliche Versammlung der Vereinten Nationen. Ich hätte nie gedacht, dass ich einmal froh darüber wäre, eine ganze Schar von Arties Ehemaligen zu sehen, aber ich bin es. Ich bin froh, dass sie hier sind, und dass jede Artie auf seinem Weg ein wenig Liebe mitgibt (und ein gewisses Maß an Bedauern und sogar Groll, was er ebenso verdient).

Und da sind natürlich noch Arties Sweethearts, die inzwischen auch meine sind: Elspa, die ein ärmelloses schwarzes Leinenkleid trägt, das ihr Tattoo sehen lässt, Eleanor, förmlich gekleidet, aber mit leicht verschmiertem Mascara, und John Bessom, der trauert wie ein Sohn um seinen Vater. All diese mir lieb gewordenen Menschen sitzen in der ersten Reihe. Als ich mich schließlich zu ihnen zwischen meine Mutter und John setze, ist mir bewusst, dass er auf eine Antwort meines Herzens wartet. Ich warte ebenfalls darauf.

Und dann ist da noch Rose. Sie sitzt mit ihren neuen Lackschuhen auf Elspas Schoß und bürstet mit einer

Barbie-Bürste den Rücken eines Plüschfrosches. Es rührt mich zu Tränen, wie behutsam sie ihn dabei hält und sich manchmal flüsternd dafür entschuldigt, dass es ziept.

Als einer der letzten Trauergäste war Lindsay gekommen, in einem offensichtlich maßgeschneiderten Kostüm. Sie sah plötzlich ganz erwachsen aus, kam mir irgendwie größer vor, und es war wunderbar, sie zu sehen – als sähe ich einen Teil von mir, den ich nicht verlieren möchte.

Die schwarzen Kleider, die Blumen, die Urne, alles ist stimmig – bis der Bestattungsunternehmer mit seinem allgemein gültigen Nachruf beginnt. Seine Haare sind auf dem Kopf zu etwas zusammengedreht, was an eine Zimtrolle erinnert. Er redet von Artie, den er nicht kannte, jedoch für »das Vermächtnis der Liebe« bewundert, »das er hinterlassen hat«.

Was für ein Bockmist. Ich werfe einen Blick über die Schulter und sehe, dass Arties Verflossene und seine Angestellten meine Meinung teilen.

Sie flüstern miteinander und bedenken den Mann mit bösen Blicken. Sie sind gekommen, um etwas Aufrichtiges und Wahres zu hören.

Meine Mutter tätschelt mein Knie und lächelt mich traurig an, womit sie mir sagen will: *Du solltest auch traurig lächeln, Liebes. Mach es wie ich.* Sie meint es gut, versucht, mich nach ihrem besten Wissen zu führen – aber in *ihrer* Welt. Und diese Welt ist mir fremd.

In dem Moment lehnt John sich zu mir herüber und sagt mit seiner Schulter an meiner Schulter: »Was wir brauchen, ist eine irische Bar.«

Er hat recht. Natürlich. Warum ist *mir* das nicht eingefallen? Das hier hat nichts mit Artie zu tun. Nicht wirklich.

Nachdem der Bestattungsunternehmer seinen nichtssagenden Sermon heruntergeleiert hat, lehne ich mich zu John hinüber, ohne dass meine Schulter seine Schulter berührt, und sage: »Laden Sie sie alle in dieses Irish Pub ein.«

»Jetzt?«

Ich nicke.

Das Problem ist, dass ich nicht weiß, wie man eine Trauerfeier beginnt. Ich habe keine Agenda, die ich austeilen kann, keine Grafik, keine Schwerpunkt-Darstellung. Nicht länger durch die kirchenähnliche Atmosphäre des Beerdigungsinstituts gebremst, ordern Arties Sweethearts lautstark Drinks, unterhalten sich miteinander und mit dem Barkeeper und den Männern, die sich hier den Nachmittag damit vertreiben, an dem von der Decke herunterhängenden Fernseher ein Basketballspiel zu verfolgen.

Eleanor, meine Mutter, John und ich sitzen mit Rose, die mit Stiften malt, die John der Bedienung abgeschwatzt hat, an einem Tisch. Elspa ist nicht da. Als wir ankamen, sagte sie: »Ich muss dringend was holen. Kann ich Rose bei euch lassen?«

»Ist alles okay?«, fragte Eleanor.

»Ja, ja.« Sie lächelte. »Ich habe nur was Wichtiges vergessen. Ich wusste nicht, dass der Tag sich so entwickeln würde.«

Wir sagten ihr, sie sollte sich Zeit lassen, Rose wäre bei uns gut aufgehoben, und sie schoss zur Tür hinaus. Durchs Fenster sah ich sie zu ihrem Auto laufen. Ich habe keine Ahnung, was sie holen will, aber sie hat recht: Der Tag hat eine unerwartete Wendung genommen. Arties Totenfeier bekommt ein ganz spezielles Gesicht.

»Na, das fühlt sich doch wesentlich richtiger an«, findet John. Er hat sein Sakko ausgezogen und seine Krawatte gelockert. Er sieht müde aus – die letzten Wochen waren für uns alle anstrengend – und zerknittert. Fast wie am Tag unserer ersten Begegnung. Ich zeichne mit Roses Stiften auf einem von ihren Blättern. *Das fühlt sich doch wesentlich richtiger an.* Ich war seit meiner ersten Begegnung mit Artie nicht mehr in dieser Bar. Sie ist genauso, wie ich sie in Erinnerung hatte: ein typisch irisches Pub. Ich weiß noch, was ich empfand, als ich Artie damals an jenem Abend ansah, während er die Jagd nach dem entlaufenen Kaninchen schilderte, und wie es sich später anfühlte, ihm nahe zu sein. Er war mit einer solchen Energie in die Welt hineingeboren worden.

John hat uns etwas zu trinken geholt. Rose bekommt einen Shirley Temple mit einer Kirsche. Sie nimmt einen Schluck. »Die Blasen steigen mir in die Nase!«, ruft sie und reibt sich die Wangen. Ich weiß nicht warum, aber heute hat alles eine tiefe Bedeutung für mich. Roses Bemerkung über die Blasen in ihrer Nase erscheint mir wie eine philosophische Betrachtung über das Leben – optimistisch, prägnant und schlicht.

»Wie startet man eine Trauerfeier?«, frage ich John.

»Ich weiß nicht. Wahrscheinlich, indem jemand eine Rede hält.«

Ich schaue meine Mutter an.

»Was ist?«

»Du hast doch immer etwas zu sagen – warum machst du nicht den Anfang?«

»Ich soll etwas über Artie sagen? Etwas *Nettes?*«

»Etwas *Wahres*«, sagt Eleanor.

»Irgendwas«, verallgemeinere ich. »Einfach nur, um die Sache in Gang zu bringen.«

Meine Mutter steht auf, tritt in die Mitte des Raumes und pfeift dann wie ein Hafenarbeiter durch die Zähne. Alle wenden sich ihr zu.

Sie hebt die Hände. »Dies ist eine Totenfeier. Ich muss gestehen, dass ich im Allgemeinen nichts übrig habe für die Gefühlsduselei bei solchen Gelegenheiten – ich für meinen Teil möchte eine fröhliche Totenfeier, wenn es mal so weit ist –, aber ich bin gebeten worden, ein paar

Worte über unseren Artie zu sagen.« Sie lächelt mir ein *So weit, so gut* zu und beginnt: »Also, ich bin für Feminismus, außer natürlich, er verlangt von mir, meinen Busen niederzubandagieren, aber ich sage immer ›Jungen sind Jungen, ein alter Hund lernt keine neuen Tricks‹, und ich glaube, dass aus Artie auch kein anderer Mensch geworden wäre, wenn er mehr Zeit gehabt hätte. Generationen von Frauen haben sich die Zähne daran ausgebissen, die Männer ändern zu wollen. Wird die nächste Generation sich damit abfinden, dass sie sind, wie sie sind, oder wird auch sie weiter gegen Windmühlenflügel kämpfen? Wie auch immer – eines steht fest: Wir lieben die Männer – auch wenn wir sie hassen. Das Herz macht, was es will. Und wir haben auch Artie geliebt – jede auf ihre Weise.«

Artie hätte diese Rede gefallen. Sie ist voller Sinnsprüche, die meine Mutter nie auf ein Kissen gestickt hat, ein Spruch kostbarer als der andere.

Ich merke, dass ich weine – auf eine Weise, die mir völlig neu ist.

John hebt sein Glas. »Auf Artie!«, ruft er.

Alle heben ihre Gläser, und so fängt es an. Die Sweethearts erzählen Geschichten über Artie: wie er einmal tapfer bei einer Hundegeburtstagsparty mit einem pelzbesetzten Spitzhut ausharrte (Artie hasste Hundegeburtstagspartys); wie er einmal nachts nackt in den Pool des Freibades sprang; und – die kommt von Eleanor – wie er mit ihr zum ersten Mal in ihrem Leben zum Tanzen ging. Im ersten Moment bin ich überrascht, dass sie diese Story erzählt, aber dann begreife ich, dass sie es mehr um ihrer selbst willen tut als für die anderen. Vielleicht ist das auch ein Sinn einer Totenfeier – sich Geschichten von der Seele zu reden.

John steht auf. »Artie Shoreman lag auf dem Totenbett, als er mein Vater wurde, aber sogar als Sterbender war er lebendiger als die meisten.« Die Stimme versagt ihm, doch er lächelt. In seinen Augen stehen Tränen, aber er weint nicht. Wie schön er ist. »Ich liebte ihn von ganzem Herzen.«

Als eines der Sweethearts gerade erzählt, wie Artie vorgab, Klavier spielen zu können, indem er misstönend herumklimperte und eine tiefe Bewunderung für einen modernen Komponisten namens Bleckstein bekundete, kommt Elspa zurück und reicht mir einen hohen Pappkarton.

»Was ist das?«, flüstere ich. Inzwischen habe ich einiges getrunken, meine Wangen glühen, und meine Stimme ist heiser vom Lachen.

»Machen Sie's auf.«

Obenauf liegt Zeitungspapier. Ich schiebe es beiseite und ziehe ein seltsames blaues Ding heraus. Es ist eine Skulptur – unten rund und dann zylindrisch, leicht spitz zulaufend.

»Es ist Artie«, hilft sie mir auf die Sprünge. »Ein Teil von ihm. Sie wollten ihn doch sehen. Es war gar nicht so einfach, ihn aufzutreiben.«

Ich fange an zu lachen. Es ist die Skulptur von Arties Penis. »Sie ist wirklich abstrakt«, sage ich, »aber ich denke, Sie haben etwas von Artie eingefangen. Etwas Essenzielles.«

Auch Elspa lacht. »Ja, da haben Sie recht. Etwas Essenzielles.«

Eleanor, meine Mutter und John schauen herüber. »Was ist das?«, fragen sie wie aus einem Munde.

Ich halte die Skulptur hoch wie einen Oscar. »Artie«, erkläre ich. »Auf abstrakt. Vielleicht sein bester Look.«

Ich umarme Elspa. Wir sind uns im Lauf der Zeit nahegekommen. Die Skulptur scheint zu dokumentieren, *wie* nahe.

Rose hält ihre Zeichnung hoch. »Seht mal!«, ruft sie.

Elspa nimmt sie in die Hand. »Ist das auch abstrakt?«

Ich schaue auf mein Werk hinunter: minimalistische Darstellungen von Elspa und Rose, meiner Mutter und Eleanor; von Artie in seiner Pagenuniform, wie John ihn im Restaurant auf das Papiertischtuch gezeichnet hatte – mit Epauletten und einem Koffer; von John und mir.

Eine Frau, die sich mitten in der Bar aufgebaut hat, verkündet, dass Totenfeiern eigentlich für die Lebenden sind. Sie ist ein bisschen betrunken. Wahrscheinlich sind wir das inzwischen alle. Ich falte meine Zeichnung zweimal zusammen und stecke sie ein.

Als ich John ansehe, spürt er meinen Blick und wendet sich mir zu. Ich rücke meinen Stuhl dicht an seinen heran und schiebe meine Hand in seine, die sich warm und weich anfühlt. »Hi.«

Er lächelt und drückt meine Hand. »Hi.«

Plötzlich habe ich das Gefühl, einen Beginn zu erleben anstatt ein Ende. Irgendwann werde ich ihm die Zeichnung zeigen – eine mögliche Version der Zukunft. Ich lasse den Blick über die Menschen am Tisch wandern – John, meine Mutter, Eleanor, Elspa und Rose –, und ich finde, was ich sehe, sieht wie eine Familie aus. So gut wie.

Ich weiß nicht, was ich sagen werde, wenn ich an der Reihe bin. Ich habe so viele Geschichten zu erzählen. Aber eigentlich ist es nicht wichtig, welche ich aussuche. Jeder von uns sagt, was er zu sagen hat, und wir werden diesen Nachmittag gleichzeitig lachend und weinend verbringen, bis ich nicht mehr weiß, welches die ehrlichste Form der Trauer ist.

DANK

Ich habe so vielen Menschen zu danken, die mir auf dem Weg durch die trüben Gewässer beistanden:

Justin Manask, der mit dem Defibrillator alles ins Leben zurückholte;
Frank Giampietro, dem ich schon längst hätte danken sollen und dessen Verständnis für die weibliche Psyche mich tief beeindruckt;
Nat Nobel, dem Genie, wie immer für die moralische Unterstützung und seine klugen Ratschläge;
Swanna für ihren standhaften Einsatz für mein Buch;
Caitlin Alexander für ihr scharfes Auge und Einfühlungsvermögen in meine Charaktere;
der Florida University.
Wie immer meiner Mum und meinem Dad und der Brut – meiner lieben und gescheiten Mannschaft;
und Dave, meinem Starsky. Ich danke dir mit allem, was ich habe, für alles, was du mir gegeben hast.